A NOVA PROFECIA

Gatos Guerreiros

ERIN HUNTER

A NOVA PROFECIA
GATOS GUERREIROS
NASCER DA LUA

Tradução
MARILENA MORAES

Esta obra foi publicada originalmente em inglês com o título
MOONRISE – WARRIORS, THE NEW PROPHECY.
© 2005, Working Partners Limited
Uma série criada por Working Partners Limited
Arte do mapa © 2015, Dave Stevenson
Arte e design da capa: Hanna Höri, para a edição alemã (Beltz)

© 2024, Editora WMF Martins Fontes Ltda., São Paulo, para a presente edição.

Todos os direitos reservados. Este livro não pode ser reproduzido, no todo ou em parte, armazenado em sistemas eletrônicos recuperáveis nem transmitido por nenhuma forma ou meio eletrônico, mecânico ou outros, sem a prévia autorização por escrito do editor.

1ª edição 2024

Tradução
MARILENA MORAES

Acompanhamento editorial
Márcia Leme
Preparação de textos
Débora Tamayose
Revisões
Alessandra Miranda de Sá
Nanci Ricci
Produção gráfica
Geraldo Alves
Paginação
Renato Carbone

Dados Internacionais de Catalogação na Publicação (CIP)
(Câmara Brasileira do Livro, SP, Brasil)

Hunter, Erin
 Nascer da lua / Erin Hunter ; tradução Marilena Moraes. – São Paulo : Editora WMF Martins Fontes, 2024. – (A nova profecia : gatos guerreiros)

Título original: Moonrise
ISBN 978-85-469-0581-2

1. Ficção – Literatura infantojuvenil I. Título. II. Série.

24-195839   CDD-028.5

Índices para catálogo sistemático:
1. Ficção : Literatura infantil   028.5
2. Ficção : Literatura infantojuvenil   028.5

Cibele Maria Dias – Bibliotecária – CRB-8/9427

Todos os direitos desta edição reservados à
Editora WMF Martins Fontes Ltda.
Rua Prof. Laerte Ramos de Carvalho, 133   01325-030   São Paulo SP Brasil
Tel. (11) 3293.8150   e-mail: info@wmfmartinsfontes.com.br
http://www.wmfmartinsfontes.com.br

Agradecimentos especiais a Cherith Baldry

AS ALIANÇAS

CLÃ DO TROVÃO

<u>LÍDER</u>	**ESTRELA DE FOGO** – belo gato de pelo avermelhado
<u>REPRESENTANTE</u>	**LISTRA CINZENTA** – gato de pelo longo cinza-chumbo
<u>CURANDEIRA</u>	**MANTO DE CINZA** – gata de pelo cinza-escuro **APRENDIZ, PATA DE FOLHA**
<u>GUERREIROS</u>	(gatos e gatas sem filhotes) **PELO DE RATO** – gata pequena, marrom-escura **APRENDIZ, PATA DE ARANHA** **PELAGEM DE POEIRA** – gato malhado em tons marrom-escuros **APRENDIZ, PATA DE ESQUILO** **TEMPESTADE DE AREIA** – gata de pelo alaranjado **CAUDA DE NUVEM** – gato branco de pelo longo **PELO DE MUSGO-RENDA** – gato malhado marrom-dourado **APRENDIZ, PATA BRANCA** **GARRA DE ESPINHO** – gato malhado marrom-dourado **APRENDIZ, PATA DE MUSARANHO** **CORAÇÃO BRILHANTE** – gata branca com manchas laranja **GARRA DE AMORA DOCE** – gato malhado marrom-escuro com olhos cor de âmbar **PELO GRIS** – gato cinza-claro (com manchas mais escuras) com olhos azul-escuros **BIGODE DE CHUVA** – gato cinza-escuro com olhos azuis **PELO DE FULIGEM** – gato cinza-claro com olhos cor de âmbar

CAUDA DE CASTANHA – gata branca e atartarugada com olhos cor de âmbar

APRENDIZES (com idade superior a seis luas, em treinamento para se tornarem guerreiros)

PATA DE ESQUILO – gata de pelo ruivo escuro e olhos verdes

PATA DE FOLHA – gata malhada marrom-clara com olhos cor de âmbar e patas brancas

PATA DE ARANHA – gato preto de patas longas, barriga marrom e olhos cor de âmbar

PATA DE MUSARANHO – gato pequeno marrom--escuro com olhos cor de âmbar

PATA BRANCA – gata branca com olhos verdes

RAINHAS (gatas que estão grávidas ou amamentando)
FLOR DOURADA – gata de pelo laranja-claro, a rainha mais velha do berçário

NUVEM DE AVENCA – gata cinza-clara (com manchas mais escuras) com olhos verdes

ANCIÃOS (antigos guerreiros e rainhas, agora aposentados)
PELE DE GEADA – gata com belíssimo pelo branco e olhos azuis

CAUDA MOSQUEADA – gata atartarugada, belíssima em outros tempos, a gata mais antiga do Clã do Trovão

CAUDA SARAPINTADA – gata malhada de cores pálidas

RABO LONGO – gato de pelo desbotado, com listras pretas, aposentado precocemente por problemas de visão

CLÃ DAS SOMBRAS

LÍDER **ESTRELA PRETA** – gato branco grande e com enormes patas pretas

<u>REPRESENTANTE</u>   **PELO RUBRO** – gata de pelagem avermelhada em tom escuro

<u>CURANDEIRO</u>   **NUVENZINHA** – gato malhado bem pequeno

<u>GUERREIROS</u>   **PELO DE CARVALHO** – gato pequeno e marrom
APRENDIZ, PATA DE FUMAÇA

PELO DE AÇAFRÃO – gata atartarugada com olhos verdes

CORAÇÃO DE CEDRO – gato cinza-escuro

GARRA DE SORVEIRA – gato de pelo avermelhado
APRENDIZ, PATA DE GARRA

PAPOULA ALTA – gata malhada em tons marrom-claros e com longas pernas

<u>ANCIÃO</u>   **NARIZ MOLHADO** – pequeno gato de pelo cinza e branco, antigo curandeiro

CLÃ DO VENTO

<u>LÍDER</u>   **ESTRELA ALTA** – gato idoso, branco e preto, de cauda muito longa

<u>REPRESENTANTE</u>   **GARRA DE LAMA** – gato marrom-escuro malhado
APRENDIZ, PATA DE CORVO – gato cinza-escuro esfumado, quase preto

<u>CURANDEIRO</u>   **CASCA DE ÁRVORE** – gato marrom de cauda curta

<u>GUERREIROS</u>   **BIGODE RALO** – gato malhado marrom

PÉ DE TEIA – gato malhado cinza-escuro

ORELHA RASGADA – gato malhado

CAUDA BRANCA – gata branca pequena

<u>ANCIÃ</u>   **FLOR DA MANHÃ** – gata atartarugada

CLÃ DO RIO

LÍDER — **ESTRELA DE LEOPARDO** – gata de pelo dourado e manchas incomuns

REPRESENTANTE — **PÉ DE BRUMA** – gata de pelo cinza e olhos azuis

CURANDEIRO — **PELO DE LAMA** – gato cinza-claro de pelo longo
APRENDIZ, **ASA DE MARIPOSA** – gata dourada com olhos cor de âmbar

GUERREIROS — **GARRA NEGRA** – gato preto-acinzentado

PASSO PESADO – gato malhado e de pelo espesso

PELO DE TEMPESTADE – gato cinza-escuro com olhos cor de âmbar

CAUDA DE PLUMA – gata cinza-clara com olhos azuis

GEADA DE FALCÃO – gato marrom-escuro de ombros largos

PELE DE MUSGO – gata atartarugada

RAINHA — **FLOR DA AURORA** – gata cinza-clara

ANCIÃOS — **PELUGEM DE SOMBRA** – gata de pelo cinza muito escuro

VENTRE RUIDOSO – gato marrom-escuro

GATOS QUE NÃO PERTENCEM A CLÃS

CEVADA – gato preto e branco que mora em uma fazenda perto da floresta

PATA NEGRA – gato negro, magro, com cauda de ponta branca; vive na fazenda com Cevada

BACANA – gato idoso e malhado que mora na floresta perto do mar

OUTROS ANIMAIS

MEIA-NOITE – uma texugo observadora de estrelas que vive perto do mar

VISTA DOS GATOS

- PEDRAS ALTAS
- FAZENDA DO CEVADA
- QUATRO ÁRVORES
- ACAMPAMENTO DO CLÃ DO VENTO
- QUEDA-D'ÁGUA
- ROCHAS ENSOLARADAS
- ACAMPAMENTO DO CLÃ DO RIO
- RIO
- PONTO DE CORTE DE ÁRVORES

VISTA DOS DUAS-PERNAS

DEDOS DO DIABO
(*area desativada*)

FAZENDA DOS VENTOS

ESTRADA NORTH ALLERTON

CHARNECA DOS VENTOS

VALE DOS DRUIDAS

SALTO DOS DRUIDAS

RIO CHELL

ACAMPAMENTO DA FAZENDA MORGAN

FAZENDA MORGAN

ALAMEDA MORGAN

PONTA DO RECREIO
NORTH ALLERTON

ESTRADA DOS VENTOS

FLORESTA DO
CERVO BRANCO

FLORESTA DE CHELFORD

MOINHO DE CHELFORD

CHELFORD

LEGENDA do MAPA

Floresta de Folhas Caducas

Coníferas

Brejo

Rochas e penhascos

Trilhas para caminhada

NORTE

PRÓLOGO

Um a um, os gatos entraram na caverna, pelos manchados de lama e olhos arregalados de medo, refletindo o luar frio que penetrava por uma rachadura no teto. Agachados perto do chão, seus olhares iam de um lado para o outro como se esperassem ver o perigo à espreita nas sombras.

O brilho do luar refletia nas poças de água no chão da caverna e iluminava uma floresta de pedras pontiagudas, algumas saindo do chão e outras penduradas no teto da caverna. No meio, algumas das pedras se juntavam e formavam árvores esguias de rocha branca e brilhante. O vento soprava através delas, agitando o pelo dos gatos. O ar cheirava a umidade e limpeza, cheio do rugido distante da água caindo.

Um gato saiu de trás de uma das pedras pontiagudas. Comprido, com patas magras e musculosas, o pelo completamente coberto de lama que havia secado em pontas, o que o fazia parecer esculpido em pedra.

– Bem-vindos – ele miou com voz áspera. – O luar repousa sobre a água. De acordo com as leis da Tribo da Caça Sem Fim, é hora de uma Revelação.

Um dos gatos rastejou para a frente e inclinou a cabeça para o gato coberto de lama.

– Falante das Rochas, você recebeu um sinal? A Tribo da Caça Sem Fim falou com você?

Atrás dele, outro gato perguntou:

– Finalmente há esperança?

Falante das Rochas baixou a cabeça.

– Eu vi as palavras da Tribo da Caça Sem Fim no reflexo do luar na rocha, nas sombras projetadas pelas pedras, no som das gotas de chuva caindo do teto. – Fez uma pausa, deixando seu olhar passar pelos gatos ao redor. – Sim, segundo eles, há esperança.

Um leve murmúrio, como o farfalhar de folhas ao vento, percorreu o grupo de gatos. Seus olhos pareciam ter ficado mais brilhantes, e suas orelhas, de pé. Aquele que se apresentou primeiro miou, hesitante:

– Então sabe o que vai nos livrar desse terrível perigo?

– Sim, Penhasco – respondeu Falante das Rochas. – A Tribo da Caça Sem Fim me prometeu que um gato virá, um gato prateado que não é desta tribo, e nos livrará de Dente Afiado de uma vez por todas.

Houve uma pausa, e depois uma voz ao fundo do grupo perguntou:

– Então existem outros gatos fora da Tribo da Água Corrente?

– Certamente – outro gato respondeu.

– Já ouvi falar de desconhecidos – miou Penhasco –, embora nunca tenhamos visto nenhum aqui. Mas quando virá o gato prateado? – acrescentou desesperado, enquanto outros miados surgem ao seu redor.

– Sim, quando?

– É mesmo verdade?

Falante das Rochas pediu silêncio com um movimento de cauda e miou:

– Sim, é verdade. A Tribo da Caça Sem Fim nunca mentiu para nós. Eu mesmo vi o brilho de seu pelo prateado em um lago iluminado pela lua.

– Mas *quando*? – insistiu Penhasco.

– Isso a Tribo da Caça Sem Fim não me mostrou. Não sei quando o gato prateado virá nem de onde, mas saberemos quando chegar.

Ele levantou a cabeça para o teto da caverna, olhos brilhantes como duas pequenas luas.

– Até lá, gatos da minha tribo, só nos resta esperar.

CAPÍTULO 1

Pelo de Tempestade abriu os olhos, piscando para espantar o sono, tentando lembrar onde estava. Em vez de deitado em seu ninho de juncos no acampamento do Clã do Rio, viu-se enrolado em samambaias secas e estaladiças. Acima de sua cabeça, estava o teto de terra de uma caverna, entrecruzado com raízes emaranhadas. Podia ouvir um rugido cadenciado ao longe. A princípio, isso o intrigou; aí se lembrou de como estavam perto da água onde o sol mergulha, lavando sem parar a beirada da terra. Encolheu-se quando a visão de como ele e Garra de Amora Doce tinham lutado na água pela própria vida explodiu em sua mente; cuspiu, ainda sentindo o gosto salgado no fundo da garganta. Em casa, no Clã do Rio, estava acostumado com água – seu clã era o único que podia nadar tranquilamente no rio que corria pela floresta –, mas não essa água salgada, turbulenta, empurrando e puxando, forte demais até para um gato do Clã do Rio nadar com segurança.

Outras lembranças voltaram correndo. O Clã das Estrelas tinha enviado gatos de cada um dos quatro clãs em uma longa e perigosa viagem para ouvir o que Meia-Noite tinha a dizer. Abriram caminho por território desconhecido, por ninhos dos Duas-Pernas, enfrentando ataques de cães e ratos, para fazer uma última e incrível descoberta: Meia-Noite era uma texugo.

Pelo de Tempestade teve a sensação de que placas de gelo desciam por suas patas ao se lembrar da terrível mensagem de Meia-Noite. Os Duas-Pernas estavam destruindo a floresta para fazer um novo Caminho do Trovão. Todos os clãs teriam de partir, e coube aos gatos escolhidos pelo Clã das Estrelas avisá-los e conduzi-los para um novo lar.

Pelo de Tempestade sentou-se e olhou ao redor da caverna. Uma luz fraca se filtrava pelo túnel que levava ao topo do penhasco, com uma suave corrente de ar fresco que trazia o cheiro de água salgada. Meia-Noite, a texugo, não estava à vista. Bem perto de Pelo de Tempestade, Cauda de Pluma, sua irmã, dormia, a cauda enrolada sobre o nariz. E logo atrás estava Pelo de Açafrão, a guerreira feroz do Clã das Sombras; Pelo de Tempestade ficou aliviado ao ver que ela descansava tranquilamente, como se a mordida de rato que havia sofrido no Lugar dos Duas-Pernas a incomodasse menos agora. Do estoque de ervas de Meia-Noite, havia surgido algo para aliviar a infecção e ajudá-la a dormir. No lado oposto da caverna, um pouco afastado, estava Pata de Corvo, o aprendiz do Clã do Vento, de pelagem cinza-escura quase invisível entre as folhas de samambaias. Perto da entrada da caverna, o irmão de Pelo de Açafrão, Garra de Amora Doce, estava deitado ao lado de Pata de Esquilo, que dormia enrolada como uma bola. Pelo de Tempestade sentiu uma pontada de ciúme ao ver os gatos do Clã do Trovão juntos, mas afastou aquele sentimento. Não tinha o direito de admirar Pata de Esquilo, sua coragem e seu otimismo brilhante tanto quanto admirava, já que vinham de clãs diferentes. Garra de Amora Doce faria dela uma companheira muito melhor.

Pelo de Tempestade sabia que deveria despertar os companheiros para começarem a longa jornada de volta à floresta. Ainda assim, estava estranhamente relutante. *Melhor dormirem um pouco mais*, pensou. *Vamos precisar de toda a energia para o que está por vir.*

Sacudindo do pelo pedaços de samambaia, abriu caminho pelo chão arenoso da caverna e saiu pelo túnel. Ao chegar à grama macia, uma brisa forte agitou sua pelagem. Finalmente estava seco, depois de quase se afogar na noite anterior, e o sono o revigorara. Olhou ao redor; bem à frente estava a beira do penhasco e logo além uma extensão infinita de água cintilante, refletindo a pálida luz do amanhecer.

Pelo de Tempestade abriu as mandíbulas para sorver o ar e sentir o cheiro de presa. Em vez disso, seus sentidos foram inundados por um forte cheiro de texugo. Avistou Meia-Noite sentada no ponto mais alto do penhasco, os olhos pequenos e brilhantes fixos nas estrelas que se apagavam. No céu ao fundo, do outro lado da charneca, uma faixa de luz cremosa mostrava onde o sol nasceria. O gato se aproximou, inclinando a cabeça respeitosamente antes de se sentar a seu lado.

– Bom dia, guerreiro cinza – a voz de Meia-Noite retumbou em boas-vindas. – Dormiu você o suficiente?

– Sim. Obrigado, Meia-Noite. – Pelo de Tempestade ainda achava estranho trocar saudações amigáveis com ela, já que os texugos sempre foram inimigos mortais dos clãs dos guerreiros.

No entanto, Meia-Noite não era uma texugo comum. Parecia mais próxima do Clã das Estrelas que qualquer guerreiro, exceto talvez os curandeiros; havia viajado muito e de alguma forma encontrara a sabedoria para prever o futuro.

Pelo de Tempestade deu-lhe um olhar de soslaio e viu que ela tinha os olhos ainda fixos nas estrelas que restavam no céu do amanhecer.

– Você consegue mesmo ler os sinais do Clã das Estrelas? – perguntou, curioso, esperando que as terríveis previsões da noite anterior desaparecessem na luz da manhã.

– Muito para ser lido há em todos os lugares. Nas estrelas, na água corrente, no reflexo da luz nas ondas. Mundo inteiro fala, se ouvidos estão abertos a ouvir.

– Devo ser surdo, então. O futuro me parece sombrio.

– Não assim, guerreiro cinza – rebateu Meia-Noite. – Veja. – Apontou com o focinho para a água onde o sol mergulha, para onde um único guerreiro do Clã das Estrelas ainda brilhava bem acima do horizonte. – Clã das Estrelas viu nosso encontro. Eles satisfeitos estão e ajudarão nos dias sombrios que vão chegar.

Pelo de Tempestade olhou para o ponto brilhante de luz e soltou um leve suspiro. Não era um curandeiro, acostumado a trocar lambidas com seus ancestrais guerreiros. Sua tarefa era oferecer sua força e sua habilidade a serviço de seu clã; e agora, ao que parecia, de todos os felinos da floresta. Meia-Noite deixou claro que todos os clãs seriam destruídos se não conseguissem ignorar as fronteiras antigas e trabalhar juntos pelo menos uma vez.

– Meia-Noite, quando formos para casa...

Sua pergunta não foi concluída. Um uivo o interrompeu, ele se virou e viu Pata de Esquilo surgir do túnel que levava à toca da texugo. Ela estava parada na entrada, o pelo ruivo escuro eriçado e as orelhas de pé, e anunciou:

– Estou morrendo de fome! Onde tem presa por aqui?

– Saia da frente e deixe o resto de nós sair. – A voz irritada de Pata de Corvo soou atrás dela. – Aí a gente mostra a você onde tem presa.

Pata de Esquilo avançou alguns passos, e o aprendiz do Clã do Vento saiu, seguido de perto por Cauda de Pluma. Ela se espreguiçou com prazer na luz do sol. Pelo de Tempestade se levantou e saltou sobre a grama dura do pântano para que pudesse tocar o nariz da irmã. O aprendiz não tinha sido escolhido originalmente pelo Clã das Estrelas, mas insistira em vir na jornada para proteger Cauda de Pluma. Com a mãe morta e o pai morando em um clã diferente, os dois ficaram muito mais próximos que irmãos comuns.

Meia-Noite foi atrás dele e cumprimentou todos com um aceno de cabeça.

– Pelo de Açafrão está muito melhor esta manhã – Cauda de Pluma anunciou. – Diz que o ombro quase não dói. – Virando-se para Meia-Noite, acrescentou: – A raiz de bardana que você lhe deu realmente ajudou.

– Raiz é bom – a texugo resmungou. – Agora guerreiro ferido viaja bem.

Enquanto ela falava, a própria Pelo de Açafrão apareceu vindo do túnel; Pelo de Tempestade ficou aliviado ao vê-la mais forte depois do longo sono e já quase sem mancar.

Seguindo Pelo de Açafrão, seu irmão, Garra de Amora Doce, saiu do túnel e ficou piscando na luz crescente.

– O sol está quase nascendo – miou. – É hora de seguirmos nosso caminho.

– Mas temos de comer primeiro! – Pata de Esquilo gemeu. – Minha barriga está roncando mais alto que um monstro no Caminho do Trovão! Poderia comer uma raposa, com pele e tudo.

Pelo de Tempestade teve de concordar. A fome arranhava sua barriga também, e ele sabia que, sem comida, não conseguiriam enfrentar a longa e exaustiva jornada de volta à floresta. No entanto, compartilhava a urgência de Garra de Amora Doce; como se sentiriam se demorassem muito e descobrissem que gatos morreram por causa disso?

Um olhar exasperado passou pelo rosto de Garra de Amora Doce. Sua voz estava firme quando respondeu:

– Vamos pegar algumas presas enquanto avançamos. E, assim que voltarmos para a floresta onde montamos acampamento, caçaremos adequadamente.

– Monte de pelo mandão – Pata de Esquilo murmurou.

– Garra de Amora Doce está certo – Pelo de Açafrão miou. – Quem sabe o que está acontecendo em casa? Não há tempo a perder.

Um murmúrio de concordância ergueu-se vindo dos outros gatos. Mesmo Pata de Corvo, que geralmente desafiava as decisões de Garra de Amora Doce mais ainda que Pata de Esquilo, nada tinha a dizer. Com um leve choque, Pelo de Tempestade percebeu que a longa jornada e a ameaça aos clãs os haviam transformado de rivais briguentos em uma força unificada com um único propósito: salvar os companheiros de clã e o Código dos Guerreiros que os protegera por tanto tempo. Uma sensação reconfortante de pertencimento tomou conta de Pelo de Tempestade. Sua lealdade para com o Clã do Rio era complicada – sabendo como sua herança de meios-clãs fazia outros guerreiros suspeitarem dele e de Cauda de Pluma –, mas aqui sabia ter encontrado amigos que não o julgavam pelas diferenças entre clãs.

Garra de Amora Doce avançou até ficar na frente de Meia-Noite.

– Todos os clãs agradecem a você – miou.

A texugo grunhiu.

– Ainda não é hora de despedida. Com vocês vou até a floresta, para ter certeza de que sabem o caminho.

Sem esperar que os gatos concordassem ou agradecessem, ela se arrastou pela charneca. À sua frente, o céu estava tão claro quando o sol começou a se aproximar do horizonte que ficava difícil fixar o olhar. Pelo de Tempestade piscou agradecido pela luz amarela. O sol poente os guiou em sua jornada para encontrar o lugar onde o sol mergulha; agora o sol nascente os guiaria de volta para casa.

Os quatro escolhidos – com Pelo de Tempestade e Pata de Esquilo, que vieram com Garra de Amora Doce após uma discussão com seu pai, Estrela de Fogo – partiram da floresta seguindo cegamente uma profecia mal compreendida do Clã das Estrelas. Agora que descobriram o que ela significava, era mais fácil decidir o que fazer, mas ao mesmo tempo era aterrorizante saber que os clãs corriam tanto perigo.

– Bem, o que estamos esperando? – Pata de Esquilo perguntou, correndo para alcançar Meia-Noite.

Seu companheiro de clã, Garra de Amora Doce, seguia mais devagar, parecendo imerso em pensamentos, como se imaginando todas as dificuldades que teriam de enfrentar no caminho de volta para a floresta. A seu lado, Pelo de Açafrão estava revigorada após a noite de descanso, e, embora ainda mancasse, seus olhos mostravam apenas determinação para fazer a longa jornada de volta para casa.

Cauda de Pluma trotava com a cauda erguida, claramente aproveitando a manhã brilhante, enquanto Pata de Corvo galopava a seu lado, mantendo as orelhas de pé e os músculos tensos, como se já antecipasse problemas.

Pelo de Tempestade, fechando a retaguarda, sussurrou uma rápida prece ao Clã das Estrelas. *Guie nossas patas e leve-nos todos em segurança para casa.*

À medida que o sol subia mais, o céu ganhava um tom de azul profundo e claro, pontilhado com pedaços de nuvens fofas. O tempo estava quente e ameno para tão tarde na estação das folhas caídas. Uma brisa varreu a grama, e a boca de Pelo de Tempestade encheu-se de água ao sentir cheiro de coelho. Com o canto do olho, avistou uma cauda branca balançando, enquanto o coelho desaparecia no topo de uma encosta suave.

Instantaneamente, Pata de Corvo disparou atrás dele.

– Espere! Aonde você vai? – Garra de Amora Doce o chamou, mas o aprendiz do Clã do Vento havia sumido. A cauda do guerreiro malhado chicoteava, irritada. – Será que algum dia ele vai me escutar?

– Ele não vai demorar – Cauda de Pluma o acalmou. – É demais querer que ele ignore um coelho bem debaixo do nariz.

A única resposta de Garra de Amora Doce foi outro balançar de cauda.

– Vou trazê-lo de volta – miou Pelo de Tempestade, preparando os músculos para saltar em perseguição.

Antes que se movesse, o aprendiz cinza-escuro reapareceu no topo da elevação. Arrastava o coelho, quase tão grande quanto ele.

– Aqui – miou sem elegância, enquanto o jogava no chão. – Não demorou muito, não é? Suponho que podemos parar e comê-lo?

– Claro – respondeu Garra de Amora Doce. – Desculpe, Pata de Corvo. Tinha esquecido como os gatos do Clã do Vento podem ser rápidos. Este... este pântano deve parecer um lar para você.

Pata de Corvo recebeu o pedido de desculpas com um breve aceno de cabeça, enquanto os seis gatos se aglomeravam em torno da presa fresca. Pelo de Tempestade parou quando notou um brilho de admiração nos olhos de Cauda de Pluma. Com certeza a irmã não poderia estar interessada em Pata de Corvo. Tudo o que fazia era discutir e avançar como se já fosse um guerreiro. Um gato de outro clã – e ainda por cima um aprendiz! – não tinha o direito de começar a andar atrás de Cauda de Pluma. E o que Cauda de Pluma tinha visto nele? Não sabia dos problemas que esse tipo de coisa poderia causar? Será que não aprendera nada com o caso dos próprios pais?

Então, o olhar de Pelo de Tempestade deslizou para Pata de Esquilo. Ele tinha o direito de criticar Cauda de Pluma gostando tanto de Pata de Esquilo? Mas claro, disse a si mesmo, qualquer um gostaria da corajosa e inteligente aprendiz do Clã do Trovão. E ele sabia que não devia começar nada com um gato de outro clã, já que não poderiam ter um futuro juntos.

Pelo de Tempestade suspirou e começou a engolir sua parte do coelho. Esperava estar imaginando coisas; afinal, qualquer um pode admirar a velocidade de Pata de Corvo ao pegar as presas quando todos estão com fome. Certamente isso era tudo o que Cauda de Pluma estava sentindo.

Enquanto os gatos comiam, Meia-Noite esperava a alguns passos de distância. Pelo de Tempestade a viu arrancando a graminha do pântano com suas garras fortes e cegas, farejando as larvas e perturbando os besouros. Tinha os olhos apertados, como se achasse difícil procurar comida sob a forte luz do sol, mas não disse nada, e, assim que os gatos comeram tudo o que puderam da presa de Pata de Corvo, ela partiu mais uma vez em direção ao sol nascente.

Mesmo com Meia-Noite guiando-os pela rota mais direta, o sol já estava alto quando alcançaram o topo de uma colina suave e viram o limite da floresta à frente. A sombra sob as árvores parecia tão convidativa quanto água corrente para Pelo de Tempestade depois de viajar pelo calor do pântano desprotegido. Por um breve momento, permitiu-se imaginar uma tarde de caça, depois se acomodando para dormir sob as folhas arqueadas das samambaias, mas sabia que não havia chance de acontecer.

À medida que se aproximavam da floresta, avistou o que parecia ser um monte de pelo marrom manchado na grama alta sob um arbusto. Sua cauda se contraiu de tristeza ao reconhecer o idoso malhado que os guiara – e quase os perdera para sempre – no Lugar dos Duas-Pernas.

– Ei, Bacana! – Garra de Amora Doce chamou. – Estamos de volta!

Uma cabeça grande e redonda surgiu no monte de pelos, os bigodes se mexendo enquanto os olhos confusos, piscando, voltaram-se aos poucos para dar as boas-vindas. O velho gato levantou-se e deu alguns passos na direção deles, sacudindo pedaços de folhas mortas de sua pelagem desgrenhada.

– Grande Clã das Estrelas! – exclamou. – Nunca imaginei que veria vocês de novo. – De repente, interrompeu-se,

olhos fixos em algo sobre o ombro de Pelo de Tempestade.
– Não mexa um bigode! – sibilou. – Há um texugo atrás de você. Deixe que eu resolvo a situação. Conheço alguns golpes de luta que...

– Está tudo bem, Bacana – interrompeu Pelo de Tempestade, enquanto a cauda de Pata de Esquilo se enrolava, divertida. – Essa é Meia-Noite, uma amiga.

O velho gato malhado olhou para Pelo de Tempestade, com as mandíbulas escancaradas de espanto.

– Uma amiga? Não se faz amizade com um texugo, meu jovem. Não se pode confiar neles nem por um tiquinho de tempo.

Pelo de Tempestade lançou um olhar ansioso para Meia--Noite, imaginando se a texugo estava ofendida com as palavras de Bacana. Para seu alívio, ela parecia se divertir tanto quanto Pata de Esquilo, os olhinhos negros brilhando.

– Venha conhecer Bacana – Pelo de Tempestade miou. – Foi quem nos guiou no Lugar dos Duas-Pernas.

Meia-Noite pôs-se à frente do velho gato malhado. Não convencido, Bacana se agachou, o pelo do pescoço eriçado, os lábios retraídos em um rosnado que revelava dentes retorcidos. Pelo de Tempestade sentiu uma ponta de admiração por sua coragem, embora a texugo pudesse tê-lo esmagado com um golpe de suas poderosas patas dianteiras.

– Aqui não tem luta – Meia-Noite assegurou. – Amigo do meu amigo é meu amigo também. Muito de você eles me contaram.

As orelhas de Bacana estremeceram, e ele murmurou:

– Não posso dizer que estou feliz em conhecê-la. Mas suponho que deva ser legal, já que eles dizem que é. – Afastando-se, virou-se para Garra de Amora Doce. – Por que estamos por aqui? – perguntou. – Há Depé e cachorros por toda parte. Diga adeus, e vamos embora.

– Espere! – Pata de Esquilo protestou em voz alta para Garra de Amora Doce. – Você disse que podíamos caçar.

– E podemos – ele miou.

Ele fez uma pausa para aspirar o ar; Pelo de Tempestade também, e sentiu-se aliviado ao descobrir que, embora pudesse distinguir diversos cheiros diferentes de cachorro, eram todos antigos. Entendeu que Bacana estava usando o perigo dos cães como desculpa para fugir de Meia-Noite.

– Tudo bem – Garra de Amora Doce continuou –, vamos nos separar e caçar rapidamente. Depois nos encontraremos no lugar onde acampamos da última vez. Pelo de Açafrão, você quer ir direto para lá?

Os olhos da guerreira do Clã das Sombras brilharam quando respondeu:

– Não, posso caçar tão bem quanto qualquer um de vocês.

Antes que alguém falasse alguma coisa, Meia-Noite se aproximou da gata e deu-lhe uma leve cutucada.

– Guerreira tola – resmungou. – Descanse enquanto pode. Mostre local de acampamento. Ficarei enquanto o sol estiver alto, voltarei para casa no escuro.

Pelo de Açafrão deu de ombros.

– OK, Meia-Noite. – Dirigiu-se mais para dentro da floresta, seguindo o riacho até o vale onde os gatos haviam descansado na jornada de ida.

O ar estava mais fresco na sombra salpicada das árvores. Pelo de Tempestade começou a relaxar, sentindo-se mais seguro ali que na charneca aberta, embora o riacho agitado, muito raso para os peixes, não substituísse o rio que ele amava. Um sentimento de perda o atravessou ao pensar que, mesmo se visse o rio novamente, não seria por muito tempo; Meia-Noite lhes dissera que os clãs teriam de deixar a floresta assim que os seis gatos voltassem.

Um farfalhar na vegetação rasteira lembrou-lhe de como estava faminto. Seria bom sair um pouco para caçar com Cauda de Pluma, como faziam em casa. Mas, quando se virou para falar com a irmã, viu que Pata de Corvo cochichava em seu ouvido.

– Você quer caçar comigo? – o aprendiz murmurou, soando meio relutante, meio envergonhado. – Faríamos melhor juntos.

– Seria ótimo! – Os olhos de Cauda de Pluma brilharam; depois avistou Pelo de Tempestade e ficou ainda mais embaraçada que o gato do Clã do Vento. – Hã... Por que não caçamos todos juntos?

Pata de Corvo desviou o olhar, e Pelo de Tempestade sentiu o pescoço se arrepiar. Que direito esse aprendiz tinha de convidar Cauda de Pluma para ser sua parceira de caça?

– Não, estou bem sozinho – retrucou Pelo de Tempestade, girando e mergulhando na vegetação, tentando fingir que não tinha visto a dor nos olhos azuis da irmã.

Mas, assim que escorregou para os galhos mais baixos dos arbustos, sua irritação desapareceu. As orelhas se aguçaram, e todos os seus sentidos ficaram alertas na caça à presa.

Em pouco tempo, avistou um camundongo rastejando entre as folhas caídas e o executou com um golpe rápido. Satisfeito, cobriu com terra o pequeno corpo marrom até poder voltar para buscá-lo e foi procurar mais. Logo acrescentou um esquilo e outro camundongo a seu tesouro – que era o máximo que podia carregar – e partiu para o ponto de encontro.

No caminho, começou a se perguntar como Cauda de Pluma estaria se saindo e se deveria ter ficado com ela. Ele não era um dos gatos eleitos do Clã das Estrelas; tinha vindo nessa missão especialmente para cuidar da irmã. Estava errado em abandoná-la nesse lugar estranho só porque Pata de Corvo o havia irritado. O que faria se algo acontecesse a ela?

Quando chegou ao acampamento, viu Pelo de Açafrão estirada à sombra de um arbusto de espinheiro, o pelo atartarugado quase invisível à luz salpicada do sol. Meia-Noite estava a seu lado, cochilando, e havia mais raiz de bardana mastigada no ombro machucado da gata. A texugo deve ter encontrado algumas crescendo perto do riacho. Garra de Amora Doce estava empoleirado acima de Pelo de Açafrão em uma raiz de árvore que formava um arco acentuado, obviamente vigiando, enquanto Cauda de Pluma e Pata de Corvo compartilhavam um esquilo logo abaixo. Quando Pelo de Tempestade jogou o produto da caça na pequena pilha de presas frescas no centro do vale, Pata de Esquilo apareceu no topo da encosta arrastando um coelho, e Bacana vinha logo atrás com um par de camundongos nas mandíbulas.

– Bom, estamos todos aqui – miou Garra de Amora Doce. – Vamos comer e depois nos mexer.

Pulou no vale e escolheu um estorninho da pilha. Pelo de Tempestade levou um de seus camundongos para Cauda de Pluma, sentando-se ao lado dela, no lado oposto ao de Pata de Corvo.

– Como foi a caçada? – perguntou.

Cauda de Pluma piscou para ele.

– Excelente, obrigada. Há tantas presas aqui! É uma pena não podermos ficar mais tempo.

Pelo de Tempestade ficou tentado a concordar, mas sabia que o perigo que ameaçava a casa deles era desesperador demais para que demorassem. Começou a devorar seu camundongo em bocadas famintas, as patas já ansiando o próximo estágio da jornada.

Havia engolido o resto da presa fresca e começara a ajeitar a espessa pelagem cinza quando ouviu um rosnado baixo atrás dele. Viu Garra de Amora Doce erguer a cabeça, os olhos amarelos alarmados.

Pelo de Tempestade virou-se e viu o que havia assustado o guerreiro do Clã do Trovão. Um odor familiar atingiu suas glândulas de cheiro um segundo antes que duas formas esguias e amareladas saíssem da samambaia ao lado do riacho.

Raposas!

CAPÍTULO 2

Pata de Folha torceu o nariz com o cheiro fétido e tentou não sibilar de desgosto. Balançando a cabeça, abriu o pelo atartarugado de Cauda de Castanha com uma pata e colocou o musgo encharcado de bile no carrapato agarrado ao ombro.

Cauda de Castanha se contorceu ao sentir a bile encharcar o pelo.

– Assim é melhor! – miou. – Passou?

Pata de Folha abriu a boca e deixou cair o galho que continha o musgo.

– Dê tempo ao tempo.

– Só há uma coisa boa nos carrapatos – miou Cauda de Castanha. – Odeiam bile de rato tanto quanto nós. – Saltando sobre as patas, sacudiu-se vigorosamente e deu um peteleco no carrapato que estava no ombro. – Foi-se! Obrigada, Pata de Folha.

Uma brisa soprou por entre as árvores que cercavam a toca da curandeira. Algumas folhas caíram; havia um friozinho no ar da manhã que alertava Pata de Folha para a proximidade da estação sem folhas. Dessa vez, haveria mais que o frio e a escassez de presas para enfrentar. A aprendiz fechou os olhos e estremeceu ao se lembrar do que vira no dia anterior em patrulha com o pai, Estrela de Fogo.

O maior monstro que já tinham visto abrindo um caminho terrível pela floresta, rasgando sulcos profundos na terra e arrancando as árvores pelas raízes. O monstro enorme e brilhante rolava inexoravelmente pela samambaia, rugindo e expelindo fumaça, enquanto os gatos se espalhavam indefesos à sua frente. Pela primeira vez, Pata de Folha entendeu o perigo que representava para a floresta, e que já havia sido profetizado duas vezes, uma no sonho de Pata de Amora Doce, que o enviara na jornada com Pata de Esquilo, e outra na visão de fogo e tigre de Manto de Cinza. A destruição anunciada estava chegando à floresta, e Pata de Folha não sabia o que poderiam fazer para impedi-la.

– Você está bem, Pata de Folha? – Cauda de Castanha perguntou.

A aprendiz piscou. A visão de fumaça, árvores lascadas e gatos gritando desapareceu, substituída por samambaias verdes macias e a rocha cinza lisa onde Manto de Cinza fez sua toca. Estava em segurança, o Clã do Trovão ainda estava aqui, mas por quanto tempo?

– Sim, estou bem – ela respondeu. Estrela de Fogo ordenou que a patrulha nada falasse sobre o que tinha visto até que ele decidisse como dar a notícia ao clã. – Tenho de lavar essa bile de camundongo das minhas patas.

– Vou com você – Cauda de Castanha se ofereceu. – Então poderemos ir ao longo da ravina e pegar algumas presas frescas.

Pata de Folha liderou o caminho para a clareira principal. Pata Branca e Pata de Musaranho estavam brigando do lado de fora da toca dos aprendizes sob os raios quentes do sol da manhã, enquanto os três filhotes de Nuvem de Avenca os observavam com enormes olhos de admiração. A mãe deles, sentada na entrada do berçário, se lavava, enquanto mantinha um olho em sua ninhada. A patrulha da madrugada – Pelagem de Poeira, Pelo de Rato e Pata de Aranha – abria caminho para a clareira através do túnel de tojos, os olhos de Pelagem de Poeira estreitaram-se de prazer ao avistar Nuvem de Avenca e os filhotes. Pata de Folha olhou para o acampamento movimentado e pacífico e mal conseguiu conter um gemido de desespero.

Assim que os aprendizes avistaram Pata de Folha, pararam a luta de treino, olharam para ela e começaram a sussurrar todos juntos. Até os felinos da patrulha que voltava lhe lançaram um olhar inquieto enquanto se dirigiam à pilha de presas frescas. Pata de Folha sabia que rumores sobre a patrulha da véspera estavam começando a circular pelo acampamento. Ao amanhecer, Estrela de Fogo chamara seu representante, Listra Cinzenta, a mãe de Pata de Folha, Tempestade de Areia, e Manto de Cinza para uma reunião em sua toca, e todos começaram a suspeitar que algo incomum havia acontecido no dia anterior.

Antes que ela e Cauda de Castanha alcançassem o túnel de tojos, Estrela de Fogo saiu de sua toca na base da Pedra

Grande. Listra Cinzenta e Tempestade de Areia foram com ele até a clareira, seguidos por Manto de Cinza, que mancava. Estrela de Fogo saltou para o topo da rocha e deixou que os outros três encontrassem lugares confortáveis na base e se sentassem. Sob o sol oblíquo da estação das folhas caídas, sua pelagem cor de chama brilhava como o fogo que lhe dava o nome.

– Que todos os gatos com idade suficiente para pegar as próprias presas se juntem sob a Pedra Grande para uma Assembleia do clã.

Pata de Folha sentiu a barriga apertar quando Cauda de Castanha a empurrou gentilmente para a frente dos gatos reunidos.

– Você sabe o que ele vai dizer, não sabe? – a guerreira atartarugada murmurou.

Pata de Folha assentiu, triste.

– Sabia que algo estranho tinha acontecido ontem – Cauda de Castanha continuou. – Vocês todos voltaram com cara de quem foi pego pela cauda pelo Clã das Estrelas.

– Gostaria que fosse apenas isso – Pata de Folha falou baixinho.

– Gatos do Clã do Trovão – Estrela de Fogo começou e, em seguida, fez uma pausa para respirar fundo. – Não... Não sei se já aconteceu de algum líder de clã ter de levar os companheiros a uma escuridão como a que vejo se aproximar. – A voz vacilou, e seus olhos encontraram os de Tempestade de Areia, parecendo extrair força do olhar firme da gata. – Algum tempo atrás, Pata Negra me avisou sobre mais atividades dos Duas-Pernas no Caminho do Trovão. Naquela época, não achava que fosse importante, e não havia nada que pudéssemos fazer, porque não era o nosso território. Mas ontem...

Um silêncio tenso se abateu sobre a clareira. Estrela de Fogo não costumava soar tão sério; Pata de Folha podia ver que ele relutava em continuar. Teve de se forçar a falar.

– Minha patrulha não estava longe das Rochas das Cobras quando vimos um monstro dos Duas-Pernas deixar o Caminho do Trovão rasgar a terra e derrubar as árvores. Isso...

– Mas isso é ridículo! – Pelo de Fuligem interrompeu. – Os monstros *nunca* deixam o Caminho do Trovão.

– Este não é outro de seus sonhos, é? – Pelagem de Poeira fez a pergunta baixinho, para que somente Estrela de Fogo ouvisse, mas Pata de Folha conseguiu captar as palavras. – Ontem foi dormir tarde e de barriga cheia?

– Cale-se e ouça – Cauda de Nuvem, da família de Estrela de Fogo, olhou para Pelagem de Poeira.

– Também vi – Listra Cinzenta confirmou de seu lugar na base da pedra.

Fez-se um silêncio mortal. Pata de Folha observou os gatos se entreolharem com incerteza e medo nos olhos. Cauda de Castanha virou-se para Pata de Folha.

– Foi realmente isso o que você viu?

A jovem assentiu e disse:

– Você não pode imaginar como era.

– O que Manto de Cinza tem a dizer? – Cauda Sarapintada, que estava junto aos anciãos, perguntou. – O Clã das Estrelas mostrou alguma coisa para você?

A curandeira ergueu-se sobre as patas e encarou o clã, os olhos azuis firmes. De todos os gatos, era a que parecia mais calma, até mais que Estrela de Fogo.

Antes de responder, levantou a cabeça e encontrou o olhar de Estrela de Fogo; Pata de Folha quase podia ver piscando entre eles a lembrança da profecia de fogo e tigre que Manto de Cinza vira em uma moita de samambaia em chamas. Perguntava-se quanto haviam decidido contar ao clã, na reunião que acabara de terminar. Então, Estrela de Fogo assentiu como se estivesse dando permissão a Manto de Cinza para falar; ela reconheceu o sinal abaixando brevemente a cabeça.

– Os sinais do Clã das Estrelas não são claros – admitiu. – Vejo um momento de grande perigo e mudança para a floresta. Uma condenação terrível paira sobre todos nós.

– Então você já recebeu avisos sobre isso! Por que não nos contou antes? – Pelo de Rato desafiou com uma chicotada de cauda.

– Não seja tão cérebro de camundongo! – Cauda de Nuvem rosnou. – De que teria adiantado? O que poderíamos fazer? Deixar a floresta e ir para onde? Vagar por um lugar estranho com a estação sem folhas chegando? Talvez você consiga imaginar isso, Pelo de Rato, mas eu não.

– Se você me perguntar, Garra de Amora Doce e Pata de Esquilo tiveram a ideia certa – Pelo de Fuligem murmurou para seu irmão Bigode de Chuva. – Indo embora quando o fizeram.

Pata de Folha queria saltar em defesa dos gatos desaparecidos, mas obrigou-se a ficar sentada e quieta. Era a única do clã que sabia que Pata de Esquilo e Garra de Amora Doce haviam partido em uma missão do Clã das Estrelas para tentar salvar a floresta desse terrível perigo. Pelo de Tempestade e Cauda de Pluma, do Clã do Rio, e filhos de Listra Cinzenta, tinham ido com eles; e gatos do Clã do Vento e do Clã das Sombras também. Por mais que os companheiros sentissem falta deles, Pata de Folha sabia que haviam partido para o bem de todos os clãs.

No entanto, o perigo agora estava aqui, pensou, a apreensão apertando a barriga, e os gatos desaparecidos não haviam retornado. Significava que haviam fracassado? Significava que o Clã das Estrelas havia falhado, apesar dos avisos que enviaram?

O olhar calmo de Manto de Cinza pousou no clã silencioso e à espera. – Haverá grande perigo – repetiu. – Mas não acredito que o Clã do Trovão será destruído.

Os gatos do clã se entreolharam, perplexos e com medo. O silêncio pareceu se estender por mil tique-taques do coração, até ser quebrado por um único lamento sinistro vindo do grupo de anciãos. Como se fosse um sinal, mais uivos e gritos de medo irromperam. Diante do terror de monstros se aproximando, poucos membros do clã podiam acreditar nas garantias de Manto de Cinza.

Nuvem de Avenca passou a cauda em torno dos três filhotes, atraindo-os para a proteção de seu pelo cinza salpicado.

– O que vamos fazer? – choramingou.

Pelagem de Poeira levantou-se e pressionou o nariz contra a lateral de seu corpo, confortando-a.

– Faremos alguma coisa – prometeu. – Vamos mostrar aos Duas-Pernas que esse é *nosso* lugar.

– E como você propõe fazer isso? – Pelo de Rato perguntou, com voz áspera. – Desde quando os Duas-Pernas se importam conosco? Sempre fazem o que querem.

– Os monstros vão assustar todas as presas – acrescentou Pelo Gris. – Já sabemos que a floresta está mais vazia que nunca, e a estação sem folhas está chegando. O que vamos comer?

Mais gritos de terror se levantaram, e vários tique-taques de coração se passaram antes que Estrela de Fogo se fizesse ouvir novamente.

– Não podemos decidir o que fazer até sabermos mais – miou assim que o barulho se transformou em murmúrios apreensivos. – O que aconteceu ontem foi perto das Rochas das Cobras, bem longe daqui. É possível que os Duas-Pernas não cheguem tão longe.

– Então, por que o Clã das Estrelas enviaria um aviso? – Garra de Espinho perguntou. – Temos de encarar isso, Estrela de Fogo; não podemos fingir que não está acontecendo.

– Vou providenciar patrulhas extras – Estrela de Fogo assegurou – e vou tentar falar com o Clã das Sombras. Isso foi perto da fronteira, e eles podem ter tido problemas também.

– Você não pode acreditar em nada que o Clã das Sombras diga – Cauda de Nuvem rosnou. – Não lhe dariam sequer uma cauda de camundongo se você estivesse morrendo de fome.

– Talvez não – Estrela de Fogo respondeu. – Mas, se os Duas-Pernas tiverem invadido seu território, o Clã das Sombras vai estar pronto para aceitar uma cooperação entre clãs.

– E os ouriços podem voar – Cauda de Nuvem grunhiu. Afastou-se de Estrela de Fogo e murmurou algo no ouvido de sua companheira, Coração Brilhante, que pressionou o nariz em seu pelo, como se quisesse tranquilizá-lo.

– Todos devem ficar alertas – Estrela de Fogo continuou. – Se virem algo incomum, quero saber. Sobrevivemos à inundação e ao incêndio. Sobrevivemos à matilha de cães de Estrela Tigrada e à ameaça de Flagelo e do Clã de Sangue. Sobreviveremos a isso também.

Saltou da rocha para mostrar que a reunião havia chegado ao fim.

Imediatamente os gatos na clareira se juntaram em pequenos grupos ansiosos, discutindo o que tinham acabado de ouvir. Estrela de Fogo e Manto de Cinza conversaram rapidamente, e então a curandeira caminhou até Pata de Folha e anunciou:

– Estrela de Fogo vai ver o Clã das Sombras agora mesmo. Quer que você vá também.

Uma mistura de empolgação e apreensão tomou conta da aprendiz.

– Por que eu?

– Ele quer as duas curandeiras com ele, pois acha que, se estivermos lá, Estrela Preta perceberá que o Clã do Trovão não está procurando briga. – Os olhos azuis de Manto de Cinza brilharam. – Mesmo assim, Pata de Folha, espero que você tenha praticado seus movimentos de luta recentemente.

A aprendiz engoliu em seco.

– Sim, Manto de Cinza.

– Bom. – Com um aceno de cauda, ela liderou o caminho para a entrada do túnel de tojos, onde Estrela de Fogo as esperava. Listra Cinzenta e Pelo de Musgo-Renda estavam com ele.

– Vamos – miou Estrela de Fogo. – E lembrem-se, não quero nenhum problema. Só vamos conversar.

Listra Cinzenta bufou.

– Tente dizer isso ao Clã das Sombras. Se uma patrulha nos pegar em seu território, eles vão nos agarrar assim que nos virem.

– Espero que não – Estrela de Fogo respondeu com esperança. – Se os Duas-Pernas estão ameaçando nossos clãs, não podemos nos dar ao luxo de desperdiçar forças lutando uns contra os outros.

Listra Cinzenta ainda parecia em dúvida, mas não disse mais nada, enquanto Estrela de Fogo os conduzia pela ravina em direção à fronteira do Clã das Sombras. Pata de Folha mantinha os ouvidos atentos a quaisquer sons incomuns, e todos os pelos de seu corpo estavam arrepiados. A floresta, que era um lugar seguro desde que conseguia se lembrar, agora tinha se tornado de repente um lugar assustador, invadido pelos Duas-Pernas e seus monstros.

Estrela de Fogo conduziu a patrulha diretamente para as Rochas das Cobras, e logo Pata de Folha percebeu que iam para o local onde o monstro havia deixado o Caminho do Trovão. Antes que pudessem avistá-lo, sentiu o fedor do monstro e o intenso cheiro de terra do solo rasgado. Quando chegou ao topo da encosta acima do Caminho do Trovão, parou e espiou por entre uma moita de samambaias.

Logo abaixo, uma faixa de grama remexida se estendia até o Caminho do Trovão. As árvores jaziam no chão, as raízes emaranhadas no ar. Tudo estava em silêncio; Pata de Folha não conseguia ouvir um único pássaro ou o arrastar de presas na grama. Mas o monstro tinha ido embora, e, quando ela abriu a boca para sorver o ar, o cheiro dos Duas-Pernas era rançoso. Até o fedor do monstro estava começando a desaparecer.

– Não estiveram aqui hoje – Listra Cinzenta miou. – Talvez tenham terminado o que estavam fazendo.

– Não contaria com isso – Estrela de Fogo respondeu laconicamente.

– Isso é... terrível. – Pelo de Musgo-Renda parecia atordoado. Não estava na patrulha original. – Por que estão destruindo a floresta, Estrela de Fogo?

A ponta da cauda de Estrela de Fogo se contraiu para a frente e para trás.

– Por que os Duas-Pernas fazem alguma coisa? Se soubéssemos a resposta, nossa vida seria muito mais fácil.

Contornando a borda da área danificada, ele liderou o grupo ao longo do Caminho do Trovão. O estômago de Pata de Folha apertou ao ver que mais árvores haviam sido derrubadas no território do Clã das Sombras e mais terreno havia sido revolvido.

Cada um dos gatos do Clã do Trovão parou para correr o olhar pela dura superfície preta. Pelo de Musgo-Renda agachou-se como se estivesse prestes a atacar, mas não havia inimigo com quem lutar.

– Olhem para isso! – A voz de Listra Cinzenta tremeu de horror. – Você estava certo, Estrela de Fogo. O Clã das Sombras está tendo exatamente o mesmo problema.

– Então isso deve tornar mais fácil falar com Estrela Preta. – Estrela de Fogo tentava parecer confiante, mas tinha as orelhas coladas na cabeça.

Manto de Cinza olhou atentamente a área coberta de cicatrizes antes de se virar, balançando a cabeça. Embora nada dissesse, seus olhos azuis estavam cheios de pavor e confusão.

Um monstro rugiu no Caminho do Trovão, menor do que os monstros comedores de árvores, mas ainda ensurdecedor. Pata de Folha se encolheu, temendo que se desviasse para a floresta onde estavam. Porém ele permaneceu no Caminho do Trovão e rosnou até desaparecer entre as árvores. Outro monstro o seguiu; e então um terceiro correu na direção oposta.

– Não quero atravessar aqui – Listra Cinzenta murmurou, piscando para tirar a sujeira dos olhos.

Estrela de Fogo assentiu e resolveu:

– Atravessaremos o riacho por Quatro Árvores e passaremos pelo túnel. E só espero que não encontremos nenhum guerreiro do Clã das Sombras deste lado do Caminho do Trovão.

Quando chegaram ao riacho, Estrela de Fogo o cruzou em alguns saltos, pisando numa pedra no meio dele. Pata de Folha ficou de olho em sua mentora, certificando-se de que Manto de Cinza cruzasse com segurança, apesar do antigo ferimento na perna devido a um acidente no Caminho do Trovão algumas estações atrás. Então a seguiu, enquanto Estrela de Fogo escalava a margem oposta.

Uma leve brisa soprava em sua direção, trazendo o cheiro rançoso do Clã das Sombras. Na fronteira, Estrela de Fogo e Listra Cinzenta renovaram as marcas de cheiro, antes de Estrela de Fogo liderar o caminho em direção ao túnel sob o Caminho do Trovão.

Para alívio de Pata de Folha, não havia sinal dos gatos do Clã das Sombras nessa parte do território. Os anciãos haviam lhe contado muitas coisas sobre a história sombria daquele clã, desde o assassino Estrela Partida, que tinha matado o próprio pai, até o traiçoeiro Estrela Tigrada, que se tornou líder do Clã das Sombras quando foi exilado do Clã do Trovão. O atual líder, Estrela Preta, não havia causado nenhum problema até agora, mas Pata de Folha sabia que Estrela de Fogo realmente não confiava nele. Enquanto o seguia pelo túnel, ela o admirava ainda mais por sua coragem em tentar tornar aliados seus antigos inimigos pelo bem da floresta.

Pata de Folha estremeceu ao mergulhar no silêncio sombrio sob o Caminho do Trovão, quebrado apenas pelo gotejamento de água e pelo bater de suas patas na lama que cobria o fundo do túnel. Do lado do Clã das Sombras, o cheiro acre era mais forte que nunca. O solo sob Pata de Folha era úmido e pantanoso, coberto de grama rala e áspera. Aqui e ali havia poças rodeadas de juncos; havia poucas árvores altas, ao contrário das que abrigavam o acampamento do Clã do Trovão. Parecia outro mundo.

– O acampamento do Clã das Sombras é por aqui – Estrela de Fogo miou, indo na direção de um conjunto de arbustos. – Pata de Folha, Manto de Cinza, fiquem perto de mim. Listra Cinzenta e Pelo de Musgo-Renda, espalhem-se e vigiem. E lembrem-se de que não estamos procurando encrenca.

Pata de Folha caminhou atrás de Estrela de Fogo enquanto se dirigiam ao território do Clã das Sombras. Odiava como suas patas afundavam na lama a cada passo. Continuava querendo parar para sacudir a umidade. Era difícil imaginar os gatos do Clã das Sombras suportando isso todos os dias da vida. Será que já tinham nadadeiras nas patas? Os músculos começaram a doer pelo esforço de se manter alerta; quando Pelo de Musgo-Renda chamou, ela deu um pulo de susto e esperou que ninguém tivesse notado.

– Estrela de Fogo, venha ver isso – Pelo de Musgo-Renda apontou com a cauda para um pedaço fino de madeira, liso e regular demais para ser o galho de uma árvore, erguido no chão mais ou menos na altura de um gato. Estrela de Fogo aproximou-se e o cheirou, desconfiado. – Cheira a Duas-Pernas – observou.

– Tem outro ali – Pata de Folha miou ao avistar um galho igual a algumas caudas de raposa de distância. – E outro... todos formando uma fileira! O que eles...

Calou-se. Enquanto saltava em direção ao próximo pedaço de madeira, os arbustos à sua frente farfalharam, e três gatos apareceram. Ela rapidamente reconheceu Pelo Rubro, a gata de pelagem ruiva em tom escuro, representante do Clã das Sombras; os outros guerreiros, um gato cinza-escuro e um malhado magro com uma orelha rasgada, eram-lhe estranhos.

Pata de Folha engoliu em seco.

Estrela de Fogo já saltara em sua direção.

– Saudações, Pelo Rubro – miou.

– Você está invadindo nosso território – rosnou a representante do Clã das Sombras.

Com um movimento de cauda, ela mandou que seus guerreiros avançassem. Pata de Folha mal teve tempo de se esquivar, pois o gato cinza-escuro saltou sobre ela e arranhou-lhe a lateral do corpo com as garras, enquanto ela rolava para longe e movimentava desajeitadamente as patas, tentando se lembrar dos movimentos de luta. Ela teve um vislumbre de Manto de Cinza e Pelo Rubro se encarando; a uma cauda de distância, Listra Cinzenta mantinha o gato malhado preso, enquanto Pelo de Musgo-Renda e o outro gato se contorciam agarrados um ao outro, formando um pacote estridente de pelos cinza e ruivos.

Por um momento, ela não conseguiu ver Estrela de Fogo. Procurou em volta, descontrolada, e viu que havia saltado para um dos troncos de árvore caídos. Sua voz se elevou em um uivo acima dos assobios e das cusparadas.

– Parem!

CAPÍTULO 3

– Vocês fiquem aqui – Bacana ordenou em voz baixa.
– Eu cuido disso.

Pelo de Tempestade olhou consternado, enquanto o velho gato se arrastava em direção às raposas, o pelo maltratado arrepiado e a cauda balançando para a frente e para trás. Congelados pelo choque, os outros talvez tivessem deixado Bacana atacar e ser despedaçado se Pelo de Tempestade não tivesse dado um passo à frente no último momento e o empurrado para o lado.

– Qual é? – Bacana protestou. – Deixe-me pegá-las. Já afugentei mais raposas que os camundongos que você caçou, meu jovem.

– Então dê uma chance ao resto de nós – Pelo de Tempestade, sombrio, retrucou.

As duas raposas subiam lentamente a margem, seus olhos indo de um gato para outro. Pelo de Tempestade percebeu tarde demais que ele e os amigos estavam errados em presumir que a floresta não representava nenhum perigo para eles.

Viu que Pata de Corvo deu um passo à frente para proteger Pata de Pluma, enquanto Garra de Amora Doce tentou fazer o mesmo com Pata de Esquilo. Mas a aprendiz do Clã do Trovão escapou do abrigo e ficou ao lado do protetor com as orelhas achatadas e uma pata estendida ameaçadoramente.

– O que você está fazendo, pisando na minha cauda? – ela rosnou. – Posso cuidar de mim mesma!

– Você disse que poderia comer uma raposa – Pelo de Açafrão apontou, irônica. – É a sua chance.

As raposas se aproximaram. Pelo de Tempestade se preparou, o olhar fixo nos focinhos estreitos, expressão fria, tentando adivinhar onde atacariam primeiro. Em casa, as raposas não representavam uma grande ameaça, pois os gatos ficavam alertas. Elas podiam ser evitadas, mas essas eram obviamente jovens e estavam ansiosas por uma luta e para defender seu território. Pelo de Tempestade tinha certeza de que os seis conseguiriam expulsar as criaturas, mas não sem ferimentos graves. E o que isso significaria para a jornada? *Clã das Estrelas, nos ajude!*, ele orou desesperado.

Pata de Corvo, mais próximo das raposas, agachou-se para saltar. Mal havia uma cauda de distância entre ele e a primeira quando Pelo de Tempestade ouviu um som estranho atrás dele, meio rosnado e meio latido. A raposa-líder levantou abruptamente a cabeça e ficou muito quieta.

Pelo de Tempestade lançou um olhar por cima do ombro. Meia-Noite avançou pesadamente, abrindo caminho entre Bacana e Pata de Pluma até ficar na frente das raposas.

Ela disse algo mais na mesma mistura de latidos e rosnados. Embora Pelo de Tempestade não pudesse entender o que ela dizia, não havia como confundir a ameaça na forma de seus ombros curvados ou na hostilidade em seus olhos negros.

Então suas orelhas se eriçaram em choque quando a primeira raposa latiu, o que obviamente era uma resposta.

– Tinha esquecido que Meia-Noite nos disse que sabia falar língua de raposa – ele murmurou, olhando para Garra de Amora Doce.

O guerreiro do Clã do Trovão assentiu sem tirar os olhos das raposas.

– Dizem que este lugar é delas – comentou Meia-Noite. – Vir até aqui é ser presa delas.

– Cocô de raposa para isso! – Pata de Corvo explodiu. – Diga-lhes que, se tentarem alguma coisa, vamos arrancar o pelo delas.

Meia-Noite balançou a cabeça.

– Não, pequeno guerreiro. Pelo de gato pode ser arrancado também. Espere.

Pata de Corvo recuou um ou dois passos, ainda parecendo furioso, e Pata de Pluma pressionou o nariz contra a lateral de seu corpo.

Meia-Noite disse outra coisa às raposas.

– Digo a elas vocês só de passagem – explicou aos gatos quando terminou. – Digo a elas que muitas presas aqui na floresta, presas mais fáceis e não arrancam pelos.

A raposa-líder parecia confusa agora, talvez surpresa ao ouvir uma texugo falar língua de raposa, talvez porque estivesse levando seus argumentos a sério. Mas a segunda, uma raposa magra com o focinho cheio de cicatrizes, ainda estava olhando para o grupo de gatos que acompanhava Meia-Noite, com os dentes à mostra. Ela rosnou algo que era uma ameaça em qualquer idioma.

Meia-Noite disse uma única palavra. Dando um passo à frente, ela levantou uma pata, seu corpo maciço pronto para atacar. Cada fio da pelagem de Pelo de Tempestade se arrepiou, e ele se preparou para uma luta. Então, a raposa começou a recuar, rosnando uma última maldição a Meia-Noite antes de se virar e desaparecer nas samambaias. O olhar da texugo se voltou para sua companheira, mas a outra raposa parou apenas para regougar algo rapidamente antes de segui-la.

– E não volte, se sabe o que é bom para você! – Pata de Corvo uivou atrás delas.

Pelo de Tempestade relaxou, sentindo o pelo voltar ao normal. Pata de Esquilo se agachou no chão com um suspiro ruidoso. Todos os gatos, até Bacana, olhavam para a texugo com respeito renovado.

Garra de Amora Doce caminhou até ela, baixou a cabeça e miou:

– Obrigado, Meia-Noite. Isso poderia ter sido muito desagradável.

– Poderiam ter nos matado – acrescentou Pata de Pluma.

– Acho que não é hora para uma luta – admitiu Pata de Corvo.

Pelo de Tempestade suspirou com o tom agressivo na voz do aprendiz enquanto ele prosseguia:

– Mesmo assim, gostaria de saber por que você não nos avisou sobre as raposas. Você disse que pode ler tudo nas estrelas, então por que não nos falou que elas estariam aqui?

Pelo de Tempestade jamais ousaria fazer essa pergunta, mas esperava tenso pela resposta de Meia-Noite. Ela já havia contado muito a eles sobre a ameaça à floresta e como deveriam voltar para casa e levar os clãs para um local seguro. Se não confiassem nela, eles e todos os seus companheiros de clã ficariam indefesos diante da destruição. Ela poderia tê-los avisado sobre as raposas?

Por um momento, a texugo pousou os olhos negros furiosos sobre o aprendiz do Clã do Vento. Pata de Corvo não conseguiu esconder a inquietude, embora corajosamente não tenha recuado. Então, Meia-Noite relaxou.

– Não digo tudo. Clã das Estrelas não quer que diga. Muito eu já disse como Duas-Pernas destroem floresta, não deixam lugar para gatos ficarem. Mas muitas respostas estão dentro de nós mesmos. Isso você já aprendeu, não?

– Imagino que sim – Pata de Corvo murmurou.

Meia-Noite se afastou.

– Raposas dizem vocês devem ir agora – ela disse aos gatos. – Se estão ainda aqui no pôr do sol, elas atacam. Aquela raposa diz que provou gato uma vez e gostou muito.

– Bem, não vai provar de novo! – Pelo de Açafrão vociferou.

– Temos de sair de qualquer maneira – Garra de Amora Doce decidiu. – E não estamos procurando problemas com as raposas. Vamos.

Pararam por alguns momentos para engolir o resto da presa. Então, Meia-Noite assumiu a liderança e levou-os aos limites da floresta após um breve período. O sol se punha atrás das árvores, e onde eles estavam já era sombra. À frente deles, Pelo de Tempestade viu ainda mais charnecas abertas, com uma cadeia de montanhas ao longe; e, de um lado, estavam as duras formas avermelhadas do Lugar dos Duas-Pernas pelo qual haviam caminhado na jornada de ida.

– Para que lado agora? – ele perguntou.

Meia-Noite levantou uma pata e apontou para a frente.

– Aquele caminho mais rápido, caminho onde sol nasce.

– Não viemos por esse caminho – Garra de Amora Doce miou, inquieto. – Viemos pelo Lugar dos Duas-Pernas.

– E não vou voltar para lá! – Pata de Corvo interveio. – Vou escalar quantas montanhas você quiser antes de enfrentar todos aqueles Duas-Pernas novamente.

– Não tenho certeza – Pata de Pluma miou. – Pelo menos sabemos o caminho pelo Lugar dos Duas-Pernas e temos Bacana para nos ajudar.

Pata de Corvo respondeu apenas com uma bufada de desdém. Pelo de Tempestade concordava com ele até certo ponto; passaram muitos dias assustadores e famintos vagando no Lugar dos Duas-Pernas, e Bacana parecia tão perdido quanto qualquer um deles. Mas as montanhas também eram desconhecidas; mesmo dali, Pelo de Tempestade podia ver que suas encostas superiores eram rochas cinzentas nuas, com uma listra branca aqui e ali que devia ser a primeira neve da estação sem folhas que se aproximava. Eram muito mais altas que as Pedras Altas, e se perguntava quanto de abrigo ou presa encontrariam lá.

– Concordo com Pata de Pluma – miou por fim. – Passamos pelo Lugar dos Duas-Pernas uma vez, então podemos fazer de novo.

Garra de Amora Doce olhou de um para o outro, indeciso.

– O que você acha, Pelo de Açafrão?

A irmã deu de ombros.

– O que você quiser. Haverá problemas, seja qual for o caminho que seguirmos; todos sabemos disso.

É verdade, pensou Pelo de Tempestade de modo sombrio.

– Bem, eu acho... – começou Pata de Esquilo e parou com um suspiro. Seus olhos verdes se arregalaram com uma expressão de horror; pareciam estar fixos em algo distante, que nenhum outro gato podia ver.

– Pata de Esquilo? Qual é o problema? – Garra de Amora Doce miou com urgência.

– Eu... não sei. - Pata de Esquilo tremeu. – Apenas se decida, Garra de Amora Doce, e vamos embora. Quero ir por ali se for o caminho mais rápido... – Ela balançou a cauda na direção das montanhas distantes. – Vamos perder dias e dias passando novamente pelo Lugar dos Duas-Pernas.

Os bigodes de Pelo de Tempestade começaram a formigar. Pata de Esquilo estava certa. Eles já sabiam que a rota entre os ninhos dos Duas-Pernas era confusa e difícil. Que perigos poderiam esperar por eles nas montanhas que fossem piores do que os ratos e monstros que sabiam que iriam encontrar no Lugar dos Duas-Pernas? Tudo o que importava era voltar para a floresta sem demora.

– Acho que ela tem razão – ele miou. – Mudei de ideia. Voto por atravessar as montanhas.

A cauda ruivo-escura de Pata de Esquilo se contorcia para a frente e para trás. Ela flexionou as garras na grama e disparou para Garra de Amora Doce:

– Bem... Você vai se decidir ou não?

O jovem guerreiro respirou fundo.

– OK, montanhas, aqui vamos nós.

– Hã? Qual é? – Bacana coçava a orelha com uma pata traseira. Mas, quando Garra de Amora Doce tomou a decisão, ele olhou para cima, em pânico, piscando os grandes olhos cor de âmbar.

– Vocês não podem seguir esse caminho. É perigoso. E quanto ao...

– Perigo por toda parte há – Meia-Noite interrompeu, silenciando Bacana com um olhar feroz. – Seus amigos de muita coragem vão precisar. Caminho nas estrelas para eles foi traçado.

Pelo de Tempestade lançou um olhar penetrante para o velho gato malhado. O que Bacana estava tentando dizer quando Meia-Noite o interrompeu? Ele sabia de algum perigo particular nas montanhas? E, se fosse esse o caso, por que Meia-Noite o impediu de contar ao resto do grupo? Acreditava ver sabedoria na texugo e certo arrependimento. O que ela quis dizer com "o caminho foi traçado"?

– Escolha é difícil, jovem guerreiro – a texugo falou em voz baixa para Garra de Amora Doce. Pelo de Tempestade chegou mais perto para ouvir também. – Caminho está diante de vocês, e muitos desafios terão para voltar para casa em segurança.

Garra de Amora Doce fitou os olhos da texugo por um longo momento antes de avançar alguns passos pela charneca. Quaisquer que fossem esses desafios, ele parecia pronto para enfrentá-los, e Pelo de Tempestade não podia deixar de admirar sua determinação, mesmo vinda de um gato de um clã rival. Quando Bacana se levantou para segui-lo, Meia-Noite estendeu uma pata e o segurou.

O velho gato se irritou, os olhos cor de âmbar brilhando, e murmurou:

– Saia do meu caminho.

Meia-Noite não se moveu e resmungou:

– Com eles você não pode ir. Caminho é só deles. – Seus olhos negros brilharam no crepúsculo. – Jovens e precipitados eles são, e testes serão muitos. Precisam da própria coragem, meu amigo, não da sua. Eles confiariam muito em você.

Bacana piscou.

– Bem, colocando assim... – Pata de Pluma correu até ele e deu-lhe uma lambida rápida nas orelhas. – Nunca vamos esquecer você, Bacana, nem tudo o que fez por nós.

Logo atrás dela, Pata de Corvo abriu a boca com os olhos semicerrados, como se estivesse prestes a dizer algo decisivo. Pelo de Tempestade o congelou com o olhar. Ele duvidava que vissem o velho gato novamente e, embora Bacana tivesse cometido erros, apoiara-os e finalmente os conduzira em segurança até Meia-Noite.

– Adeus, Bacana. E obrigado. Nunca teríamos encontrado Meia-Noite sem você – Garra de Amora Doce deu voz aos pensamentos de Pelo de Tempestade. – E obrigado também, Meia-Noite.

A texugo inclinou a cabeça.

– Adeus, meus amigos. Que Clã das Estrelas ilumine seu caminho.

O restante dos gatos se despediu e começou a seguir Garra de Amora Doce até a charneca. Pelo de Tempestade fechava a retaguarda. Olhando para trás, viu Meia-Noite e Bacana sentados lado a lado, sob as árvores distantes, observando-os partir. Era impossível interpretar a expressão deles no crepúsculo que se aproximava. Pelo de Tempestade acenou com a cauda em um último adeus e virou-se para as montanhas.

CAPÍTULO 4

AO UIVO DE COMANDO DE Estrela de Fogo, Pelo de Musgo--Renda e o guerreiro cinza do Clã das Sombras se separaram. Listra Cinzenta ergueu os olhos, ainda com uma das patas firme no pescoço do gato malhado.

– Solte-o – Estrela de Fogo ordenou. – Não estamos aqui para lutar.

– É difícil fazer qualquer outra coisa quando eles nos atacam assim – Listra Cinzenta sibilou. Deu um passo para trás, e o gato malhado e magro se ergueu nas patas e sacudiu o pelo desalinhado.

Em alguns saltos, Pata de Folha colocou-se ao lado de Manto de Cinza, ainda temendo que Pelo Rubro pudesse atacar a curandeira. A representante do Clã das Sombras provavelmente não receberia ordens do líder de um clã rival.

Pelo Rubro balançou a cauda na direção do gato cinza--escuro.

– Coração de Cedro, volte para o acampamento. Avise Estrela Preta que fomos invadidos e traga mais guerreiros.

O guerreiro cinza disparou para os arbustos.

– Não precisa disso – Estrela de Fogo observou, mantendo a voz suave. – Não estamos invadindo seu território nem estamos tentando roubar presas.

– Então, *o que* vocês querem? – Pelo Rubro perguntou mal-humorada. – O que devemos pensar quando vocês invadem nosso território?

– Sinto muito. – Estrela de Fogo saltou do tronco da árvore e caminhou até a gata. – Sei... sei que não deveríamos estar aqui. Mas tenho de falar com Estrela Preta. Algo aconteceu, algo urgente demais para esperar a próxima Assembleia.

Pelo Rubro bufou, incrédula, mas embainhou as garras. Pata de Folha sentiu o coração acelerar. A representante do Clã das Sombras estava em desvantagem numérica para atacar de novo, sobretudo porque, por sua ordem, o gato cinzento, Coração de Cedro, tampouco estava lá.

– O que há de tão urgente, então? – ela rosnou.

Estrela de Fogo movimentou a cauda entre as árvores esparsas, em direção ao rastro de destruição que o monstro dos Duas-Pernas havia deixado daquele lado do Caminho do Trovão.

– Isso não é o bastante? – perguntou, desesperado.

Pelo Rubro o silenciou com um silvo furioso.

– Se você acha que o Clã das Sombras está enfraquecido...

– Eu não disse isso – Estrela de Fogo protestou. – Mas você deve ter visto que tivemos o mesmo problema em nosso território. Agora, vai nos expulsar ou vai nos deixar falar com Estrela Preta?

Pelo Rubro estreitou os olhos, então fez um breve aceno com a cabeça. – Muito bem. Sigam-me.

Ela liderou o caminho através dos arbustos, seguida pelos gatos do Clã do Trovão, e o guerreiro malhado do Clã das Sombras fechava a retaguarda. O coração de Pata de Folha voltou a bater forte ao sentir os aromas do estranho território ao seu redor. Até a luz do dia estava mais escura, as nuvens cobrindo o sol, enchendo o caminho de sombra. Ela tentava não se assustar a cada som nem olhar à sua volta como se esperasse ver um guerreiro do Clã das Sombras à espreita atrás de cada árvore.

Logo Pata de Folha percebeu que o cheiro do Clã das Sombras tinha se acentuado. Pelo Rubro guiava o caminho em torno de uma moita espessa de avelãs; seguindo-a, Pata de Folha viu-se diante de uma longa fila de felinos – guerreiros magros com os músculos tensos e o brilho da batalha nos olhos. Atrás deles, erguia-se uma parede emaranhada de amoreiras.

– É o acampamento do Clã das Sombras – Manto de Cinza murmurou no ouvido da aprendiz. – Não parece que Estrela Preta vá nos convidar para entrar.

O líder do Clã das Sombras estava no meio de seus guerreiros. Era um enorme gato branco com patas pretas; seu pelo mostrava as cicatrizes de muitas batalhas. Quando os gatos do Clã do Trovão apareceram, deu um passo à frente e encarou Estrela de Fogo com os olhos apertados.

– O que é isso? – Sua voz era áspera. – O grande Estrela de Fogo pensa que pode ir aonde quiser na floresta?

Estrela de Fogo ignorou o desdém na voz de Estrela Preta, simplesmente baixando a cabeça no cumprimento cortês de um líder a outro.

– Vim falar sobre o que os Duas-Pernas estão fazendo. Temos de decidir o que fazer caso continuem.

– Nós? Como nós? O Clã das Sombras não fala com o Clã do Trovão – retorquiu Estrela Preta. – Tomamos nossas próprias decisões.

– Mas a floresta está sendo destruída! – Pata de Folha percebeu a exasperação na voz de seu líder e sabia como era difícil para Estrela de Fogo manter a calma quando o líder do Clã das Sombras insistia em tratá-lo como inimigo.

O líder do Clã das Sombras encolheu os ombros poderosos.

– Estrela de Fogo, você está em pânico por nada. Os Duas-Pernas são loucos. O menor dos filhotes sabe disso. É verdade que eles derrubaram algumas árvores, mas agora foram embora novamente. O que quer que tenha acontecido, acabou.

Pata de Folha se perguntava se Estrela Preta realmente acreditava nisso. Não era possível que fosse tão tolo. Ou era apenas uma bravata para convencer Estrela de Fogo de que o Clã das Sombras não tinha com que se preocupar?

– E se não tiver acabado? – Estrela de Fogo perguntou firmemente. – E se piorar? As presas foram afugentadas de onde os Duas-Pernas passaram. E se eles abocanharem mais dos nossos territórios? O que você vai fazer na estação sem folhas, Estrela Preta, se não puder alimentar seu clã?

Um ou dois dos guerreiros do Clã das Sombras pareciam inquietos, mas seu líder olhava desafiadoramente para Estrela de Fogo.

– Não temos motivos para temer a estação sem folhas – miou. – Podemos sempre comer os camundongos do Ponto da Carniça.

Manto de Cinza mexeu as orelhas com impaciência.

– Você esqueceu o que aconteceu da última vez que tentou isso? Metade do seu clã morreu de doença.

– É verdade – um pequeno gato malhado, agachado no final da fila, falou com ousadia. Pata de Folha reconheceu Nuvenzinha, o curandeiro do Clã das Sombras. – Também fiquei doente. Teria morrido se não fosse você, Manto de Cinza.

– Cale a boca, Nuvenzinha – ordenou Estrela Preta. – A doença foi um castigo do Clã das Estrelas porque Estrela da Noite não tinha sido devidamente escolhido líder. Não há perigo em se alimentar com a comida do Ponto da Carniça agora.

– Há perigo se um líder silenciar seu curandeiro – Manto de Cinza retorquiu, mordaz. – Ou fingir saber mais que sabe sobre a vontade do Clã das Estrelas.

Estrela Preta olhou para ela, mas nada disse.

– Preste atenção – Estrela de Fogo recomeçou em tom de desespero –, acredito que um grande problema está chegando à floresta, problema ao qual só sobreviveremos se trabalharmos juntos.

– Cocô de rato! – rosnou Estrela Preta. – Não tente me dizer o que fazer, Estrela de Fogo. Não sou um de seus guerreiros. Se tem alguma coisa a dizer, faça como sempre fizemos, trazendo o assunto para a próxima Assembleia em Quatro Árvores.

Pata de Folha achava que, de certa forma, o líder do Clã das Sombras tinha razão. O Código dos Guerreiros ditava que os assuntos da floresta deveriam ser discutidos nas Assembleias. Não havia outro lugar onde os gatos pudessem se encontrar sob a sagrada trégua do Clã das Estrelas. Ao mesmo tempo, sabia que os Duas-Pernas não esperariam até a próxima lua cheia para continuar a destruição da floresta. O que mais poderia acontecer até a próxima Assembleia?

– Muito bem, Estrela Preta. – A voz de Estrela de Fogo estava desanimada com a derrota. *Está acontecendo*, pensou Pata de Folha em pânico. *Ele está desistindo. A floresta vai ser destruída.* – Se é assim que você quer. Mas, se os Duas-Pernas voltarem, você tem minha permissão para enviar um mensageiro ao território do Clã do Trovão, e voltaremos a conversar.

– Generoso como sempre, Estrela de Fogo – Estrela Preta miou com desdém. – Mas nada vai acontecer que não possamos resolver sozinhos.

– Cérebro de rato! – sibilou Listra Cinzenta.

Estrela de Fogo lançou a Listra Cinzenta um olhar de advertência, mas o líder do Clã das Sombras não respondeu. Em vez disso, moveu a cauda para Pelo Rubro.

– Leve alguns guerreiros e escolte esses gatos para fora de nosso território – ordenou. – E, caso você esteja pensando em nos fazer outra visita sem convite – acrescentou para

Estrela de Fogo –, vamos aumentar nossas patrulhas ao longo dessa fronteira. Agora vá.

Não havia nada a fazer a não ser obedecer. Estrela de Fogo se virou e sinalizou para seus gatos que o seguissem. Pelo Rubro e seus guerreiros se reuniram em torno deles em um semicírculo ameaçador, deixando-os ir embora, mas mantendo-os bem juntos. Pata de Folha alegrou-se ao avistar o túnel sob o Caminho do Trovão e ficou mais aliviada ainda por atravessá-lo e dirigir-se para o seu lado da floresta.

– E não voltem! – Pelo Rubro disparou enquanto cruzavam a fronteira.

– Não vamos voltar! – Lista Cinzenta lançou um tiro de despedida por cima do ombro. – Só estávamos tentando ajudar, sua estúpida bola de pelo.

– Esqueça, Lista Cinzenta. – Agora que estavam de volta a seu território, Estrela de Fogo deixou transparecer sua decepção. Pata de Folha sentiu uma pontada de compaixão por ele; não era sua culpa que o Clã das Sombras se recusasse a ouvir a razão.

– Talvez devêssemos tentar falar com o Clã do Vento? – sugeriu baixinho Manto de Cinza, enquanto a patrulha se dirigia para o acampamento. – Talvez eles também tenham tido problemas. Quem sabe é por isso que estão roubando peixes do Clã do Rio. – Referia-se às acusações furiosas feitas por Geada de Falcão, guerreiro do Clã do Rio, na última Assembleia.

– *Se* estiverem roubando. Nunca foi provado – lembrou-lhe Manto de Cinza. – Mesmo assim, Pata de Folha, talvez você tenha razão. Pata Negra disse que havia mais Duas-Pernas que de costume naquele trecho do Caminho do Trovão.

– Então talvez Estrela de Fogo deva falar com Estrela Alta.

– Acho que Estrela de Fogo não vai falar com mais nenhum líder de clã por algum tempo – Manto de Cinza miou, com um olhar simpático para o gato cor de chama. – Além disso, Estrela Alta é um líder orgulhoso. Jamais admitiria se seu clã estivesse morrendo de fome.

– Mas Estrela de Fogo tem de fazer *alguma coisa*!

– Talvez Estrela Preta tenha razão, e devêssemos esperar a Assembleia. Mas, se eu tiver oportunidade – Manto de Cinza interrompeu o protesto de seu aprendiz –, vou falar com ele. – Ela ergueu o olhar azul para o céu nublado. – E vamos apenas rezar para que o Clã das Estrelas tenha piedade de nós, aconteça o que acontecer.

– Cauda de Castanha, você está aí?

Pata de Folha, do lado de fora da toca dos guerreiros, tentava espiar por entre os galhos. Na manhã seguinte, bem cedo, uma espessa névoa cobria o acampamento e enchia seu pelo de minúsculas gotas de água.

– Cauda de Castanha? – ela repetiu.

Houve um ruído dentro da toca, e a gata branca pôs a cabeça para fora, piscando por causa do sono.

– Pata de Folha? – Cauda de Castanha respondeu com um bocejo. – Qual é o problema? O sol ainda não nasceu. Eu estava tendo um sonho terrível com um camundongo...

– Desculpe. Mas quero que você faça uma coisa comigo. Você tem de sair com a patrulha da madrugada?

– Não. – Cauda de Castanha espremeu-se entre os galhos e deu uma lambida rápida no pelo dos ombros. – O que você quer, afinal?

A jovem respirou fundo.

– Quero visitar o Clã do Vento. Você vem comigo?

Os olhos de Cauda de Castanha se arregalaram, a cauda se enrolando de surpresa.

– E se encontrarmos uma patrulha do Clã do Vento?

– Vai ficar tudo bem. Eu sou uma aprendiz de curandeira, então tenho permissão para entrar nos territórios daqui até as Pedras Altas. Por favor!! Preciso muito saber se o Clã do Vento também está com problemas.

Embora não pudesse contar a Cauda de Castanha, a aprendiz sabia que um gato de cada clã havia sido escolhido pelo Clã das Estrelas para a viagem. Por isso, ela desconfiava que todos os clãs iam ser invadidos pelos Duas-Pernas, mas queria ter certeza.

A luz da aventura já brilhava nos olhos de Cauda de Castanha.

– Estou nessa! – ela declarou. – Vamos logo, antes que alguém nos pegue e comece a fazer perguntas.

Ela disparou pela clareira e entrou no túnel de tojos. Pata de Folha a seguiu, lançando um último olhar para o acampamento silencioso e adormecido. A névoa pairava densamente na ravina, amortecendo o som de seus passos. Tudo estava cinzento, e, embora a luz do amanhecer aumentasse, não havia sinal do sol. A samambaia se dobrara ao meio com o peso das gotas de água, e logo o pelo das duas gatas ficou encharcado.

Cauda de Castanha estremeceu.

– Por que me levantei do meu ninho quentinho? – ela reclamou, meio brincando. – De todo modo, se estiver assim na charneca, o nevoeiro vai ajudar a nos esconder.

– E disfarçar nosso cheiro – concordou Pata de Folha.

Porém, antes que as gatas chegassem a Quatro Árvores, a névoa começou a se dissipar. Perto do riacho, o tempo ainda estava fechado, mas, na margem oposta, já havia luz do sol. Pata de Folha sacudia a umidade do pelo, mas o sol não estava forte e ela ansiava por uma boa corrida pela charneca para se aquecer.

Ao contornarem o topo do vale de Quatro Árvores, Pata de Folha sentiu uma brisa que vinha diretamente da charneca. Ela e Cauda de Castanha pararam por um momento do outro lado do vale, o pelo inclinado para trás e as mandíbulas entreabertas para farejar o ar.

– Clã do Vento – Cauda de Castanha miou. Inclinou a cabeça para o lado, hesitante. – No entanto, há algo estranho nisso.

– Sim. E nem sinal de coelho – acrescentou Pata de Folha.

Depois de hesitar por mais alguns tique-taques de coração, ela liderou o caminho através da fronteira. As duas gatas disparavam de um arbusto de tojos para outro, usando tanto quanto podiam a escassa cobertura do pântano. O pelo de Pata de Folha se arrepiou; a pelagem malhada e branca aparecia nitidamente contra a grama curta. No acampamento do Clã do Trovão, ela estava confiante de que, como curandeira, não seria desafiada; agora se sentia pequena e vulnerável. Queria descobrir tudo o que pudesse e voltar correndo para a segurança do seu território.

Dirigiu-se para o cume de uma colina baixa que dava para o Caminho do Trovão e deitou-se na relva para espreitar lá para baixo. A seu lado, Cauda de Castanha soltou um longo silvo.

– Bem, não há muita dúvida quanto a isso – ela miou.

Partindo do Caminho do Trovão, do outro lado do território havia uma longa cicatriz onde a grama do pântano havia sido arrancada. A trilha era marcada por pequenas estacas de madeira como as que Pata de Folha vira no território do Clã das Sombras no dia anterior. O caminho se abria pela charneca e parava abruptamente no sopé da colina onde ela e Cauda de Castanha estavam agachadas, e um monstro brilhante estava sentado em silêncio onde ele terminava. A respiração de Pata de Folha saía entrecortada ao imaginá-lo investigando a charneca, pronto para saltar sobre sua presa com um rugido.

– Cadê o Duas-Pernas dele? – murmurou Cauda de Castanha.

Pata de Folha olhou de um lado para o outro, mas tudo estava quieto; um ar espesso de ameaça pairava como neblina na paisagem cheia de cicatrizes. Ainda não havia cheiro de coelhos; teriam sido afugentados, imaginou Pata de Folha, ou foram levados pelos Duas-Pernas? Talvez tenham se mudado para uma parte diferente da charneca quando o monstro arrasou suas tocas.

– Eca! – Cauda de Castanha exclamou de repente. – Consegue sentir esse cheiro?

Enquanto falava, Pata de Folha também sentiu um cheiro forte como nunca sentira. Instintivamente, seu estômago revirou, e ela crispou os lábios.

– O que é?

– Com certeza tem a ver com os Duas-Pernas – Cauda de Castanha miou, com nojo.

Um uivo distante a interrompeu. Pata de Folha saltou sobre as patas, virou-se e viu três guerreiros do Clã do Vento correndo em sua direção.

– Ah, não – murmurou Cauda de Castanha.

Antes que a aprendiz decidisse se corria ou ficava conversando, os gatos do Clã do Vento as cercaram. Com o coração apertado, ela reconheceu o agressivo representante Garra de Lama, com o guerreiro malhado Orelha Rasgada e outro gato malhado que ela não conhecia. Preferia ter lidado com o líder do clã, Estrela Alta, ou com o amigo de Estrela de Fogo, Bigode Ralo, mais propensos a ouvir suas explicações.

– Por que estão invadindo nosso território? – indagou o representante do Clã do Vento.

– Sou aprendiz de curandeira – destacou Pata de Folha, inclinando a cabeça respeitosamente. – Eu vim para...

– Espionar! – Orelha Rasgada disparou, os olhos brilhando de raiva. – Não pense que não sabemos o que você está fazendo!

Agora que os gatos do Clã do Vento estavam tão perto, Pata de Folha podia ver como estavam magros. Seus pelos eriçados mal cobriam as costelas. O cheiro de medo emanava deles em ondas, quase apagando o cheiro de sua fúria. Obviamente estavam com pouca comida, mas isso não explicava por que estavam sendo muito mais hostis do que o Clã das Sombras tinha sido.

– Sinto muito, estávamos apenas... – ela começou.

Garra de Lama interrompeu com um grito frenético:

– Atacar!

Orelha Rasgada se lançou sobre Pata de Folha. As gatas do Clã do Trovão estavam em menor número e menos preparadas; aliás, ela e Cauda de Castanha não tinham vindo para brigar.

– Corra! – Pata de Folha uivou.

Saltou para trás e livrou-se das garras estendidas de Orelha Rasgada. Girando, ela fugiu para a fronteira, com a barriga rente ao chão e a cauda levantada. Cauda de Castanha corria a seu lado. Pata de Folha não ousava olhar por cima do ombro, mas ouvia os guinchos dos gatos que as perseguiam com força nas patas.

A fronteira estava à vista, e só quando as marcas de cheiro do Clã do Vento e do Clã do Rio misturadas invadiram seu nariz é que ela se deu conta de que estavam correndo em direção ao rio.

– Ah, não! Estamos no território do Clã do Rio agora.

– Continue – arquejou Cauda de Castanha. – É apenas uma estreita faixa daqui até o território do Clã do Trovão.

Pata de Folha arriscou um olhar para ver se a patrulha do Clã do Vento ainda as perseguia. Eles estavam... deviam estar tão furiosos que não notaram a fronteira, ou não se importaram.

– Estão se aproximando de nós! – ela murmurou. – Teremos de lutar. Não podemos conduzi-los para o nosso território.

As duas se viraram para enfrentar os atacantes. Pata de Folha preparou-se, desejando desesperadamente nunca ter pensado em entrar no território do Clã do Vento e, sobretudo, não ter posto Cauda de Castanha em perigo.

Enquanto Garra de Lama saltava sobre ela, Pata de Folha viu um fio de pelo dourado brotar de um arbusto próximo. Era Asa de Mariposa, a jovem aprendiz do curandeiro do Clã do Rio. Então, Garra de Lama se chocou contra ela, que rolou no chão tentando se libertar dos golpes das garras. A aprendiz tentou se virar e cravar os dentes no pescoço dele, mas havia uma força rija no corpo esguio do representante que a encurralava, indefesa, como um pedaço de presa. Pata de Folha sentiu garras atravessarem a lateral de seu corpo e se enterrarem em seu ombro. Com um enorme esforço, ela se livrou do ataque, levantando as patas traseiras para atacar a barriga do gato.

De repente, o peso diminuiu e Garra de Lama, com dificuldade, conseguiu ficar de pé e se apoiar ao lado da gata, que, cambaleando, viu Asa de Mariposa atingir o representante com um forte tapa nas orelhas.

– Saia do nosso território! – ela disparou. – E leve seus amigos sarnentos com você.

Garra de Lama se preparou para dar um golpe final, mas já estava recuando. Cauda de Castanha saltou de onde havia imobilizado Orelha Rasgada e mordeu sua cauda com força antes de soltá-lo. Ele fugiu, uivando atrás do representante do clã; o outro guerreiro malhado já havia desaparecido.

Asa de Mariposa voltou-se para as gatas do Clã do Trovão. Seu pelo dourado malhado estava ligeiramente desalinhado, e seus olhos cor de âmbar brilhavam de satisfação.

– E aí, problemas? – ela murmurou.

Pata de Folha lutava para respirar enquanto sacudia folhas e restos de galhos da pelagem.

– Obrigada, Asa de Mariposa – ela respondeu. – Não sei o que seria de nós sem você. – Virando-se para a amiga, acrescentou: – Cauda de Castanha, você conhece Asa de Mariposa? É aprendiz de Pelo de Lama, mas foi treinada como guerreira primeiro.

– O que foi ótimo para nós – miou Cauda de Castanha, com um aceno de agradecimento à gata do Clã do Rio. – Assumimos uma responsabilidade grande demais para nós duas.

– Lamento estarmos em seu território – continuou Pata de Folha. – Vamos embora imediatamente.

– Ah, não tem pressa. – Asa de Mariposa não quis questioná-las sobre o motivo de estarem ali nem sobre o que tinham feito para irritar o Clã do Vento. – Vocês parecem bem abaladas. Descansem um pouco enquanto vou encontrar algumas ervas para acalmar vocês.

Ela desapareceu entre os arbustos, deixando Pata de Folha e Cauda de Castanha sem nenhuma alternativa a não ser ficarem sentadas esperando sua volta.

– Ela é sempre tão descuidada com o Código dos Guerreiros? – Cauda de Castanha murmurou. – Ela parece não se dar conta de que não deveríamos estar aqui!

– Acho que é porque também sou aprendiz de curandeira.

– Até mesmo os curandeiros têm de seguir o Código dos Guerreiros – Cauda de Castanha miou. – E não vejo Manto de Cinza sendo tão receptiva a outros clãs! Claro, a mãe de Asa de Mariposa era uma vilã, não era? Isso talvez explique.

– Asa de Mariposa é uma gata fiel ao Clã do Rio! – Pata de Folha disparou em defesa da amiga. – Não importa quem foi sua mãe.

– Eu nunca disse que importava – Cauda de Castanha a acalmou, tocando-lhe o ombro com a ponta da cauda. – Mas isso explicaria sua tranquilidade em relação às fronteiras dos clãs.

Asa de Mariposa voltou naquele momento com um maço de ervas nas mandíbulas. A aprendiz do Clã do Trovão apreciou o perfume do tomilho; lembrou-se de Manto de Cinza dizendo-lhe como era bom para acalmar a ansiedade.

– Pronto – miou Asa de Mariposa. – Comam um pouco disso e logo se sentirão melhor.

Pata de Folha e Cauda de Castanha se agacharam e mastigaram algumas folhas. Pata de Folha imaginou os sucos se infiltrando em cada pedacinho de seu corpo, curando o choque do terrível encontro com o Clã do Vento.

– Vocês estão feridas? – perguntou Asa de Mariposa. – Posso pegar algumas teias de aranha.

– Não, não precisa, obrigada – garantiu Pata de Folha. As duas gatas tiveram alguns arranhões, mas já tinham parado de sangrar, portanto não precisavam de cataplasma de teias de aranha. – Nós realmente deveríamos ir embora.

– Afinal, o que aconteceu? – perguntou Asa de Mariposa, enquanto as duas amigas engoliam a última erva. Ela não era tão desinteressada quanto as gatas do Clã do Trovão pensavam. – O que vocês estavam fazendo no território do Clã do Vento?

– Fomos ver o que os Duas-Pernas estavam aprontando – explicou Pata de Folha. Asa de Mariposa parecia perplexa, enquanto a amiga descrevia como tinha visto o monstro rugindo na floresta dois dias antes, rasgando o chão, e encontrara evidências de que o Clã do Vento e o Clã das Sombras estavam sendo destruídos da mesma forma. Ela estava consciente do olhar de dúvida de Cauda de Castanha; a jovem guerreira estava claramente aborrecida de ver os problemas do Clã do Trovão serem revelados a alguém de um clã rival. Pata de Folha balançou a cabeça, impaciente; não havia mal em confiar em outra curandeira.

– Estrela de Fogo quer perguntar aos outros clãs o que acham – ela concluiu. – Mas o Clã das Sombras não admite de forma alguma que haja um problema e... bem, você viu como os gatos do Clã do Vento reagiram.

– Mas o que você esperava? – interrompeu Cauda de Castanha, que passou a língua pelos lábios como se não gostasse muito do sabor das ervas. – Nenhum clã vai se apressar em nos dizer que está morrendo de fome e perdendo seu território para os Duas-Pernas.

– Não vimos nenhum desses monstros no Clã do Rio – Asa de Mariposa miou. – Está tudo bem aqui. Mas isso explicaria uma coisa... – Seus olhos cor de âmbar se arregalaram. – Eu senti pânico no território do Clã do Vento. Suas marcas de cheiro na fronteira estão cheias de medo.

– Não me surpreende – miou Cauda de Castanha. – Eles estão magérrimos e não há cheiro de coelho em lugar nenhum.

– Tudo está mudando – Pata de Folha murmurou.

– E dentro dos clãs também. Um gato ambicioso poderia se aproveitar disso... – Asa de Mariposa falou rápido, com urgência, e depois se interrompeu, sem jeito.

– Como assim? – incitou Pata de Folha.

– Ah... não sei. – Asa de Mariposa parou e desviou o olhar.

Pata de Folha olhou para ela, imaginando o que se passava dentro daquela linda cabecinha dourada. Era muito jovem para se lembrar de Estrela Tigrada, o gato sanguinário que planejara se tornar líder do Clã do Trovão. Quando seus planos assassinos falharam, preparou-se para destruir todo o clã por vingança. Ela estremeceu. Será que Asa de Mariposa conhecia outro gato com essa mesma ambição? A floresta poderia produzir outro Estrela Tigrada?

Seus pensamentos foram interrompidos quando Asa de Mariposa saltou sobre as patas, voltou a cabeça para o rio e exclamou:

– Está chegando uma patrulha! Venham por aqui, rápido!

Ela escorregou entre dois arbustos, seguida por Pata de Folha e Cauda de Castanha. Alguns momentos depois, chegaram a campo aberto e se encontraram na encosta que conduzia à fronteira do Clã do Trovão.

– Se seu clã estiver com pouca presa, venham me ver – miou Asa de Mariposa. – Sempre podemos ceder alguns peixes. Agora corram!

As gatas subiram a encosta e se protegeram em mais arbustos. Embora Pata de Folha estivesse preparada para ouvir rosnados acusadores, chegaram à fronteira sem serem vistas.

– Obrigada por isso, Clã das Estrelas! – Cauda de Castanha exclamou ao entrarem em seu território.

Pata de Folha olhou para trás, por entre os ramos. Asa de Mariposa estava onde a tinham deixado; um momento depois, a vegetação rasteira se abriu e um grande guerreiro malhado de pelo lustroso apareceu. Pata de Folha reconheceu Geada de Falcão, irmão de Asa de Mariposa; dois outros guerreiros o seguiam. Geada de Falcão parou para falar com a irmã, mas não olhou uma vez sequer na direção das gatas do Clã do Trovão.

Observando os ombros massudos e os músculos fortes do guerreiro, Pata de Folha ficou aliviada por não terem sido flagradas invadindo o Clã do Rio. Ao contrário de Asa de Mariposa, ele seguia com rigidez o Código dos Guerreiros e dificilmente daria ouvidos a explicações. Não era a primeira vez que Pata de Folha tinha a impressão de que ele lhe lembrava outro felino, mas, por mais que o encarasse, não conseguia identificar.

– Vamos – miou Cauda de Castanha. – Vai ficar olhando esses guerreiros do Clã do Rio o dia todo? É hora de voltarmos, e aí você pode pensar direitinho no que vai contar a Estrela de Fogo.

CAPÍTULO 5

Pelo de Tempestade arranhava a rocha cinzenta e lisa. Subiu-a, alcançou o topo da pedra, virou-se e olhou para baixo, para seus amigos, o pelo desalinhado por causa da brisa gelada.

– Vamos – ele miou. – Não é tão ruim se você der um salto.

Seguindo o sol nascente, eles deixaram a charneca para trás e começaram a escalar. Agora, como o sol alto se aproximava no segundo dia da jornada de volta para casa, as montanhas que haviam visto a distância se estendiam à sua frente ainda maiores do que imaginaram, com encostas negras e ameaçadoras e fiapos de nuvens flutuando ao redor dos picos. O solo sob suas patas era áspero, tinha seixos, e pouca coisa crescia ali, exceto grama esparsa e espinheiros retorcidos. Não havia um caminho claro; na verdade, eles seguiam fendas estreitas e sinuosas, muitas vezes tendo de voltar ao depararem com paredes de rocha sem passagem. Pensando melancolicamente no rio deslizando pela grama profunda e fresca em casa, Pelo de Tempestade de certa forma desejava que tivessem decidido voltar pelo Lugar dos Duas-Pernas.

Pata de Esquilo juntou as patas traseiras e deu um salto enorme, seguindo Pelo de Tempestade até a pedra que bloqueava seu caminho.

– Cocô de rato! – ela resmungou ao errar o topo e começar a deslizar para trás. Pelo de Tempestade se inclinou e afundou os dentes na pele do pescoço da amiga, ajudando-a até que suas garras ásperas a impulsionaram até a última cauda de distância, e ela se sentou ao seu lado.

– Obrigada! – Seus olhos verdes brilharam para ele. – Sei que me chamo Pata de Esquilo, mas nunca pensei que gostaria de ser um esquilo!

Pelo de Tempestade soltou uma gargalhada.

– Todos nós vamos desejar ser esquilos se as coisas continuarem assim.

– Ei! – A voz de Pata de Corvo ergueu-se agressivamente lá de baixo. – Afastem-se, sim? Como posso subir aí com duas bolas de pelo no caminho?

Pelo de Tempestade e Pata de Esquilo recuaram, e um momento depois Pata de Corvo juntou-se a eles, as patas longas facilitando o pulo. Ignorando os outros, ele se virou e ajudou Cauda de Pluma, que murmurou uma maldição quando, ao subir, prendeu uma das garras na rocha.

Pelo de Tempestade estava preocupado se a mordida de rato no ombro de Pelo de Açafrão a impediria de escalar a pedra e se eles teriam de encontrar outro modo para resolver o problema; para seu alívio, o salto que ela deu a levou quase ao topo, onde Pata de Corvo a agarrou pelo cangote e a puxou. Garra de Amora Doce juntou-se a eles por último, sacudindo o pelo malhado despenteado, enquanto, de pé, no topo da pedra, olhava em volta. Estando perto do sol alto, havia poucas sombras para mostrar-lhes a direção certa, e apenas um precipício à frente escondia o que vinha adiante.

– Acho que é por ali – ele miou, apontando com a cauda uma saliência estreita que levava até o outro lado da pedra.

– O que você acha? – perguntou a Pelo de Tempestade.

Pelo de Tempestade sentiu o pelo formigar quando olhou a saliência. Alguns arbustos dispersos haviam se enraizado nas rachaduras, mas, fora isso, a rocha estava nua e, se escorregassem, não teriam onde se segurar.

– Podemos tentar – ele miou, hesitante, bastante surpreso por Garra de Amora Doce pedir sua opinião. – Não há outro lugar, a menos que voltemos.

Garra de Amora Doce assentiu.

– Você cobre a retaguarda? – pediu. – Não sabemos o que pode estar à espreita por aqui e precisamos de alguém forte para nos proteger.

Pelo de Tempestade concordou com um murmúrio, sentindo uma onda de calor das orelhas à ponta da cauda com o elogio do gato do Clã do Trovão. Garra de Amora Doce não era seu líder nem seu mentor, mas Pelo de Tempestade não podia evitar uma forte admiração pela coragem do jovem guerreiro e pela forma como assumira a liderança nessa difícil jornada.

– Mudei de ideia – anunciou Pata de Esquilo, enquanto Garra de Amora Doce se espremia pela saliência. – Não quero mais ser esquilo. Prefiro ser um pássaro!

Pelo de Tempestade fechava a retaguarda, como Garra de Amora Doce havia pedido, as orelhas em alerta para o perigo, enquanto tentava esconder o nervosismo com a possibilidade de uma queda abrupta, que o ameaçava como um peso invisível. Ele abraçou a superfície da rocha, pisando com cuidado, uma pata de cada vez, e usando a cauda para se equilibrar. Depois de um tempo, a brisa ficou mais forte, e a mente de Pelo de Tempestade se encheu de imagens aterrorizantes de si mesmo ou de um de seus amigos despencando da borda e caindo no vazio.

Depois de uma pequena distância, a saliência fazia uma curva ao redor da superfície da rocha, desaparecendo de vista. Antes de Pelo de Tempestade chegar à curva, Pelo de Açafrão, que estava logo à sua frente, parou abruptamente, e mais adiante Cauda de Pluma exclamou:

– Ah, não!

– Qual é o problema? – perguntou Pelo de Tempestade.

Pelo de Açafrão avançou mais devagar, e Pelo de Tempestade seguiu até ver o que estava à frente. Sua barriga se contraiu. Um vão se abria entre a saliência e a superfície da rocha; a saliência era agora uma ponta da pedra, projetando-se da encosta da montanha e se estreitando. Em ambos os lados havia uma queda vertiginosa para um vale abaixo, onde corria um riacho da montanha, parecendo fino como a cauda de um camundongo.

– Quer voltar? – gritou para Garra de Amora Doce.

– Espere um pouco – respondeu o guerreiro do Clã do Trovão. – Pode haver um jeito. Olhe para lá.

Pelo de Tempestade olhou para onde sua cauda apontava: na encosta da montanha, para além do vão, a superfície da rocha havia se partido, e uma fenda estreita se abria entre duas encostas íngremes. Arbustos cresciam ali e uma ou duas pequenas árvores. Um riacho corria de um lado, coberto por grama.

– Parece mais fácil por ali – miou Cauda de Pluma. – Mas podemos atravessar?

Pata de Esquilo ergueu a cabeça e sorveu o ar.

– Sinto cheiro de coelhos – ela miou com saudade.

Pelo de Tempestade avaliou o vão. Era mais largo do que gostaria, especialmente sem impulso. Ele pensou que poderia conseguir, mas... e Pelo de Açafrão? A guerreira do Clã das Sombras voltara a mancar desde que começaram a escalada, e, embora ela nada tivesse dito, era evidente que a ferida ainda não havia cicatrizado adequadamente.

Antes que ele pudesse exprimir suas dúvidas, ouviu Pata de Corvo miar. – O que estamos esperando? Vamos ficar aqui até criarmos asas?

Sem mais hesitar, o aprendiz do Clã do Vento saltou sobre o vão. Por um instante, seu corpo preto acinzentado pareceu pairar no ar, então ele pousou levemente nas pedras soltas à beira do precipício.

– Venham! – chamou. – É fácil.

Observando o olhar de Garra de Amora Doce, Pelo de Tempestade percebeu que o guerreiro malhado compartilhava de seu aborrecimento pelo fato de o aprendiz não ter esperado que os outros concordassem. Agora todos teriam de tentar o salto, querendo ou não, porque Pata de Corvo nunca conseguiria saltar de volta para a estreita ponta da rocha, e não podiam deixá-lo sozinho lá.

Ficou ainda menos contente quando viu Cauda de Pluma agachada na beira do rochedo com o vento a desalinhar sua pelagem. Pata de Corvo esperava para segurá-la do outro lado, e ela abanou com prazer a cauda volumosa ao perceber que tinha conseguido chegar a salvo.

Os gatos restantes se amontoaram na rocha. A pelagem de Pelo de Tempestade formigava de medo ao sentir a brisa ficar mais forte.

– OK, quem é o próximo? – Garra de Amora Doce perguntou com firmeza.

– Eu vou – Pata de Esquilo miou. – Vejo vocês lá.

Ela deu impulso para um salto fantástico, aterrissando do outro lado a uma cauda de distância da beirada.

– Ela é demais – murmurou Garra de Amora Doce, que depois pareceu confuso, como se não tivesse a intenção de expressar seus pensamentos em voz alta.

– Com certeza é – concordou Pelo de Tempestade.

– Pelo de Açafrão, está pronta? – perguntou Garra de Amora Doce, virando-se. – Seu ombro está bom?

– Vou ficar bem – a gata miou, carrancuda.

Ela mediu a distância com um olhar e então pulou. Por um instante terrível, Pelo de Tempestade achou que ela tivesse dado pouco impulso. Seu corpo se chocou contra a beirada da rocha, e suas patas dianteiras lutaram freneticamente para se agarrar às pedras soltas. Um tique-taque de coração depois, Cauda de Pluma e Pata de Esquilo a ladearam, cravando os dentes em seu cangote e içando-a até o alto.

– Muito bem! – gritou Garra de Amora Doce, com a voz estridente de preocupação.

Pelo de Açafrão não respondeu. Sua cauda estava eriçada de terror; Pelo de Tempestade viu Cauda de Pluma a convencendo a ir até o riacho e encorajando-a a beber água.

– Você é o próximo? – Garra de Amora Doce perguntou a Pelo de Tempestade.

– Vá você; estou bem.

Mas, enquanto Pelo de Tempestade observava o forte guerreiro malhado pular sobre o vão, desejou não ter esperado para ser o último. Ia dar um pulo quando Pata de Esquilo gritou:

– Pelo de Tempestade! Cuidado!

No mesmo instante, uma sombra escura caiu sobre ele, que ouviu um bater de asas no ar. Sem olhar para cima, ele se lançou pelo vão, vislumbrando seus amigos do outro lado se espalhando pelas laterais do vale.

Bateu no chão desajeitadamente, caindo para o lado, e congelou de horror quando olhou para cima e viu um enorme pássaro voando em sua direção, com as garras estendidas.

Alguém uivou seu nome. Rolando para longe das garras e do bico cortante, ele sentiu o vento das asas batendo e sentiu um fedor de carniça. Então percebeu Garra de Amora Doce e Cauda de Pluma avançando para ele, sibilando e cuspindo com os pelos eriçados. O pássaro desviou para o lado; Pelo de Tempestade levou alguns tique-taques de coração para se afastar. Então, as garras atingiram o chão, levantando jatos de poeira. O pássaro soltou um guincho frustrado. Suas asas bateram fortemente e o levaram de volta para cima. Os três gatos correram para o abrigo de um arbusto, onde Pata de Esquilo e Pelo de Açafrão esperavam.

– Em nome do Clã das Estrelas, o que foi *aquilo*? – Pelo de Tempestade engasgou-se vendo o pássaro subir mais alto, até não ser mais que um ponto no céu. – Nunca vi um pássaro tão grande.

– Uma águia. – Pata de Corvo rastejou entre os ramos mais baixos para se juntar a eles. – Podem ser vistas no território do Clã do Vento de vez em quando. Caçam cordeiros, mas os mais velhos dizem que já pegaram gatos antes.

– Num piscar de olhos teria me levado – murmurou Pelo de Tempestade. – Obrigado a vocês – disse a Garra de Amora Doce e a Cauda de Pluma.

Cauda de Pluma estremeceu.

– Imagina o que teria acontecido se tivesse nos avistado um pouco antes, quando estávamos todos presos naquela rocha!

– Nem *quero* imaginar! – retorquiu Pata de Esquilo.

– Acho que a gente precisa fazer uma pausa depois disso – Garra de Amora Doce miou. – Que tal encontrar alguma presa? Farejei coelhos lá fora.

– Eu vou – Pata de Corvo se ofereceu. – *Eu* não preciso descansar. Vamos, Cauda de Pluma?

Pelo de Tempestade abriu a boca para protestar quando a irmã abriu caminho para fora do arbusto atrás de Pata de Corvo. No final das contas, tudo o que ele conseguiu dizer foi:

– Cuidado com a águia!

Depois que partiram, Pelo de Açafrão fechou os olhos com um suspiro exausto e, alguns segundos depois, havia adormecido. Pelo de Tempestade se enrolou ao seu lado, mas achou difícil descansar. Podia ouvir Garra de Amora Doce e Pata de Esquilo murmurando baixinho e se percebeu apurando os ouvidos para entender o que diziam, invejando a proximidade entre eles e desejando, mais uma vez, que Pata de Esquilo estivesse em seu clã, e não no de Garra de Amora Doce. Também se preocupava com a irmã, sozinha com aquele aprendiz. Achava melhor que seguissem enquanto podiam; se demorassem muito, a escuridão os alcançaria, e seriam forçados a passar a noite ali.

Por fim, ele caiu em um sono inquieto; uma pata cutucou-o nas costelas e o trouxe de volta à consciência. Piscou para os olhos verdes de Pata de Esquilo, e seus sentidos foram inundados pelo cheiro de coelho.

– Eles voltaram – Pata de Esquilo miou. – E trouxeram presa fresca suficiente para todos. Claro – ela acrescentou, com os olhos brilhando de divertimento –, posso comer a sua se você não quiser.

– Não se atreva! – Pelo de Tempestade rosnou, tocando na orelha da aprendiz com sua cauda, enquanto ele se equilibrava.

Agachado, devorando sua porção de coelho, viu Cauda de Pluma e Pata de Corvo comendo juntos. Ele reprimiu um rosnado enquanto se perguntava de novo como Cauda de Pluma esquecera o que acontecia quando gatos de diferentes clãs tentavam ficar juntos.

Uma vez que os viajantes estavam relaxados e de barriga cheia, ele puxou a irmã de lado e murmurou:

– Escute, Cauda de Pluma, você e Pata de Corvo...

– O que é que tem com Pata de Corvo? – Os olhos azuis de Cauda de Pluma brilharam, e sua voz ficou estranhamente aguda. – Vocês são tão injustos com ele!

Pelo de Tempestade quis assinalar que o jovem gato chamava problema pela forma como questionava tudo, mas teve o bom senso de não dizer isso a Cauda de Pluma.

– Essa não é a questão – ele miou. – O que vai acontecer quando voltarmos para casa? Pata de Corvo é de um clã diferente.

– Não sabemos nem se ainda haverá clãs – pontuou Cauda de Pluma. – Vamos ter de sair da floresta, lembra?

Pelo de Tempestade bufou.

– Você acha que todas as fronteiras dos clãs vão desaparecer só porque temos de sair? Duvido.

Ele se surpreendeu com o brilho de raiva nos olhos de Cauda de Pluma.

– Já esqueceu o que Meia-Noite disse? – ela disparou. – Os clãs não *sobreviverão* se não puderem trabalhar juntos.

– E você esqueceu o que acontece quando gatos de clãs diferentes se juntam? – Pelo de Tempestade rosnou. – Veja como nosso próprio pai ficou dividido entre dois clãs. Você e eu quase *morremos* porque somos meios-clãs! Estrela Tigrada teria nos matado se os gatos do Clã do Trovão não tivessem nos resgatado.

– Mas Estrela Tigrada já se foi – Cauda de Pluma miou, teimosa. – Não haverá outro gato assim na floresta. E Meia-Noite disse que todos os clãs terão de encontrar outro lugar para morar. Tudo será diferente.

– Mas você e Pata de Corvo...

– Não vou falar de mim e de Pata de Corvo. – A raiva de Cauda de Pluma arrefeceu. – Sinto muito, mas isso não diz respeito a você.

Pelo de Tempestade começou a dar uma resposta mordaz, mas aí percebeu que ela estava certa. Desajeitado, acariciou seu ombro com a ponta da cauda.

– Eu me preocupo com você, só isso...

Cauda de Pluma deu uma lambida rápida na orelha do gato.

– Eu sei. Mas não há necessidade. Realmente.

Mesmo sem concordar, Pelo de Tempestade não disse nada. Era a sua irmã, e ele faria qualquer coisa para deixá-la feliz. Queria que Pata de Corvo também a fizesse feliz, já que era isso que Cauda de Pluma queria mesmo, mas, independentemente do que acontecesse, não conseguia acreditar que toda a rivalidade entre os clãs desapareceria e os deixaria ficar juntos.

* * *

Quando os gatos saíram do abrigo do mato para continuar a jornada, perceberam que o céu tinha escurecido. O vento diminuíra, mas havia um frio no ar, e nuvens surgiam ao redor do topo da montanha, escondendo o sol.

– Chuva a caminho – Pelo de Açafrão comentou. – Só nos faltava isso.

– Então, vamos seguir enquanto podemos – Garra de Amora Doce miou. Eles partiram para o vão na encosta da montanha, mantendo-se próximos das laterais e usando como podiam a proteção dos arbustos, caso a águia voltasse. Pelo de Tempestade ficou de olho no céu; uma vez, ele viu um ponto minúsculo flutuando preguiçosamente sobre a encosta da montanha e soube que o pássaro feroz ainda estava de guarda.

Passaram pela nascente do pequeno riacho, borbulhando de uma fenda entre duas rochas, e tomaram um último gole de água antes de seguir em frente. Pelo de Tempestade olhou para a encosta à frente, examinando-a em busca de algo familiar que lhe mostrasse a próxima fonte de comida ou abrigo, mas não viu nada além de rocha cinzenta e sem vida.

O vale ficou mais estreito, e havia ainda menos vegetação. Pelo de Tempestade se sentia desconfortavelmente exposto, mas a águia não voltou. À medida que o crepúsculo se aproximava, uma chuva fina e fria começou a cair. O pelo dos gatos logo ficou encharcado e não havia onde se abrigar.

– Logo teremos de parar – anunciou Pata de Esquilo em voz alta. – Minhas patas estão bambas.

– Bem, não podemos parar aqui. – Garra de Amora Doce parecia irritado. – Precisamos sair da chuva.

– Não, Pata de Esquilo tem razão – Pelo de Tempestade objetou, frente a frente com o guerreiro do Clã do Trovão. – Não podemos continuar no escuro; corremos o risco de cair.

O pelo do pescoço de Garra de Amora Doce se arrepiou, e ele fixou em Pelo de Tempestade um olhar furioso. Atrás dele, Pelo de Tempestade ouviu um leve murmúrio angustiado de Cauda de Pluma e percebeu que uma briga entre eles estava a um par de tique-taques de coração de começar. O crescente respeito pelo gato do Clã do Trovão dizia que brigar era a última coisa que ele queria, mas não podia recuar e deixar Garra de Amora Doce conduzi-los para o risco de escorregar em algum precipício na escuridão.

Então viu o pelo do jovem guerreiro começar a baixar novamente, à medida que o gato malhado entendia a preocupação de Pelo de Tempestade, a quem disse:

– Tem razão, vamos nos abrigar ali sob a rocha. É melhor do que nada.

Ele liderou o caminho até uma rocha saliente, aberta de um lado para o vento e a chuva, que ficava ainda mais pesada na proporção em que os gatos se acomodavam, amontoados, na tentativa de se manterem aquecidos e secos.

– Abrigo? – Pata de Corvo murmurou. – Se isso é abrigo, então eu sou um ouriço!

Você é igualmente espinhoso, pensou Pelo de Tempestade, mas guardou as palavras para si.

Naquela noite, ele dormiu apenas por momentos breves e desconfortáveis e, sempre que acordava, percebia os amigos inquietos, movimentando-se. Quando finalmente a escuridão começou a se dissipar, ele se ergueu sobre as patas, sentindo-se rígido e com os olhos turvos; espiou pela saliência e viu uma densa névoa branca girando ao redor.

– Devemos estar em um nevoeiro – murmurou Garra de Amora Doce, indo se juntar a ele. – Espero que passe logo.

– Você acha que devemos continuar? – Pelo de Tempestade perguntou, hesitante, querendo evitar outro confronto com o gato do Clã do Trovão. – Se não conseguirmos ver aonde estamos indo, podemos caminhar direto para um precipício.

– A gente vai conseguir quando o nevoeiro descer sobre o pântano – salientou Pata de Corvo, bocejando, enquanto cambaleava sobre as patas. Então, acrescentou, cético: – Mas conhecemos nosso território tanto pelo olfato quanto pela visão.

– E as presas frescas? – miou Pata de Esquilo. – Não tem cheiro de coelho aqui em cima. Estou morrendo de fome!

Pelo de Tempestade tentou ignorar o ronco da própria barriga, enquanto Garra de Amora Doce se aventurava a sair de seu abrigo e olhar para o alto.

– Posso ver pela distância de algumas raposas – disse. – Essa fenda parece continuar e continuar. Acho que estaremos em segurança se a seguirmos.

Ele olhou para Pelo de Tempestade enquanto falava, com um ar questionador, como se lamentasse a recente discussão e quisesse ter certeza de que o gato do Clã do Rio concordava com ele.

Pelo de Tempestade saiu para se juntar a ele, tremendo por causa da névoa que encharcava seu pelo.

– Tudo bem – ele miou. – Lidere o caminho. De todo modo, não temos muita escolha.

Relutantemente, os outros seguiram Garra de Amora Doce pela névoa fria e pegajosa, avançado pela fenda. Pelo de Tempestade notou que Pelo de Açafrão mancava mais naquele dia, como se a perna tivesse enrijecido durante a noite. A raiz de bardana de Meia-Noite curara a infecção, mas Pelo de Tempestade suspeitou que seus músculos estivessem comprometidos. Ela precisava de um curandeiro para examiná-la, o que era impossível ali.

A luz do dia gradualmente ficou mais forte, e os redemoinhos de nuvens, mais pálidos, como se em algum lugar acima deles o sol estivesse nascendo. A fenda tornou-se cada vez mais estreita, com paredes de rocha se fechando em ambos os lados.

– Espero que não seja um beco sem saída – miou Cauda de Pluma. – Não podemos voltar para aquela saliência.

Mal disse isso, as nuvens começaram a se dissipar, e eles puderam ver mais à frente. Pelo de Tempestade olhou para uma face rochosa íngreme, onde os lados do vale formavam uma ponta. Não parecia haver como escalar, a menos que todos criassem asas e voassem. Seu pelo estava colado ao corpo por causa da névoa, e o estômago oco de fome.

– E agora? – Pelo de Açafrão miou, sentindo-se tão derrotada quanto Pelo de Tempestade.

Os seis gatos ficaram olhando para cima, uma chuva fina flutuando ao redor deles, como se as gotas fossem leves o suficiente para serem sopradas pelo vento. Pelo de Tempestade lutava contra um sentimento de desespero. Qual era o sentido de tudo isso? Mesmo que chegassem em casa, a floresta seria destruída. Suas esperanças de ajudar seus clãs repousavam na palavra de uma texugo – criatura que os gatos sempre consideraram inimiga. Preso aqui entre rochas molhadas pela chuva, era difícil lembrar que confiara na sabedoria de Meia-Noite. E, se Pelo de Tempestade tinha duvidado dela, o que seus companheiros de clã diriam quando tentasse passar sua mensagem adiante? Eles nunca confiaram completamente nele ou em Cauda de Pluma por causa de sua herança de meios-clãs; por que os ouviriam agora?

Então, Pelo de Tempestade percebeu um som constante de rugido. Isso o fez se lembrar do rio fluindo pela ravina em seu território natal.

– O que é isso? – ele miou, levantando a cabeça. – Está ouvindo?

– Por aqui, acho – Garra de Amora Doce disse.

Pelo de Tempestade o seguiu até a ponta do vale e descobriu uma fenda na rocha que serpenteava para cima, com largura suficiente para passar um gato de cada vez. Garra de Amora Doce entrou na frente, chamando os outros com a cauda. Pelo de Tempestade esperou para fechar a retaguarda, seu pelo roçando a rocha de ambos os lados; tinha pensamentos desagradáveis sobre o que aconteceria se o caminho ficasse estreito a ponto de ficarem presos.

O rugido ficou mais alto, e, depois de algum tempo, o caminho dava para uma saliência aberta. Rochas quebradas jaziam à frente deles, subindo até um cume acima da cabeça dos gatos. Um riacho jorrava sobre o cume, espumando sobre o local onde os gatos estavam parados, e desaparecia atrás de uma pedra saliente.

– Ei, pelo menos podemos beber! – Pata de Esquilo miou.

– Tenha cuidado – Garra de Amora Doce advertiu. – Um deslize e você vira comida de corvo.

A aprendiz lançou-lhe um olhar fulminante, mas não disse nada. Ela se arrastou cautelosamente até a beira do riacho e se agachou para beber. Pelo de Tempestade e os outros gatos a seguiram. A água estava gelada, refrescando Pelo de Tempestade e dando-lhe novo ânimo. Talvez sua corrida por aquelas montanhas hostis terminasse logo.

Erguendo-se sobre as patas novamente, ele olhou rio abaixo e congelou, em estado de choque. Logo abaixo de onde estavam bebendo, as pedras formavam um precipício. Caminhando cautelosamente alguns passos em direção a ele, Pelo de Tempestade esticou o pescoço, espiou por cima da borda e viu o riacho fazendo uma cachoeira e caindo em uma poça abaixo, a muitas caudas de distância. O som da água trovejando enchia seus ouvidos, deixando-o tonto, de modo que instintivamente tentou cravar as garras na rocha molhada pela chuva.

Os outros gatos se reuniram ao seu redor, com os olhos arregalados e horrorizados.

– Incrível! – murmurou Pata de Esquilo. Espiando, ela acrescentou: – Há presas lá embaixo, aposto.

Através da névoa que se erguia da poça, Pelo de Tempestade vislumbrou outro vale como o que haviam acabado de deixar, onde a grama crescia entre pedregulhos e arbustos alinhados nas paredes de pedra. Pata de Esquilo tinha razão, se houvesse outros seres vivos por aqui, seria lá embaixo.

– Mas precisamos subir – observou Garra de Amora Doce, apontando as orelhas para o lugar bem acima da cabeça deles, onde o riacho corria sobre a borda da rocha. – Não parece muito difícil de escalar. Mas, se cairmos, talvez nunca mais voltemos.

– Grande coisa, se isso significa que temos algo para comer – murmurou Pata de Esquilo, mas tão baixinho que Pelo de Tempestade se perguntou se seu companheiro de clã teria ouvido.

Com Garra de Amora Doce novamente na liderança, iniciaram a escalada. Estavam todos exaustos, o pelo encharcado os tornava desajeitados. Pelo de Açafrão, em particular, achou o caminho difícil, arrastando-se dolorosamente sobre todas as pedras, como se quase não tivesse mais forças.

O riacho borbulhava ao seu lado, espirrando nas rochas, já molhadas e escorregadias pela chuva, que voltara a cair com mais força. Pelo de Tempestade mantinha um olhar cauteloso no riacho, como se esperasse que transbordasse e os varresse das rochas. Ele ficou atrás do grupo, tentando observar cada gato, bem ciente de que, se algum deles escorregasse, poderia ser levado para a poça abaixo da cachoeira.

Quase no momento em que esse pensamento lhe passou pela cabeça, viu Cauda de Pluma escorregar. Ela deslizou de lado no riacho; a água a envolveu, enquanto ela se agarrava às rochas com uma única pata, a boca aberta em um gemido silencioso de choque.

Pelo de Tempestade saltou em sua direção, empurrando Pelo de Açafrão, mas, antes de alcançá-la, Pata de Corvo se inclinou desajeitadamente sobre a água espumosa, cravou os dentes na nuca de Cauda de Pluma e a arrastou de volta para o caminho.

– Obrigada, Pata de Corvo – ela ofegou.

Pelo de Tempestade percebeu, aborrecido, que seus olhos azuis brilhavam de gratidão... e algo mais.

– Você devia ter mais cuidado – Pata de Corvo miou asperamente. – Você acha que é líder de clã, com nove vidas para jogar fora? Salvei você desta vez, não me faça salvá-la novamente.

– Pode deixar – Cauda de Pluma piscou e trocou toques de nariz com Pata de Corvo. – Sinto muito por não ter tido cuidado.

– Deve sentir muito mesmo – Pelo de Tempestade retrucou, não tendo certeza se estava mais irritado com o descuido da irmã ou com o fato de ter sido Pata de Corvo a salvá-la. Afastou o aprendiz com os ombros para examinar Cauda de Pluma mais de perto. – Você está bem?

– Estou, obrigada – respondeu Cauda de Pluma, tentando sacudir a água do pelo.

Um estrondo mais forte vindo do alto da montanha a interrompeu, abafando até mesmo o rugido da cachoeira abaixo. Pelo de Tempestade olhou para cima e congelou de horror ao ver uma parede de lama, galhos e água desabando sobre eles. Seus piores medos se tornaram realidade: o córrego da montanha estava cheio. Pata de Esquilo soltou um miado apavorado, e Garra de Amora Doce saltou na direção dela.

Mas a água caiu sobre eles antes que pudessem fazer qualquer coisa. Atingiu Pelo de Tempestade como um golpe, fazendo-o cair. Suas pernas se agitaram enquanto as águas o carregavam para baixo, empurrando-o contra as rochas, onde ele tentava em vão se agarrar antes que a água o arrastasse de novo. Ele sufocou quando a água encheu sua boca, e uma de suas patas bateu dolorosamente contra uma rocha. Então não havia absolutamente nada sob suas patas, e ele sabia que estava mergulhando na queda-d'água.

Houve um momento de misterioso silêncio, quebrado pelo sussurro da água corrente. Então, o rugido e as batidas recomeçaram, esperando para engoli-lo, enquanto ele mergulhava na poça. Girando na água gelada, teve um breve vislumbre de Pata de Corvo se debatendo descontroladamente antes que a onda se fechasse sobre sua cabeça. Em seguida, mais água caiu sobre ele, fazendo-o afundar, a espuma branca e agitada inundando seus sentidos; um barulho ensurdecedor; em seguida, o nada.

Sinto muito, Clã das Estrelas, Pelo de Tempestade pensou, em desespero, antes de desfalecer. *Sei que não era minha missão, mas fiz o melhor que pude. Por favor, tome conta dos nossos clãs...*

CAPÍTULO 6

Pata de Folha surgiu na superfície da água, ofegante, lutando para encontrar chão firme. Apesar de o rio estar muito agitado em torno de suas pernas, ela conseguiu ficar de pé e sacudir do pelo as gotas geladas. A margem estava a apenas algumas caudas de distância. Ela estremeceu sob o sol pálido da estação das folhas caídas, quando olhou para cima e viu Asa de Mariposa, que a observava de uma rocha saliente.

Os olhos cor de âmbar da gata do Clã do Rio estreitaram-se com um ar divertido, e ela brincou:

– Você não pesca pulando no rio.

– Sei disso! – Pata de Folha retorquiu, rabugenta. – Só escorreguei.

– Acredito – Asa de Mariposa ronronou, dando uma rápida lambida no pelo dourado do seu peito. – Agora saia daí, e vamos tentar outra vez. Vou ensinar você a pescar, nem que seja a última coisa que eu faça.

– Ainda não tenho certeza se deveríamos estar fazendo isso – Pata de Folha miou, enquanto voltava para a margem.

– Claro que sim. Os coelhos e os esquilos estão começando a desaparecer graças aos Duas-Pernas, mas ainda há peixe para todo mundo.

– Mas, para isso, tenho de entrar em território do Clã do Rio – Pata de Folha observou, ansiosa. – O que Estrela de Leopardo diria se soubesse?

Asa de Mariposa piscou.

– Nós duas somos curandeiras, então os limites do clã não importam para nós como importam para os outros gatos.

Pata de Folha não achava que era assim que funcionava o Código dos Guerreiros. Sua amiga havia dito a mesma coisa alguns dias antes, quando resgatara Pata de Folha e Cauda de Castanha dos guerreiros do Clã do Vento que as perseguiam. Essa manhã chamara Pata de Folha enquanto colhia ervas perto das Rochas Ensolaradas e se ofereceu para lhe dar uma aula de pesca. Pata de Folha sentia-se muito apreensiva por cruzar a fronteira do clã, mas a fome a impelia, já que as presas escasseavam ainda mais no território do Clã do Trovão. Mesmo assim, seus ouvidos e seu nariz estavam atentos a qualquer sinal de uma patrulha do Clã do Rio.

– Tudo bem – Asa de Mariposa continuou –, agache-se aqui, a meu lado, e olhe para a água. Quando vir um peixe, puxe-o com a pata. É fácil.

Um par de peixes brilhantes deitados na margem mostrava como era fácil para Asa de Mariposa. Pata de Folha lançou-lhes um olhar ansioso, imaginando se algum dia aprenderia.

– Quer? – ofereceu Asa de Mariposa, seguindo seu olhar.

Pata de Folha se sentiu culpada ao pensar em ser alimentada enquanto o resto de seu clã passava fome. Mas não tinha comido uma presa fresca desde a noite anterior, e fora apenas um magro rato-silvestre.

– Eu não deveria... – murmurou, tentando se convencer de que não ajudaria seu clã se também passasse fome.

– Claro que você pode. Que mal há?

Pata de Folha não esperou outro convite. Ela se agachou na frente do peixe, segurou-o com as patas e afundou os dentes na carne fria.

– Delicioso – ela murmurou.

Asa de Mariposa parecia satisfeita.

– Aprenda como fazer, e poderá levar muito mais para o seu clã. – Deu algumas mordidas delicadas na presa como se já estivesse farta e não se importasse se comia ou não.

Engolindo o resto do peixe, Pata de Folha disse a si mesma que compensaria o fato encontrando comida para seu clã. Assim que terminou, acomodou-se na rocha ao lado de Asa de Mariposa e concentrou-se na água logo abaixo, esperando aparecer um peixe.

Um cheiro desconhecido invadiu-a no mesmo instante em que Asa de Mariposa sibilou:

– Geada de Falcão!

Pata de Folha sentiu uma pata cravar-se em suas costelas, derrubando-a da beirada da rocha e de volta ao rio. Ela se debateu loucamente, imaginando por que Asa de Mariposa tentava afogá-la. Então, quando conseguiu chegar à superfície, viu a enorme forma malhada de Geada de Falcão se aproximando da margem e percebeu que Asa de Mariposa havia feito a única coisa que podia para escondê-la com rapidez.

Com as patas se agitando delicadamente para manter o nariz um pouco acima da água, Pata de Folha deixou-se deslizar rio abaixo por algumas caudas de distância até chegar a um monte de juncos por onde poderia rastejar para fora do rio do lado do Clã do Trovão e esconder-se.

Geada de Falcão havia parado para falar com a irmã, e Pata de Folha percebeu que ela teria de ficar agachada onde estava, encharcada e tremendo, até que ele fosse embora e ela pudesse ter tempo em campo aberto, para chegar à fronteira do Clã do Trovão.

– ... mantendo os olhos abertos para o Clã do Vento – ela o ouviu miar quando a água saiu de seus ouvidos. – Sei muito bem que eles estão roubando peixes e um dia vou pegá-los no ato.

– Não aqui embaixo, certo? – respondeu Asa de Mariposa inocentemente. – O Clã do Vento pescaria mais perto de Quatro Árvores... se é que estão pescando.

– Clã do Vento *e* Clã do Trovão – Geada de Falcão rosnou e acrescentou: – Já consigo farejar gatos do Clã do Trovão.

Pata de Folha estremeceu e encolheu-se no monte de junco.

– A fronteira é ali – assinalou Asa de Mariposa. – Seria estranho se você *não* farejasse o Clã do Trovão.

Geada de Falcão resmungou.

– Tem alguma coisa errada na floresta. Gatos desapareceram de todos os clãs, para começar. Você lembra o que os outros líderes falaram na última Assembleia? São mais quatro gatos, além de Pelo de Tempestade e Cauda de Pluma. Não sei o que está acontecendo, mas vou descobrir.

Pata de Folha ficou tensa. Ela havia contado sobre os monstros dos Duas-Pernas a Asa de Mariposa, que, obviamente, não havia passado a notícia para o restante de seu clã. Paralisada pela raiva na voz de Geada de Falcão, Pata de Folha rezou ao Clã das Estrelas para que a amiga nada falasse sobre o assunto agora. Para seu alívio, ela apenas miou:

– Não há nada de errado no Clã do Rio, então por que deveríamos nos importar?

– Você tem abelhas no cérebro? – retrucou Geada de Falcão. – Essa pode ser a nossa chance de engrandecer o Clã do Rio. Se os outros clãs estiverem fracos, podemos governar toda a floresta.

– *O quê?* – Asa de Mariposa parecia enojada. – Você é o único com abelhas no cérebro. Quem você pensa que é? Estrela Tigrada?

– Há gatos piores para imitar – Geada de Falcão miou.

Um medo congelante percorreu Pata de Folha. Estrela Tigrada estava disposto a matar qualquer um que se opusesse a ele em sua busca pelo poder supremo. E agora outro gato se preparava para seguir seus passos.

Mais um pensamento surgiu em sua mente. Deve ter sido isso que Asa de Mariposa quis dizer ao mencionar um gato ambicioso, no dia em que resgatou Pata de Folha e

Cauda de Castanha do Clã do Vento. Ela estava preocupada com o próprio irmão! Dias antes, Pata de Folha tinha certeza de que a floresta jamais produziria outro Estrela Tigrada; agora só podia apurar os ouvidos, horrorizada, para ouvir o que Geada de Falcão diria a seguir.

– Você esqueceu o que aconteceu com Estrela Tigrada? – Asa de Mariposa disparou. – Ele falhou e agora é apenas um nome para assustar os filhotes.

– Vou aprender com os erros dele – a voz de Geada de Falcão retumbou no fundo do peito. – Afinal, nossa mãe nos contou o suficiente. Ele quebrou o Código dos Guerreiros e mereceu falhar. Eu farei melhor.

Pata de Folha olhava o junco à sua frente, mas sem atenção. A mãe de Geada de Falcão, Sasha, a gata vilã, tinha contado a eles sobre Estrela Tigrada? Como ela sabia? Pata de Folha nunca conhecera Sasha; a gata sem clã ficara pouco tempo no Clã do Rio, o suficiente para decidir que queria que seus filhotes fossem criados lá. Ninguém sabia onde ela vivera antes disso.

Por causa do espanto, Pata de Folha nem notou que o vento havia mudado e uma brisa brincalhona subia o rio e levava seu cheiro até a amiga e seu irmão.

– Estou *sentindo* o cheiro do Clã do Trovão – Geada de Falcão disse de repente. O coração de Pata de Folha quase saltou do peito. – O cheiro é fresco também. Se um de seus guerreiros estiver em nosso território, arrancarei seu pelo.

Acima de sua cabeça, Pata de Folha ouviu Asa de Mariposa se levantar aos tropeços.

– Tem razão! – ela exclamou. – É este o caminho. Vamos!

Pata de Folha ouviu sua voz enfraquecer enquanto ela saltava na direção oposta.

– Cérebro de rato! – Geada de Falcão esbravejou. – É rio *abaixo*.

Pata de Folha não esperou para saber mais. Enquanto ele seguia Asa de Mariposa, ela escapou dos juncos e subiu a ribanceira em direção à fronteira do Clã do Trovão. Felizmente, mergulhou em samambaias grossas já no lado da fronteira de seu clã.

Virando-se para espiar novamente, viu Geada de Falcão caminhando rio abaixo, parando para dar uma boa farejada no maciço de juncos onde ela tinha se escondido, e depois se voltar para Asa de Mariposa com um rosnado frustrado. Mais uma vez, Pata de Folha se impressionou com a semelhança do poderoso gato malhado com algum outro gato; o pensamento a incomodava como um carrapato na nuca, pois não conseguia se lembrar quem.

Estava longe demais para ouvir o que os dois gatos do Clã do Rio diziam um ao outro, mas, depois de alguns momentos, ambos continuaram rio abaixo até as pedras do caminho e cruzaram para o lado do Clã do Rio. Quando finalmente desapareceram nos juncos, Pata de Folha deu um grande suspiro de alívio e começou a trotar de volta ao acampamento.

A culpa que sentia pela barriga cheia foi quase esquecida em meio a pontadas de mal-estar pelo que Asa de Mariposa havia dito. Geada de Falcão parecia tão ambicioso quanto Estrela Tigrada, e não havia lugar para isso quando a floresta estava à beira da destruição.

Um brilho de sol que se punha perfurava as nuvens e caía como uma mancha de sangue no solo da floresta. Pata de Folha pensou que Manto de Cinza provavelmente se perguntava onde ela estaria, mas precisava de tempo para entender como Geada de Falcão e Asa de Mariposa sabiam tanto sobre Estrela Tigrada. Ela se sentou e passou a pentear o pelo que começava a secar.

Sasha era uma gata desgarrada vagando pela floresta, até que foi para o Clã do Rio com seus filhotes e lá se estabeleceu por pouco tempo. Pode ter visitado o Clã das Sombras quando Estrela Tigrada era o líder. Era possível...

Pata de Folha congelou. Percebeu com quem Geada de Falcão se parecia tanto. Garra de Amora Doce! E todos sabiam quem era o pai do jovem guerreiro. Seria possível que Estrela Tigrada fosse pai de Geada de Falcão e também de Asa de Mariposa? Se fosse, isso tornaria Geada de Falcão e Garra de Amora Doce meios-irmãos.

Ela olhava as árvores como se tivessem a resposta quando seus pensamentos foram interrompidos por um frenético bater de asas.

Olhou para cima e viu uma pega voar para fora dos arbustos e pousar em um galho acima de sua cabeça. Ao mesmo tempo, uma voz alta exclamou:

– Cocô de rato!

Os arbustos à sua frente farfalharam violentamente, e Listra Cinzenta apareceu, olhando para a pega cheio de frustração em seus olhos amarelos.

– Perdi – murmurou. – Não sei o que há comigo.

Pata de Folha ergueu-se nas patas quando o representante se aproximou, inclinando a cabeça respeitosamente e soltando um ronronar solidário. Esperava que seu pelo estivesse seco o suficiente para que Listra Cinzenta não percebesse que ela estivera nadando.

– Olá, Pata de Folha – miou. – Desculpe se assustei você. Na verdade, sei o que há de errado comigo – ele continuou, a ponta da cauda se contorcendo, inquieta. – Não tiro Cauda de Pluma e Pelo de Tempestade da cabeça. Gostaria de saber para onde foram Garra de Amora Doce e Pata de Esquilo.

Pata de Folha sentiu outra pontada de culpa. Poderia poupar o gato de tanta preocupação se contasse o que sabia sobre a profecia, mas havia prometido silêncio aos viajantes.

– Sinto que estão todos a salvo – ela arriscou – e que voltarão para nós.

Listra Cinzenta olhou para cima com um lampejo de esperança nos olhos cor de âmbar.

– Foi o Clã das Estrelas que lhe disse?

– Não exatamente, mas...

– Não posso deixar de me perguntar se tem algo a ver com os Duas-Pernas – Listra Cinzenta interrompeu. – Gatos desaparecem, os Duas-Pernas invadem nosso território... – Suas patas batiam no chão, as garras rasgando a grama.

– Listra Cinzenta, posso fazer uma pergunta? – Pata de Folha miou, desesperada para mudar de assunto.

– Claro, vá em frente.

– Você conheceu Sasha, mãe de Geada de Falcão e de Asa de Mariposa?

Listra Cinzenta a olhou, surpreso.

– Eu a vi uma vez, em uma Assembleia.

– Como ela era? – a aprendiz perguntou, curiosa.

– Muito gentil. Calma e amigável. De fisionomia, muito parecida com Asa de Mariposa. Mas ficava claro que estar entre muitos gatos a assustava. Não me surpreendi quando foi embora da floresta assim que Asa de Mariposa e Geada de Falcão tinham idade para se virarem sozinhos.

– Alguém sabe quem era o pai?

O representante balançou a cabeça.

– Não. Presumi que fosse outro vilão.

– Vilão?

Ouvindo passos atrás deles, Pata de Folha virou-se e viu Estrela de Fogo se aproximar, vindo do acampamento.

– Você viu algum vilão? – perguntou, cada fio de seu pelo cor de fogo mostrando a tensão que o invadia. – Pelo amor do Clã das Estrelas, essa é a última coisa de que precisamos agora.

– Não, não, de jeito nenhum – Listra Cinzenta miou rapidamente. – Pata de Folha estava só perguntando sobre Sasha e quem seria o pai de Asa de Mariposa e de Geada de Falcão.

Estrela de Fogo virou-se para Pata de Folha, seus olhos verdes intrigados.

– Por que você quer saber?

A aprendiz do Clã do Trovão hesitou. Não ia admitir que andara com Asa de Mariposa em território do Clã do Rio.

– Ah, acabei de ver Geada de Falcão – ela miou. – Ele estava patrulhando na fronteira. – Bom, isso não era de todo mentira, se consolou. De jeito nenhum mencionaria suas suspeitas de que Estrela Tigrada era o pai de Geada de Falcão e de Asa de Mariposa, não quando ele e Estrela de Fogo eram inimigos tão ferrenhos.

Estrela de Fogo assentiu.

– Bom, não faço ideia. Sasha deve ter contado a alguém do Clã do Rio, suponho.

Ele caminhou até Listra Cinzenta e tocou o nariz do velho amigo como se adivinhasse os pensamentos que o perturbavam. Ambos tinham perdido filhos entre os seis gatos desaparecidos na floresta. Olharam para as árvores, onde um vento frio arrancava dos galhos as folhas que caíam e se juntavam às folhas mortas no chão.

– Eles devem estar com frio sem o clã para protegê-los a cada noite... – murmurou Listra Cinzenta.

– Pelo menos têm uns aos outros – Estrela de Fogo miou, pressionando o corpo contra a lateral de Listra Cinzenta.

Por um momento, os dois gatos permaneceram em silêncio; então, Estrela de Fogo virou-se para a filha.

– Pata de Folha, às vezes você sabe o que Pata de Esquilo está pensando, não é? Você nos disse que ela estava com os gatos do Clã do Rio. Tem alguma ideia de onde eles estão agora?

Pata de Folha piscou. Não podia negar ao pai a possibilidade de saber se a irmã estava viva, o que ela queria saber com a mesma intensidade. Fechou os olhos e invocou o antigo relacionamento com a irmã. Esvaziando a mente, concentrou-se com força. Engasgou-se ao sentir uma onda de frio e umidade, estremecendo quando uma rajada de vento frio passou por seu pelo seco. Mas não havia sinal de Pata de Esquilo em parte alguma... apenas água, vento forte e rocha sem fim.

Abrindo os olhos, Pata de Folha piscou, confusa, ao perceber que seu pelo estava seco e a floresta, parada. Enfim, ela havia feito contato com a irmã!

– Ela está viva – murmurou. Ao seu lado, os olhos de Estrela de Fogo se iluminaram. – E, onde quer que esteja, acho que deve estar chovendo...

CAPÍTULO 7

PELO DE TEMPESTADE ABRIU os olhos e ficou ofuscado por uma luz afiada como uma garra. A respiração lhe arranhava a garganta, cada músculo de seu corpo doía. Sentia-se exausto demais até para se mexer.

Quando a visão clareou, viu que estava deitado em uma rocha molhada pela chuva, ao lado de uma poça de água negra e agitada. Seus ouvidos zumbiam; levantou a cabeça com dificuldade e viu uma cachoeira caindo na poça, formando um redemoinho de espuma e borrifo, e percebeu que o que estava ouvindo eram o rugido e o estrondo da água caindo.

Imediatamente se lembrou da enxurrada que o arrastara das rochas, fazendo-o mergulhar na poça. Como tinha sobrevivido? Lembrou-se do rugido, da espuma, da escuridão... O medo pelo destino de seus amigos o apunhalou.

– Cauda de Pluma? Pata de Esquilo? – miou com a voz rouca.

– Aqui.

A resposta foi tão fraca que quase se perdeu no martelar sem fim da cachoeira. Pelo de Tempestade virou a cabeça e viu Pata de Esquilo estirada na rocha ao seu lado, o pelo ruivo e escuro encharcado.

– Preciso dormir... – ela murmurou, fechando os olhos.

Logo depois dela, Pelo de Tempestade viu Garra de Amora Doce deitado de lado, o corpo mole. O guerreiro do Clã do Trovão fitou o céu, a respiração rápida e curta. Pata de Corvo estava do outro lado de Pelo de Tempestade; com um sentimento de horror, pensou que o aprendiz do Clã do Vento estivesse morto, até perceber o leve subir e descer da lateral de seu corpo.

E Cauda de Pluma e Pelo de Açafrão? Começando a entrar em pânico, Pelo de Tempestade lutou para se sentar. A princípio, não conseguiu ver nem a irmã nem a gata atartarugada. Então, um movimento perto da poça chamou sua atenção. Perto da cachoeira, Cauda de Pluma ajudava Pelo de Açafrão a subir na pedra. A guerreira do Clã das Sombras cambaleava sobre três patas e, assim que alcançou terra firme, desabou e ficou imóvel. Cauda de Pluma se arrastou para fora, o pelo cinza estava grudado nas laterais do corpo de tal forma que parecia quase preto. Acomodou-se ao lado de Pelo de Açafrão e deu-lhe duas lambidas de leve no ombro.

– Obrigado, Clã das Estrelas! – Pelo de Tempestade murmurou em voz alta e rascante. – Nós todos sobrevivemos!

Ele sabia vagamente que tinham de encontrar abrigo, pois, deitados ali, estavam vulneráveis a predadores como a águia, mas estava exausto demais para se mover. Deu algumas lambidas em seu pelo que começava a secar, porém até isso era muito esforço. Ficou imóvel, os sentidos à deriva, o olhar fixo nas rochas ao lado da poça.

À medida que seus sentidos foram voltando, notou que estavam deitados em uma bacia curva de rocha, aberta no lado onde o riacho saía da poça e descia o vale. Pedregulhos cobriam o terreno em ambas as margens, com algumas árvores finas enraizadas entre eles. A luz estremecia na água; a chuva estava quase parando, e as nuvens se dissipavam. Acima da cabeça de Pelo de Tempestade, alguns arcos-íris dançavam nos respingos lançados pela cachoeira. Um fino feixe de luz solar espirrou nas rochas a uma cauda de distância; com dificuldade, o gato se arrastou até a luz e suspirou de prazer ao sentir o calor em seu pelo.

Alguns tique-taques de coração depois, pensou ter visto um rápido movimento. Piscou, esforçando-se para focar os olhos. Por um instante, tudo ficou quieto; então percebeu mais um lampejo do outro lado da poça. Seu pelo se arrepiou. Estavam sendo observados!

Pelo de Tempestade estreitou os olhos, fitando as pedras perto da cachoeira. – Garra de Amora Doce – sussurrou. – Olhe para lá.

– O quê? – O guerreiro do Clã do Trovão ergueu a cabeça, olhou em volta e deitou-se novamente. – Não consigo ver nada.

– Ali! – Pelo de Tempestade sibilou quando o movimento se repetiu, agora mais perto, a uma cauda de distância. Flexionou as garras, sabendo como ele e os amigos estavam impotentes para se defender.

Então, uma forma marrom-acinzentada se destacou da rocha e veio na direção dele, contornando a beirada da poça. Um gato! Antes que Pelo de Tempestade conseguisse se mover, outro gato apareceu e depois outro, todo um grupo de gatos se afastando silenciosamente das rochas onde estavam escondidos, camuflados, como se tivessem sido ali esculpidos. Sentaram-se na beirada da poça, olhando sem piscar para o grupo de viajantes semiafogados.

Pelo de Tempestade engoliu em seco. Esses gatos eram diferentes de todos os que já vira, uniformemente marrom-acinzentados com manchas opacas e achatadas. Um deles se moveu até a luz do sol, e Pelo de Tempestade percebeu que seu pelo estava coberto por grossas listras de lama, ajudando-o a se misturar às rochas e escondendo a verdadeira cor de sua pelagem.

Pelo de Tempestade sentou-se, os músculos protestando. Cutucou Pata de Esquilo com uma pata e sussurrou com a voz rouca:

– Sente-se bem devagar. Haja o que houver, não eleve a voz. – A aprendiz ergueu a cabeça, depois viu os gatos que espreitavam e tentou se levantar, o pânico brilhando nos olhos verdes. Seu movimento perturbou Garra de Amora Doce, que se levantou de imediato. Pelo de Tempestade conseguiu se erguer e colocar-se a seu lado, grato por ter o forte guerreiro do Clã do Trovão com ele para enfrentar o perigo.

Garra de Amora Doce olhou em volta à procura dos outros gatos.

– Cauda de Pluma, Pelo de Açafrão, aqui, agora. – Havia uma rouquidão autoritária em sua voz, embora tremesse de cansaço. – Você também, Pata de Corvo.

Pata de Corvo levantou-se com dificuldade, dessa vez sem discutir, e foi ajudar Cauda de Pluma. Pelo de Açafrão estava encostada em seu ombro, quase sem conseguir se mexer. Os três caminharam mancando ao redor da poça até que pudessem se juntar a Pelo de Tempestade e aos outros, com os olhos arregalados e assustados enquanto observavam os gatos desconhecidos.

Pelo de Tempestade sabia que eles estavam por demais abalados e exaustos para se defender. Mas, apesar de seu medo, uma pontada de curiosidade o apunhalava. Queria saber mais sobre esses desconhecidos que pareciam tão diferentes de qualquer outro gato com que tivera contato. Chegou a pensar que poderiam ajudar com comida e abrigo, mas então deduziu ser improvável que ele e os amigos fossem bem-vindos depois de invadir o território dos desconhecidos, e o melhor que podiam esperar era serem expulsos.

Mal ousava respirar quando o primeiro gato chegou mais perto e estudou a todos cuidadosamente. Aproximando-se de Pelo de Tempestade, o examinou com vagar, quase sem reparar nos gatos do outro lado. Pelo de Tempestade tentou encarar os olhos amarelos arregalados, perguntando-se inquieto o que havia nele que interessava tanto ao gato vestido de lama.

– É este? – Uma gata malhada avançou, ansiosa. Ela falava a mesma língua dos gatos do clã, embora o som das palavras fosse estranho aos ouvidos de Pelo de Tempestade, e a pergunta ainda mais confusa. Ele a viu se aproximar, o corpo ágil equilibrando-se facilmente nas pedras escorregadias à beira da poça. – É o que esperávamos? – ela perguntou, pondo-se ao lado de seu companheiro de clã.

O primeiro gato se virou e olhou para a gata que acabara de falar.

– Silêncio, Riacho! – Voltando-se para Pelo de Tempestade, perguntou asperamente: – Quem são vocês? Estão vindo de longe?

Pelo de Tempestade ouviu Pelo de Açafrão resmungar:

– Quem são esses? Guerreiros da lama? A gente dá cabo deles – e sentiu-se reconfortado pela coragem confiante da gata do Clã das Sombras.

– Sim, estamos vindo de muito longe – respondeu Pata de Esquilo. – Vocês podem nos ajudar?

– Cuidado – interrompeu Garra de Amora Doce com um olhar de advertência. Ao gato estranho acrescentou: – Somos viajantes tentando atravessar as montanhas. Não estamos procurando problemas, mas, se vocês são inimigos, podemos lutar.

O gato estreitou os olhos.

– Não temos vontade de brigar. Sua jornada o trouxe para a Tribo da Água Corrente.

– Você é bem-vindo se vier como amigo – a gata malhada acrescentou, dirigindo-se a Pelo de Tempestade com um brilho nos olhos cor de âmbar.

Pelo de Tempestade lembrou que Meia-Noite, a texugo, havia falado de gatos que viviam em tribos, não em clãs. Deviam ser estes, embora não tivesse dito nada que sugerisse que os gatos do clã os encontrariam em sua jornada de volta. Certamente ela devia saber que deparariam com a tribo ao cruzarem as montanhas. Pelo de Tempestade lembrou a si mesmo que confiara instintivamente em Meia-Noite; se a tribo fosse perigosa, ela os teria avisado ou dito para irem por outro caminho. Em vez disso, ela insinuara que essa rota havia sido traçada para eles. Será que significava que estavam destinados a conhecer a tribo?

Enquanto a gata falava, outro dos desconhecidos aproximou-se e fitou Pelo de Tempestade com um brilho nos olhos.

– Vamos, Penhasco – miou para o primeiro gato. – Devemos levar este para Falante das Rochas.

– O quê? – Garra de Amora Doce deu um passo à frente para enfrentar Penhasco, enquanto Pelo de Tempestade retesava os músculos em preparação para a luta. – Você não o levará a lugar nenhum sem a nossa companhia. Queremos falar com o seu líder. – Enquanto Penhasco fazia um movimento raivoso da cauda como sinal para o outro gato recuar, o guerreiro do Clã do Trovão relaxou um pouco. – Só queremos viajar em paz – ele continuou. – Chamo-me Garra de Amora Doce, do Clã do Trovão.

Penhasco abaixou a cabeça enquanto esticava uma pata, um gesto estranho, mas bem-educado.

– Meu nome é Penhasco Onde as Águias Fazem Ninho – anunciou.

– E eu sou Riacho Onde os Peixinhos Nadam – acrescentou a gata malhada, estendendo uma pata como Penhasco havia feito.

Penhasco lançou-lhe um olhar de desaprovação, como se não estivesse feliz por ela ter se apresentado. Seu olhar passou por Garra de Amora Doce e pousou novamente em Pelo de Tempestade.

– Qual é o nome desse?

– Sou Pelo de Tempestade – ele respondeu, tentando reprimir a sensação incômoda que o fascínio desses gatos lhe causava. – Sou do Clã do Rio.

– Pelo de Tempestade – repetiu Penhasco.

– Sou Pata de Esquilo. – O momento tenso foi quebrado quando a aprendiz do Clã do Trovão falou.

– E eu, Pata de Corvo.

– Sou Cauda de Pluma, e essa é Pelo de Açafrão. – A irmã de Pelo de Tempestade fixou ansiosos olhos azuis em Penhasco. – Por favor, você pode ajudá-la? Seu ombro está gravemente ferido.

Garra de Amora Doce olhou para Cauda de Pluma com um silvo de desaprovação; não era hora de admitir fraqueza para desconhecidos.

Imediatamente Pata de Corvo deu um passo à frente.

– Tem razão – defendeu Cauda de Pluma. – Este clã pode ter um curandeiro que consiga ajudar.

– Suas palavras são estranhas para nós – respondeu Penhasco. – Mas vamos ajudar. Venham conosco agora, e nosso líder falará com vocês.

– Espere – Pata de Corvo miou. Ainda tinha as pernas trêmulas, mas obviamente se esforçava para parecer apto a se defender. – A que distância estamos indo?

– Não muito longe – Riacho miou.

Pelo de Tempestade olhou para os gatos que observavam ao redor da poça.

– Que mais podemos fazer senão ir com eles? – murmurou a Garra de Amora Doce. – Precisamos descansar.

Ele nada comentou sobre suas próprias dúvidas quanto ao olhar penetrante de Penhasco. Afinal, qualquer um ficaria admirado se encontrasse seis desconhecidos semiafogados em seu território.

Garra de Amora Doce assentiu.

– Tudo bem – miou para Penhasco. – Iremos.

– Bom. – Penhasco liderou o caminho pelo entorno da poça, saltou as primeiras pedras ao lado da cachoeira e depois desapareceu atrás do lençol de água espumante.

Pelo de Tempestade ficou olhando espantado, de certa forma esperando que o estranho caísse na poça novamente, derrubado pela cachoeira.

Então, Riacho deu um passo à frente, gesticulando com a cauda.

– Este é o Caminho das Águas Correntes. Venham, é seguro.

Os gatos se ergueram nas patas e juntaram-se à sua volta; Pelo de Tempestade sentia-se desconfortável por seu grupo estar sendo conduzido por Penhasco como um bando de prisioneiros. Mas não tinha escolha, a não ser seguir os felinos cobertos de lama e escalar as rochas. Foi uma subida difícil após a queda, principalmente para Pelo de Açafrão, que mancava muito. No meio do caminho, ela tropeçou e quase escorregou de volta para a poça, até que Riacho correu para apoiá-la.

A guerreira do Clã das Sombras fez um movimento de recuo.

– Estou bem – ela rosnou.

Pelo de Tempestade se arrastou até onde Penhasco havia desaparecido e viu o gato da tribo esperando por ele em uma estreita saliência de rocha atrás da cachoeira. Um buraco escuro se abria no final dela.

– Não vou entrar aí! – exclamou Pata de Esquilo.

– Você vai ficar bem – Garra de Amora Doce a tranquilizou.

– Não há perigo – Penhasco miou, avançando com confiança ao longo do caminho e parando na entrada do buraco.

Pelo de Tempestade engoliu em seco. Tinham de confiar nesses gatos; não havia como atravessar as montanhas sem comida e descanso. – Vamos.

Assumindo a liderança, ele avançou ao longo do caminho, pressionando o corpo contra a rocha o mais longe possível do lençol de água trovejante. Estava a apenas uma cauda de distância; borrifos salpicavam seu pelo, e a rocha sob suas patas era fria e escorregadia. Muito tenso para se virar, não podia ter certeza de que os outros o seguiam. Sentiu-se como se caminhasse sozinho na escuridão infinita e trovejante.

Mas o buraco aberto levava a uma caverna com paredes rochosas e íngremes, estendendo-se quase até o topo da cachoeira. Pelo de Tempestade parou na entrada, vendo para além de Penhasco as paredes altas por onde a água escorria. O cheiro de muitos outros gatos desconhecidos escondidos nas sombras ao redor da caverna chegava até ele.

– O que tem aí? – Cauda de Pluma murmurou nervosamente, tentando espiar lá dentro. Ela tremia, o pelo tão encharcado que parecia quase tão escuro quanto o de Pata de Corvo.

Pata de Corvo roçou-lhe a lateral do corpo.

– Aconteça o que acontecer, estaremos lá juntos – disse baixinho.

Pelo de Tempestade suspeitou que não era para ele ter ouvido isso; teve de se conter para não cuspir em Pata de Corvo ou lançar um olhar raivoso à irmã. Havia coisas muito mais urgentes para pensar agora.

Penhasco acenou com a cauda mais uma vez e entrou na caverna, virando-se para verificar se os outros o seguiam.

– Não gosto disso – resmungou Pata de Esquilo. – Como saberemos o que vamos encontrar lá dentro?

– Não saberemos – respondeu Garra de Amora Doce. – Mas temos de enfrentar o que for. Tudo nesta jornada acontece por um motivo. Devemos aos clãs cuidar disso.

– Nunca achamos que seria fácil – Pelo de Tempestade concordou, tentando se livrar do profundo sentimento de pavor que o dominava ao pensar em colocar a pata dentro da caverna.

– Bem, se temos de fazer, vamos fazer. – Pata de Corvo avançou e abriu caminho para dentro.

Pelo de Tempestade o seguiu, com os outros gatos aglomerados atrás dele. Olhando em volta, ouviu Pelo de Açafrão miar baixinho, para tranquilizar a si mesma e aos outros.

– O Clã das Estrelas estará conosco, até mesmo aqui.

CAPÍTULO 8

– Se um gato pular em você, role de costas – instruiu Manto de Cinza. – Aí pode atacar a barriga dele com suas garras. Tente.

Pata de Folha esperou a mentora se agachar à sua frente e saltar no ar. Rolando como Manto de Cinza havia ensinado, ela enfiou as patas traseiras na barriga da curandeira e a jogou para o lado.

– Ótimo – miou Manto de Cinza. Ela se levantou desajeitadamente por causa da perna machucada. – Por enquanto, chega.

As duas treinaram a manhã toda no vale arenoso, e, embora nuvens espessas e cinzentas cobrissem o céu, a barriga retumbante de Pata de Folha lhe avisava que devia estar perto do sol alto. Ela gostou da sessão com a mentora. O exercício tinha sido uma boa distração de suas preocupações com o clã e os Duas-Pernas, sem falar em Pata de Esquilo e nos outros gatos que viajavam com ela.

Seguiu Manto de Cinza até a ravina. Antes de chegarem à entrada do túnel de tojos, a aprendiz ouviu uma patrulha voltando logo atrás. Virando-se, viu Estrela de Fogo, Pelagem de Poeira e Cauda de Castanha. O líder parecia mais preocupado que nunca, enquanto Pelagem de Poeira tinha o pelo marrom e malhado eriçado, a cauda chicoteando furiosamente de um lado para outro.

Manto de Cinza foi ao encontro de Estrela de Fogo, enquanto Pata de Folha corria para o lado de Cauda de Castanha.

– O que, em nome do Clã das Estrelas, está acontecendo? – perguntou Manto de Cinza.

– O Clã do Vento – miou Cauda de Castanha, lançando um olhar aos guerreiros mais velhos. – Eles estão roubando presas de nós.

Pata de Folha lembrou-se dos gatos magros e desesperados que os haviam expulsado de seu território e viu que a notícia não lhe causara surpresa.

– Achamos restos de pelo e ossos de coelho no riacho perto de Quatro Árvores – continuou Cauda de Castanha. – Cheiravam ao Clã do Vento.

– É porque os coelhos deles sumiram – miou Pata de Folha. Afastou a lembrança cheia de culpa de como havia tirado peixes do Clã do Rio.

– Ainda assim é contra o Código dos Guerreiros – observou Cauda de Castanha. – Pelagem de Poeira ficou furioso.

– Estou vendo – miou Pata de Folha.

Ela seguiu a amiga pelo túnel de tojos para encontrar Estrela de Fogo e Pelagem de Poeira parados ao lado da pilha de presas frescas. Sua barriga se contraiu quando viu como estava pequena.

– Olhem só! – Pelagem de Poeira gesticulou com a cauda. – Como isso vai alimentar o clã? Você terá de fazer algo a respeito do Clã do Vento, Estrela de Fogo.

O líder do Clã do Trovão balançou a cabeça.

– Todos nós sabemos que Estrela Alta não permitiria que seus guerreiros roubassem presas, a menos que seu clã estivesse em apuros.

– Estrela Alta pode não saber o que está acontecendo. Além do mais, o *Clã do Trovão* também está em apuros. Não é como se tivéssemos presas de sobra.

– Eu sei – Estrela de Fogo suspirou.

– Estou preocupado com Nuvem de Avenca – acrescentou o guerreiro marrom. – Ela já perdeu muito peso e ainda tem três filhotes para alimentar.

– Se isso continuar, terei de começar a racionar – decidiu Estrela de Fogo. – Mas, enquanto isso, *faremos* algo quanto ao Clã do Vento, prometo.

Girando, ele saltou pela clareira e pulou para o topo da Pedra Grande. Enquanto uivava a convocação, o resto do clã começou a aparecer imediatamente. Pata de Folha ficou chocada ao constatar como estavam magros; nunca havia notado antes a mudança gradual que ocorrera, à medida que ficava mais difícil encontrar presas. Agora pareciam mais os gatos magros do Clã do Vento que os robustos guerreiros do Clã do Trovão nascidos na floresta. Pelagem de Poeira tinha razão ao dizer que Nuvem de Avenca, em particular, parecia macilenta e exausta; seus filhotes também estavam mais magros e seguiam a mãe como se não tivessem mais energia para brincar. Estariam todos os clãs – exceto o Clã do Rio – lentamente morrendo de fome? Pata de Folha ouviu, ansiosa, Estrela de Fogo contar aos demais o que a patrulha havia descoberto. Gritos de indignação irromperam com a notícia de que os gatos do Clã do Vento haviam invadido o território do Clã do Trovão e roubado as presas.

– O Clã do Vento precisa de uma lição! – gritou Cauda de Nuvem. – Não sinto o cheiro de coelho há dias.

– Devíamos atacar agora – interveio Pelo de Rato, com a pelagem castanha eriçada.

– Não – Estrela de Fogo miou firmemente. – As coisas já estão ruins o suficiente sem que procuremos uma batalha.

Pelo de Rato não discutiu, mas murmurou algo baixinho, e Cauda de Nuvem chicoteou a cauda. Pata de Folha viu Coração Brilhante tentar acalmá-lo.

– O que você vai fazer? – gritou Cauda Sarapintada da entrada da toca dos anciãos. – Ir até eles e pedir educadamente que não roubem nossa comida? Você acha mesmo que vão nos atender?

Mais vozes se levantaram em protesto, com mais de um gato ecoando a sugestão de Pelo de Rato de atacar.

– Não – Estrela de Fogo repetiu. – Vou falar com Estrela Alta. Ele é nobre e confiável; talvez não saiba que seus guerreiros estão roubando presas.

– E de que adianta falar? – bufou Cauda de Nuvem. – Estrela Preta não ouviu quando você foi falar com *ele*.

– Se você me perguntasse – rosnou Cauda Sarapintada –, eu diria que está cruzando a fronteira do clã com muita frequência. O último a ignorar as fronteiras assim foi Estrela Tigrada.

Pata de Folha estremeceu com a sugestão da velha gata de que seu líder era algo parecido com o assassino Estrela Tigrada. Não foi a única a ficar chocada. Vários gatos se voltaram para Cauda Sarapintada, sibilando ferozmente, mas, quando Estrela de Fogo respondeu, sua voz era calma.

– Estrela Tigrada queria satisfazer sua ganância pelo poder. Tudo que quero é fazer as pazes. E, quanto a Estrela Preta – ele acrescentou a Cauda de Nuvem –, Estrela Alta sempre foi mais razoável.

– Isso mesmo – Listra Cinzenta apoiou seu líder de seu lugar na base da Pedra Grande. – Lembra quando Estrela Azul quis lutar contra o Clã do Vento? Pois é, Estrela Alta estava pronto para fazer as pazes.

– Mas não havia escassez de presas naquela época – Garra de Espinho lembrou.

– Verdade. – A cauda de Pelo de Rato chicoteou novamente. – Alguns gatos fazem *qualquer coisa* se a barriga estiver vazia.

Pata de Folha ouvia consternada os uivos que a cercavam, concordando com Pelo de Rato. Ela avistou sua mãe, Tempestade de Areia, trocando um olhar ansioso com Listra Cinzenta.

Estrela de Fogo sinalizou com a cauda pedindo silêncio.

– Basta! Estou decidido. Todos os clãs estão com problemas agora. Não é hora de começar a lutar entre si.

– Cuidado, Estrela de Fogo – Cauda de Castanha advertiu, enquanto os uivos de protesto se tornavam murmúrios descontentes. – Você pode ir em paz, mas os outros clãs podem não ver assim. – Ela olhou para Pata de Folha, lembrando-a da fuga por um triz do Clã do Vento poucos dias antes.

Estrela de Fogo assentiu.

– O Clã do Vento vai ter de respeitar uma patrulha que parece forte o suficiente para revidar – miou. – Vou deixar claro para Estrela Alta que haverá problemas se ele não conseguir controlar seus guerreiros e não os mantiver do seu lado da fronteira. Mas não vamos procurar briga que, com a ajuda do Clã das Estrelas, podemos evitar.

A mente de Pata de Folha encheu-se de imagens da charneca devastada que vira quando visitou o território do Clã do Vento e do desespero dos guerreiros que a perseguiram. Cada um de seus pelos encolheu com a ideia de atacar o Clã do Vento e ainda piorar a situação.

– São tempos ruins para todos nós – ela começou, hesitante. – Devíamos tentar ajudar uns aos outros. Por que não dividimos todos os peixes do rio? Há de sobra.

– Quem tem de dizer isso é o Clã do Rio, e não nós – Listra Cinzenta observou.

E Pelo Gris acrescentou:

– Pescar é difícil demais.

– Não é não – protestou Pata de Folha. – Podemos aprender.

Ela notou que alguns dos outros gatos a olhavam com desconfiança, como se estivessem se perguntando o que ela sabia sobre pescaria. Envergonhada, ela arrastou as patas dianteiras no chão e murmurou:

– Foi só uma ideia.

– Mas que não podemos usar – Estrela de Fogo miou, decisivamente.

Ansiosa para não chamar mais atenção para si, a aprendiz abaixou a cabeça e ficou fitando as patas, enquanto Estrela de Fogo escolhia os gatos que formariam a patrulha que iria ao Clã do Vento.

– Listra Cinzenta, é claro – ele começou. – Tempestade de Areia, Pelagem de Poeira, Garra de Espinho, Pelo Gris. E você, Manto de Cinza. Estrela Alta ouvirá uma curandeira se não quiser ouvir a mim.

Pata de Folha percebeu que o líder não escolhera nenhum dos que defendiam um ataque, embora tivesse incluído alguns formidáveis lutadores. Essa patrulha não precisaria temer nada!

Ela ficou onde estava, enquanto a Assembleia se desfazia. Mesmo com os olhos ainda fixos no chão, percebeu que Estrela de Fogo saltou da Pedra Grande e caminhou em sua direção.

– Bem, Pata de Folha – ele começou. Quando a aprendiz ergueu a cabeça, ficou aliviada ao ver o afeto caloroso nos olhos do pai e sentiu-se ainda mais envergonhada. – Que história é essa de pescar?

Pata de Folha sabia que teria de contar a verdade:

– Asa de Mariposa me ensinou. Disse que estava tudo bem, porque nós duas somos curandeiras.

– *Aprendizes* de curandeiras – Estrela de Fogo retrucou. – E parece que as duas têm muito a aprender. Você sabe que é contra o Código dos Guerreiros caçar presas de outro clã, regra que até os curandeiros têm de respeitar.

– Eu sei. – A culpa tomou conta de Pata de Folha de novo, fazendo-a se sentir uma criança travessa. Só esperava que o Clã do Rio não tivesse descoberto o que Asa de Mariposa havia feito e a castigasse por sua generosidade. – Desculpe.

– Terei de puni-la, você entende? – Estrela de Fogo continuou, sua cauda tocando gentilmente o ombro da aprendiz. – Não posso permitir que ninguém diga que a favoreço por ser minha filha.

– Ah, vamos lá, Estrela de Fogo. – Manto de Cinza se juntou a eles no seu passo manco e, com ar divertido, olhou o líder do clã. – Lembro-me de uma dupla de gatos que levava presa do Clã do Trovão para o Clã do Rio, quando os Duas-Pernas envenenaram os peixes. Certamente você não esqueceu.

– Não. E Listra Cinzenta e eu fomos punidos por isso – retrucou Estrela de Fogo. Então ele suspirou. – Pata de Folha, sei que é difícil ver outros gatos com fome e não fazer nada. Mas o Código dos Guerreiros é o que nos torna o que somos. Se pudermos quebrá-lo quando quisermos, como ficamos? O que quer que aconteça com a floresta, o que quer que esteja acontecendo agora, não podemos esquecer tudo em que acreditamos.

– Sinto muito, Estrela de Fogo – repetiu Pata de Folha. Ela conseguiu ficar de pé e fitar o pai, olho no olho.

– Deixe-a ir com a patrulha para o Clã do Vento – Manto de Cinza miou antes que Estrela de Fogo replicasse. – Vai ser uma boa experiência para ela.

Pata de Folha olhou esperançosa para o líder de seu clã.

– Sinceramente, Manto de Cinza. – Estrela de Fogo parecia exasperado. – Alguns gatos diriam que isso é uma *recompensa*, não um castigo. Ah, muito bem. Estamos saindo imediatamente. Vou apenas buscar os outros.

Ele tocou o ombro de Pata de Folha mais uma vez antes de se afastar com a cauda erguida.

– Valeu, Manto de Cinza – Pata de Folha miou. – Sei que fui tola. É que... bem, quando Asa de Mariposa falou, pareceu tudo bem pegar o peixe.

Manto de Cinza bufou.

– Como Estrela de Fogo disse, vocês duas têm muito a aprender.

– Não sei se *um dia* vou conseguir! – disparou Pata de Folha. – Existem regras para guerreiros e regras para curandeiros, e tudo é tão confuso!

– Não é só uma questão de regras – murmurou a mentora com empatia, nariz a nariz com a jovem. – Sua simpatia por outros clãs e sua disposição em perceber que às vezes as regras devem ser ignoradas farão de você uma grande curandeira no final.

Os olhos de Pata de Folha se arregalaram.

– Mesmo?

– Mesmo. "Curandeira" não significa nada sem uma compreensão do que deve ser feito, o que nem sempre é o que você pensa primeiro. Lembra o que lhe disse sobre Presa Amarela? Ela nunca seguiu as regras, mas foi uma das melhores curandeiras que a floresta já viu.

– Gostaria de tê-la conhecido.

– Eu também. Mas posso passar a você o que ela me ensinou. *Ser* verdadeiramente um curandeiro está no coração de um gato e em todos os seus cinco sentidos. Você deve ser mais corajoso que os guerreiros, mais sábio que um líder de clã, mais humilde que o menor filhote, mais disposto a aprender que qualquer aprendiz...

A jovem ergueu os olhos para a mentora e sussurrou:

– Não tenho certeza se posso ser tudo isso.

– Bem, *eu* tenho. – A voz de Manto de Cinza era baixa e intensa. – Pois não o conseguimos por nós mesmos, mas pela força do Clã das Estrelas dentro de nós. – De repente, a intensidade se foi, e o humor voltou aos olhos de Manto de Cinza, que tocou levemente Pata de Folha com a cauda. – Vamos. Estrela de Fogo nunca nos perdoará se não pusermos a patrulha acima de tudo.

O sol alto já havia partido há muito tempo, e um vento forte espalhava as nuvens quando Estrela de Fogo começou a liderar a patrulha em direção a Quatro Árvores. Antes que estivessem muito longe do acampamento, Pata de Folha pôde ouvir o rugido dos monstros dos Duas-Pernas que forçavam caminho ainda mais para dentro do território do Clã do Trovão. Em contraste, não se ouviam os sons habituais da floresta: o chamado dos pássaros, o ruído das presas na vegetação rasteira. Embora a estação das folhas caídas tivesse chegado de fato, Pata de Folha sabia que devia haver muito mais presas. As pequenas criaturas das quais os felinos dependiam para sobreviver haviam sumido, afugentadas pelos Duas-Pernas, ou tinham sido até mesmo mortas quando os monstros destruíram suas casas na floresta.

À medida que se aproximavam de Quatro Árvores, o rugido dos monstros morria, e Pata de Folha pôde distinguir o fraco rastejar de presas entre os arbustos, mas ainda muito menos que o normal. Engoliu em seco nervosamente ao imaginar uma estação sem folhas severa e de comida escassa.

Um uivo de Garra de Espinho desviou seus pensamentos.

– Olhem!

Houve um lampejo de movimento na densa vegetação rasteira ao lado do riacho. Dois gatos – um marrom-escuro e um malhado – pularam o riacho e subiram a encosta em direção a Quatro Árvores. Um deles tinha um pequeno pedaço de presa, um rato-silvestre ou camundongo, pendurado na boca.

– Gatos do Clã do Vento! – Tempestade de Areia miou, o pelo ruivo claro eriçado. – Eram Garra de Lama e Orelha Rasgada, tenho certeza.

Pelagem de Poeira e Pelo Gris saltaram atrás dos guerreiros em fuga, mas Estrela de Fogo os chamou de volta bruscamente.

– Não deve parecer que estamos atacando o Clã do Vento – disse-lhes. – Venho em paz, não em fúria, para falar com Estrela Alta.

– Quer dizer que vai deixá-los ir? – Pelo Gris perguntou, incrédulo. – Com nossa presa fresca na boca?

– É mais uma prova de que estão roubando presas – Estrela de Fogo observou. – Estrela Alta agora não poderá ignorar o que temos a lhe dizer.

– Mas vão avisar Estrela Alta – protestou Pelagem de Poeira. – O Clã do Vento pode nos emboscar antes que cheguemos perto do acampamento deles.

– Não. Estrela Alta não é assim. Se ele lutar contra nós, fará isso abertamente.

Os dois guerreiros trocaram olhares desconfiados antes de seguir Estrela de Fogo. Pata de Folha percebeu que Pelagem de Poeira ainda ardia de raiva, mas expressou-a apenas com uma contração irritada da ponta da cauda.

A patrulha atravessou o riacho, com a água ainda turva e barrenta das patas dos guerreiros do Clã do Vento, e subiu a encosta até Quatro Árvores. O coração de Pata de Folha começou a bater desconfortavelmente enquanto Estrela de Fogo os guiava pela parte alta do vale. Recordando-se da visita fracassada que fizera com Cauda de Castanha, tentava imaginar se conseguiriam ao menos falar com Estrela Alta.

Ao se aproximarem da fronteira, a brisa trouxe até eles um forte cheiro de gatos. Pata de Folha olhou para a relva levantada pelo vento e viu um grupo de guerreiros esfarrapados do Clã do Vento correndo sobre a crista da charneca. Na liderança, reconheceu o líder do clã, Estrela Alta, por sua pelagem preta e branca e sua longa cauda. Devia ter avistado a patrulha do Clã do Trovão, pois diminuiu o passo e fez sinal com a cauda. Seus guerreiros diminuíram o passo e se espalharam para formar uma longa fila de frente para os gatos do Clã do Trovão.

– Está vendo? – sibilou Pelagem de Poeira. – Eles estão prontos.

A um comando tácito, os gatos do Clã do Vento se aproximaram da fronteira e pararam a um par de caudas de distância da patrulha do Clã do Trovão. Estavam ainda mais magros do que Pata de Folha se lembrava, as linhas pontiagudas das costelas bem visíveis. A hostilidade brilhava em seus olhos, e era claro que nenhum deles queria que os visitantes do Clã do Trovão pusessem a pata no seu território.

– Bem, Estrela de Fogo – Estrela Alta rosnou –, o que você quer conosco desta vez?

CAPÍTULO 9

Pelo de Tempestade olhou com espanto. A caverna era pelo menos tão larga quanto a cachoeira que a separava do mundo exterior e se estendia para trás na encosta da montanha até os recantos mais distantes se perderem na sombra. Mal conseguia distinguir uma passagem estreita que conduzia a cada lado da parede oposta ao lençol de água. O teto, bem acima de sua cabeça, também estava sombreado; aqui e ali, pedras afiadas como presas apontavam diretamente para o chão da caverna.

A única luz vinha da água corrente, pálida e ondulante, de modo que era como estar nas profundezas de uma poça. À medida que eram conduzidos para o interior da caverna, Pelo de Tempestade ouvia mais água correr sob o barulho das quedas-d'água; viu um riacho cair em gotas sobre uma rocha musgosa, para desaguar em uma poça rasa no chão. Dois ou três gatos – um ancião magricela e uma dupla que parecia jovem o bastante para serem aprendizes – estavam agachados ao lado para beber. Olharam com cautela para os recém-chegados, como se esperassem perigo.

Logo depois da poça, havia uma pilha de presas frescas, e, enquanto Pelo de Tempestade observava, outros felinos da montanha entraram e depositaram o produto da caça. Foi a primeira coisa que ele viu que parecia bastante familiar, e sua barriga roncou de fome ao ver os coelhos.

– Acha que vão deixar a gente comer? – murmurou Pata de Esquilo em seu ouvido. – Estou morrendo de fome!

– Pelo que sabemos, eles acham que nós é que *somos* as presas frescas – sibilou Pata de Corvo do outro lado de Pata de Esquilo.

– Ainda não fizeram nada para nos prejudicar – observou Garra de Amora Doce.

Pelo de Tempestade tentava compartilhar seu otimismo, mas Penhasco e Riacho haviam desaparecido e, por algum tempo, ninguém foi falar com eles. Em vez disso, os gatos que estavam bebendo se aproximaram dos guardas, e o ancião sussurrou algo, o tempo todo lançando olhares para ele. Os dois aprendizes, agitados, murmuravam entre si. O rugido da queda-d'água abafava suas vozes, embora Pelo de Tempestade tenha notado que os gatos da montanha pareciam não ter problemas para ouvir uns aos outros.

Tentando ignorar os murmúrios – a maioria dos quais parecendo ser dirigido a ele, embora dissesse a si mesmo para deixar de ser tão paranoico –, Pelo de Tempestade identificou o que pareciam ser lugares para dormir ao lado das paredes da caverna: cavidades rasas no chão de terra, forradas de musgo e penas. Um aglomerado de lugares para dormir ficava perto da entrada, e os outros dois ficavam mais atrás, em lados opostos da caverna. Imaginava se um conjunto era para guerreiros, um para aprendizes e outro para anciãos. Vendo alguns filhotes lutando do lado de fora da entrada de uma das passagens, imaginou que ela levaria ao berçário. De repente, viu a caverna escura, barulhenta e assustadora de uma maneira diferente: era um acampamento! A tribo compartilhava alguns dos costumes dos clãs na floresta; Pelo de Tempestade começou a ter muito mais esperança de conseguir comida e descanso, bem como ajuda para Pelo de Açafrão, que havia caído no chão, tremendo com calafrios.

Então avistou Penhasco novamente, saindo da passagem mais distante e caminhando em direção ao grupo compacto de felinos da floresta. Era seguido por um gato comprido e magro, como um guerreiro do Clã do Vento. Tanta lama cobria seu pelo que Pelo de Tempestade não conseguia distinguir sua cor, mas os olhos eram de um verde profundo e brilhante e alguns pelos brancos ao redor do focinho evidenciavam o fato de que era mais velho do que os que tinham visto até agora.

– Saudações – miou, com uma voz profunda que parecia ecoar pela caverna. Fez o gesto estranho com uma pata estendida que Penhasco e Riacho haviam feito do lado de fora. – Meu nome é Falante das Pedras Pontiagudas, embora seja mais fácil me chamar de Falante das Rochas. Sou o Mestre da Tribo da Água Corrente.

– Mestre? – Garra de Amora Doce olhou inseguro para os amigos. – Você quer dizer o curandeiro? Onde está o líder do seu clã, digo, tribo?

Falante das Rochas hesitou por um momento.

– Não tenho certeza do que você quer dizer com gato curandeiro, e não há outro líder nesta tribo. Eu interpreto os sinais de rocha, folha e água, e isso me mostra o que a tribo deve fazer, com a ajuda da Tribo da Caça Sem Fim.

Pelo de Tempestade pegou o trecho do discurso de Falante das Rochas que conseguiu entender.

– Então, ele é curandeiro *e* líder – murmurou para Garra de Amora Doce. – Muito poderoso!

Em resposta, o jovem guerreiro baixou educadamente a cabeça.

– Viemos de uma floresta muito longe daqui – ele começou, dizendo seu nome e o de seus amigos. – Temos uma jornada difícil pela frente e precisamos de comida e abrigo antes de prosseguir.

Mais gatos da tribo se aglomeraram ao redor enquanto ele falava, abertamente curiosos. Pelo de Tempestade diferenciou filhotes e aprendizes por seus tamanhos e notou que os guerreiros pareciam se dividir em dois grupos, um com ombros maciços e músculos poderosos, outro mais esguio, mais magro e com membros longos, para mais velocidade. Notou também como todos pareciam ansiosos, no limite, ou prestes a fugir.

Uma gata malhada marrom, com os olhos fixos em Pelo de Tempestade, murmurou:

– Sim! É ele! Tem de ser!

Pelo de Tempestade sentiu um sobressalto. Riacho havia dito algo semelhante quando tinham se encontrado pela primeira vez ao lado da poça. Abriu a boca para perguntar o que ela queria dizer, mas o mestre da tribo se voltou para a jovem gata malhada marrom.

– Quieta! – sibilou. Mais suavemente, falou para os gatos do clã: – Vocês são bem-vindos à nossa caverna. Aqui há presas em abundância. – Balançou a cauda em direção à pilha de presas frescas. – Comam até se fartarem e descansem. Temos muito a dizer uns aos outros.

Garra de Amora Doce olhou para os outros gatos do clã.

– Podemos comer – miou baixinho. – Não acho que eles vão nos machucar agora.

Enquanto Pelo de Tempestade o seguia em direção à pilha, sentiu mais uma vez dezenas de olhos queimando em seu pelo. Não era sua imaginação; estavam definitivamente o observando em mais detalhes que os outros. Sua pelagem se arrepiou do focinho à ponta da cauda enquanto se acomodava para comer.

Ao morder o coelho que havia escolhido, ouviu um suspiro atrás dele e uma voz chocada sussurrando:

– Eles não compartilham!

Olhou para cima e viu um jovem gato cinza de ar hostil, enquanto uma gata mais velha inclinava a cabeça para ele e murmurava:

– Shh. Não é culpa deles se não foram devidamente ensinados.

Pelo de Tempestade não sabia o que queriam dizer. Então, avistou dois dos gatos da tribo que comiam lado a lado; cada um deles deu uma mordida no pedaço de presa fresca que haviam comido e depois trocaram os pedaços antes de se acomodarem para terminar. O embaraço o inundou quando percebeu como ele e seus amigos deviam parecer rudes para os gatos da tribo.

– Não fazemos isso – ele miou diretamente para o jovem gato que havia falado a princípio. – Mas *compartilhamos*. – Ele sacudiu a cauda na direção de Cauda de Pluma, que gentilmente persuadia Pelo de Açafrão a comer um rato. – Nenhum de nós deixaria os amigos passarem fome, e as patrulhas de caça sempre alimentam o clã antes de pegar comida para si.

O gato cinza recuou alguns passos, parecendo confuso, como se não pretendesse que os recém-chegados tivessem ouvido seus comentários. A gata abaixou a cabeça com um olhar mais amigável.

– Seus modos são desconhecidos para nós – ela miou. – Talvez possamos aprender uns com os outros.

– Talvez – Pelo de Tempestade concordou.

Ele voltou a comer seu coelho. Depois de alguns momentos, um dos filhotes mais ousados caminhou até o grupo dos gatos do clã, instigado por seus irmãos de ninhada.

– De onde vocês são? – perguntou.

– De muito longe – resmungou Pata de Esquilo de boca cheia. Engolindo sua bocada da presa, acrescentou com mais clareza: – Depois dessas montanhas e de muitos campos, e depois de uma floresta.

O filhote piscou.

– O que são campos? – Antes que Pata de Esquilo pudesse responder, acrescentou: – Vou ser guarda da caverna.

– Que legal! – Cauda de Pluma miou.

– Claro, tenho de ser um aspirante primeiro.

– Aspirar? Aspirar o quê? O que é aspirante? – perguntou Pata de Corvo.

Pelo de Tempestade escondeu que se divertia com o olhar de desdém que o filhote lançou ao aprendiz do Clã do Vento.

– Para ser um guarda da caverna, é claro. Você sabe, treinamento e outras coisas. Vocês, gatos novos, não sabem de *nada*?

– Ele quer dizer um aprendiz – Pelo de Tempestade explicou, e não resistiu em acrescentar –, como você.

Pata de Corvo crispou os lábios quando o filhote o encarou e exclamou:

– Você é apenas um aspirante? Você é *muito* velho!

– Parece que eles têm algumas das nossas tradições – murmurou Pelo de Açafrão.

– Será que eles acreditam no Clã das Estrelas? – sussurrou Pata de Esquilo.

– É muito longe para eles irem à Boca da Terra – Pelo de Tempestade miou –, e ninguém jamais os viu lá.

– Falante das Rochas mencionou a Tribo da Caça Sem Fim – lembrou Cauda de Pluma. – Talvez seja assim que chamam o Clã das Estrelas. – Seus olhos azuis arregalaram-se, e sua voz estava inquieta quando acrescentou: – Ou você acha que eles têm ancestrais guerreiros diferentes?

– Não sei – respondeu Garra de Amora Doce. – Mas acho que vamos descobrir.

Quando acabou de comer, Pelo de Tempestade percebeu que, desde que saíram do bosque onde se despediram de Meia-Noite e de Bacana, não se sentia tão confortavelmente satisfeito. Teria gostado de dormir, mas, enquanto engolia o último pedaço e passava a língua pela mandíbula, avistou Falante das Rochas vindo em sua direção com três outros gatos. Um deles era Penhasco; as outras eram gatas, embora nenhuma delas fosse Riacho. Pelo de Tempestade sentiu-se ligeiramente desapontado. A jovem gata havia demonstrado coragem e amizade quando se conheceram, e ele ansiava por vê-la novamente.

– Vocês comeram bem? – Falante das Rochas perguntou ao se aproximar.

– Muito bem, obrigado – respondeu Garra de Amora Doce. – Foi muita bondade vocês compartilharem suas presas conosco.

– Por que não? – Falante das Rochas pareceu surpreso. – A presa não é nossa, pertence às pedras e à montanha.

Ele se sentou na frente dos gatos da floresta, enrolando a cauda em volta das patas. Os outros três se reuniram em torno dele, mas permaneceram de pé. Garra de Amora Doce olhou-os com expectativa.

– Penhasco você já conhece – miou Falante das Rochas, apresentando seus companheiros. – Ele é o líder dos nossos guardas das cavernas, os gatos que protegem este lugar – acrescentou, quando os gatos do clã pareceram confusos. – Esta – ele indicou com a cauda a mais jovem das gatas – é Névoa Onde a Luz do Sol Tremula. É uma de nossas melhores caçadoras de presas.

Névoa abaixou a cabeça e piscou com interesse amigável para os gatos da floresta.

– E esta – Falante das Rochas continuou indicando a outra gata – é a Estrela que Brilha na Água. Por enquanto, é mãe de filhotes, mas, quando estiverem crescidos, ela voltará a ser guarda da caverna.

– Então vocês têm deveres diferentes? – questionou Pelo de Açafrão, enquanto os outros gatos da floresta murmuravam saudações.

– Temos – respondeu Falante das Rochas.

– Você escolhe os melhores lutadores para serem guardas da caverna e os mais rápidos para serem caçadores de presas? – Pelo de Tempestade perguntou, fascinado, apesar de cauteloso.

Falante das Rochas contraiu os bigodes em desacordo.

– Não. Cada gato da tribo nasce para realizar uma tarefa. Esse é o nosso jeito. Mas digam-nos mais alguma coisa sobre vocês – continuou, interrompendo Pata de Esquilo, que ia fazer uma pergunta. – Por que estão fazendo esta longa viagem? Nunca vimos gatos como vocês antes.

Garra de Amora Doce lançou a Pelo de Tempestade um olhar de soslaio e murmurou:

– O que você acha? Contamos a eles?

– Acho que temos de dizer que fomos enviados pelo Clã das Estrelas – Pelo de Tempestade sussurrou perto da orelha do guerreiro malhado, ciente de que os gatos da montanha tinham audição aguçada. – Caso contrário, podem pensar que somos bandidos. Mas, em primeiro lugar, não conte o motivo da viagem. Não queremos parecer fracos.

Garra de Amora Doce assentiu. Constrangido, limpou a garganta e começou a explicar os sonhos que os quatro gatos escolhidos tinham recebido do Clã das Estrelas, os sinais de água salgada que os haviam conduzido ao lugar onde o sol mergulha e o encontro com Meia-Noite...

Mais gatos da tribo se reuniram cautelosamente para ouvir. Pelo de Tempestade notou seus olhares de admiração enquanto o guerreiro do Clã do Trovão falava dos perigos que enfrentaram, mas também houve alguns murmúrios desconfiados, como se alguns achassem difícil acreditar nos desconhecidos.

– Não se preocupe – interveio, quando Garra de Amora Doce fez uma pausa na história. – O Clã das Estrelas não nos mandou lutar contra vocês. Na verdade, não falaram nada sobre esse encontro.

– Clã das Estrelas? – Névoa repetiu, olhando para Falante das Rochas com perplexidade. – O que é Clã das Estrelas?

Pelo de Tempestade ouviu Pelo de Açafrão abafar uma exclamação de surpresa. Afinal, Cauda de Pluma tinha razão; esses gatos não foram guiados pelo Clã das Estrelas. Seu pelo se arrepiou ao pensar que talvez o Clã das Estrelas não estivesse cuidando dele e de seus amigos naquele lugar estranho.

– Não se preocupe – Falante das Rochas miou, tocando o ombro de Névoa com a ponta da cauda em um gesto tranquilizador. – Nem todos têm a mesma crença que nós, e devemos respeitar o que não sabemos. A ignorância não é nada para se temer. Por favor, continue – gesticulou para Garra de Amora Doce com uma pata.

– Finalmente chegamos ao lugar onde o sol mergulha e descobrimos que Meia-Noite é uma texugo – explicou Garra de Amora Doce. – Ela nos contou o significado da profecia do Clã das Estrelas, e agora vamos para casa contar aos nossos clãs.

– Uma profecia? – Falante das Rochas miou. Seus olhos verdes estavam fixos em Pelo de Tempestade com uma intensidade misteriosa. – Então, você também tem visões do que está oculto?

– Bom, às vezes a gente sonha – Pelo de Açafrão explicou. – Mas principalmente nossos curandeiros interpretam os sinais para nós: nuvens, voo dos pássaros, queda das folhas.

– Também faço isso – Falante das Rochas miou.

Interrompeu o que dizia quando um grupo de gatos apareceu na entrada da caverna. Erguendo-se sobre as patas, murmurou:

– Perdoem-me. Estes são os guardas das cavernas voltando da patrulha. Preciso ouvir o que têm a me dizer. – Baixando a cabeça, foi ao encontro do líder do grupo.

Névoa e Estrela permaneceram com os gatos da floresta. Pelo de Tempestade estava de novo impressionado com a ansiedade dos gatos da tribo e se deu conta de que até então não vira nenhum deles se divertindo: nenhum aprendiz brincando de luta, nenhum guerreiro trocando lambidas ou anciãos reunidos para contar fofocas e histórias. A tribo inteira parecia viver em uma atmosfera de medo reprimido.

– Vocês estão bem? – Pelo de Açafrão miou para Névoa, ecoando os pensamentos de Pelo de Tempestade. – Parecem preocupados. Há algo de errado?

– Estão sendo atacados por outra tribo? – Pata de Esquilo acrescentou.

– Não, ninguém está nos atacando – respondeu Estrela. – Que a gente saiba, não há outros gatos nas montanhas. Como poderia haver outra tribo, pois somos nós que guardamos a Caverna de Pedras Pontiagudas?

– O que é isso? – Pata de Corvo miou.

Sua pergunta foi ignorada.

Névoa trocou um rápido olhar com Estrela e murmurou:

– Devemos contar a eles? – Pelo de Tempestade mal ouviu as palavras, e percebeu que não era mesmo para ter ouvido.

Um silvo veio de um dos gatos da tribo que tinha se aproximado para ouvir a conversa. Muitos deles pareciam assustados ou zangados com Névoa.

– Do que vocês têm medo? – Pelo de Tempestade insistiu, o pelo começando a se arrepiar pelo temor do desconhecido.

– De nada – respondeu Estrela. – Ou de nada sobre o que possamos falar. – Erguendo-se sobre as patas, ela abaixou a cabeça e começou a se afastar, chamando Névoa com a cauda. Névoa virou a cabeça para os gatos da floresta, seus olhos cheios de medo, antes de desaparecer nas sombras do fundo da caverna. Os outros gatos também começaram a se afastar.

Perplexo, Pelo de Tempestade virou-se para Garra de Amora Doce e viu a apreensão refletida em seus olhos cor de âmbar.

– O que foi isso? – murmurou.

Garra de Amora Doce abanou a cabeça.

– O Clã das Estrelas sabe. Mas, seja o que for, é óbvio que algo os está assustando. Eu me pergunto por que eles não querem nos dizer o que é.

CAPÍTULO 10

Pata de Folha correu os olhos ao longo da fila de gatos hostis do Clã do Vento e deparou com um aprendiz cor de samambaia. O jovem retraiu os lábios em um rosnado; o pelo de Pata de Folha arrepiou-se. Ela era uma curandeira e supostamente estava livre das rivalidades normais do clã. Mas percebeu que suas garras se flexionaram instintivamente na grama macia do pântano; se fosse uma luta, aquela aprendiz logo descobriria que não lhe faltavam habilidades guerreiras.

– Bem... – Quando Estrela de Fogo não respondeu imediatamente à sua pergunta, Estrela Alta repetiu: – Por que vocês vieram? Acham que estamos tão fracos que podem nos expulsar como Estrela Partida fez?

Gritos desafiadores e assobios irromperam dos guerreiros atrás dele, e Estrela de Fogo teve de esperar um pouco até que pudesse se fazer ouvir.

– Estrela Alta, você não teve de mim nada além de amizade desde que Listra Cinzenta e eu o encontramos e o trouxemos para casa – ele respondeu. – Você se esqueceu disso? Acho que sim, ou não me acusaria de ser como Estrela Partida.

Pata de Folha pensou ter detectado um lampejo de culpa nos olhos do gato mais velho, mas sua voz ainda era desafiadora quando ele miou:

– Então por que você veio aqui com tantos guerreiros?

– Não seja ridículo, Estrela Alta. Não tenho guerreiros suficientes para enfrentar todo o seu clã. Queremos falar com você, só isso. O Clã do Vento tem roubado presas do território do Clã do Trovão, e você sabe tão bem quanto eu que isso é contra o Código dos Guerreiros.

Estrela Alta pareceu surpreso, como se realmente não soubesse o que seus guerreiros estavam fazendo. Antes que pudesse responder, seu representante Garra de Lama gritou:

– Prove! Prove que o Clã do Vento roubou uma lasca de presa que seja!

– *O quê?* – Pata de Folha viu todo o corpo de Listra Cinzenta enrijecer. – Nós mesmos vimos você agora há pouco! E encontramos ossos de presas com o cheiro do Clã do Vento.

– É o que você diz – Garra de Lama zombou. – Para mim, é só uma desculpa para nos atacar.

Furioso, Listra Cinzenta cruzou a fronteira, estendendo as garras para derrubar o representante do Clã do Vento. Garra de Lama soltou um guincho, e os dois gatos rolaram na relva curta da charneca.

Estrela Alta olhou com desprezo para os dois guerreiros em luta, como se tivesse encontrado larvas em sua presa fresca. Guerreiros de ambos os lados estavam prontos para atacar, com os dentes à mostra e a luz da batalha nas pupilas. O coração de Pata de Folha batia mais rápido enquanto ela tentava se lembrar dos golpes de luta que sua mentora lhe ensinara.

Estrela de Fogo deu um passo à frente com um silvo feroz.

– Parem!

Imediatamente Listra Cinzenta se desvencilhou das garras de Garra de Lama e recuou, respirando pesadamente. O representante do Clã do Vento levantou-se com dificuldade e olhou para ele.

– Listra Cinzenta, eu disse que não estávamos aqui para lutar – Estrela de Fogo miou.

Os olhos amarelos do representante ardiam.

– Mas você ouviu as mentiras que ele contou?

– Sim. Mas isso não muda minhas ordens. Volte para o nosso lado da fronteira. Agora.

Com a cauda tremendo de raiva, Listra Cinzenta obedeceu. Pata de Folha podia entender como ele se sentia, sobretudo quando ainda estava preocupado com seus filhos desaparecidos, mas também imaginava quanto era desconfortável para Estrela de Fogo seu amigo e representante ter desobedecido a uma ordem direta, e à vista do Clã do Vento. Ela sufocou um suspiro. Fazia parte de ser curandeira entender cada gato com tanta clareza e simpatizar com todos eles?

Manto de Cinza se adiantou para ficar ao lado de Estrela de Fogo.

– Você sabe que curandeiros não mentem – ela miou para Estrela Alta. – Sabe também que não é a vontade do Clã das Estrelas que guerreiros invadam o território de outros clãs e roubem suas presas.

– E é vontade do Clã das Estrelas que meu clã morra de fome? – Estrela Alta perguntou de forma ácida. – Ontem um de nossos anciãos morreu, e ele será o primeiro de muitos se não fizermos algo.

– Se pudéssemos, ajudaríamos – Manto de Cinza respondeu com sinceridade. – Mas o Clã do Trovão também está sem presas. A floresta inteira está sofrendo por causa dos Duas-Pernas.

– Devemos trabalhar juntos – Estrela de Fogo acrescentou. – Juro pelo Clã das Estrelas que, se o Clã do Trovão encontrar uma resposta para esses problemas, vamos partilhá-la com o Clã do Vento.

Estrela Alta o fitou de modo longo e pensativo, a amargura dando lugar a uma profunda tristeza.

– Uma resposta? Estrela de Fogo, acho que nem mesmo você pode encontrar uma resposta para nossos problemas. A menos que nos deixe caçar em seu território. – Mesmo enquanto falava, balançava a cabeça, para mostrar a Estrela de Fogo que não fazia essa sugestão a sério. – Não, você tem razão em manter as próprias presas. O Código dos Guerreiros exige que você alimente seu próprio clã primeiro. O Clã do Vento não está pedindo ajuda a você.

Estrela de Fogo baixou a cabeça para o líder do Clã do Vento.

– Estrela Alta, garantimos a você que o Clã do Trovão não mentiu. Não haverá luta agora, mas, se o roubo de presas não parar, você sabe o que esperar.

Ele se virou e se afastou, acenando com a cauda para que seus guerreiros o seguissem. À medida que se retiravam, gritos de escárnio se erguiam dos guerreiros do Clã do Vento, como se tivessem travado uma batalha e expulsado os invasores do seu território.

Pata de Folha sentiu os pelos do pescoço se arrepiarem, meio que esperando que o clã rival os perseguisse como os guerreiros haviam perseguido ela e Cauda de Castanha dias antes. Mas os sons morreram atrás deles enquanto Estrela de Fogo liderava o caminho ao redor do topo do vale em Quatro Árvores e descia a encosta em direção ao riacho.

– Por que não lutamos? – Pelagem de Poeira perguntou. – Poderíamos ter ensinado a eles uma lição que não esqueceriam tão cedo!

– Eu sei – Estrela de Fogo suspirou. – Mas, como disse antes, os clãs não podem se virar uns contra os outros.

– E quando nossas patrulhas pegarem de novo o Clã do Vento roubando presas? – Pelagem de Poeira mexeu a cauda. Era temperamental na melhor das hipóteses, e Pata de Folha sabia como ele estava ansioso por causa de Nuvem de Avenca e seus filhotes.

– Nós os pegaremos se invadirem nosso território – prometeu Estrela de Fogo. – Mas vamos rezar ao Clã das Estrelas para que Estrela Alta tenha bom senso e mantenha seus guerreiros em seu território. Acho que ele não sabia o que estava acontecendo até hoje.

– Talvez não. Mas vai apoiar seus guerreiros agora. – Pelagem de Poeira fez uma pausa, seu pelo marrom malhado estava eriçado como se visse o inimigo à sua frente.

– Por que você não vai caçar um pouco? – Estrela de Fogo sugeriu. – Veja se consegue encontrar um pouco de presa fresca para Nuvem de Avenca.

Pelagem de Poeira olhou para ele, o pelo do pescoço começando a baixar.

– OK, eu vou. – Com um grunhido relutante, acrescentou: – Obrigado. – Rapidamente se virou e desapareceu na vegetação mais densa ao lado do riacho.

Estrela de Fogo o observou partir, a expressão cheia de tristeza. Pata de Folha mal suportava ver sua frustração e sua desesperança. Sabia que ele nunca desistiria, não antes de os monstros destruírem todas as árvores da floresta. Mas parecia que o momento em que isso aconteceria estava chegando, e o que Estrela de Fogo faria então?

Enquanto o seguia pelo riacho em direção ao acampamento do Clã do Trovão, ela lutou mais uma vez com a culpa que sentia por não ter contado ao pai o que sabia sobre Pata de Esquilo e Garra de Amora Doce. Talvez agora fosse a hora de falar, de se livrar de algumas de suas ansiedades a respeito deles e de assegurar-lhe que o Clã das Estrelas sabia do sofrimento na floresta e tinha um plano para aliviá-lo. Mas o que Estrela de Fogo diria sobre ela ter ficado em silêncio por tanto tempo? Pata de Folha encolheu-se ao pensar na raiva do pai.

Vendo que Manto de Cinza havia ficado um pouco atrás dos outros gatos, ela se perguntou se a mentora teria a resposta. Poderia contar a Manto de Cinza; a curandeira entenderia e talvez a ajudasse a passar a notícia para Estrela de Fogo.

Pata de Folha esperou que a mentora a alcançasse.

– Manto de Cinza – ela começou, já esperando os costumeiros conselhos sensatos e sábios da curandeira.

Mas, quando Manto de Cinza se virou para ela, seus olhos azuis estavam turvos de dor.

– Não ouvi nada do Clã das Estrelas – ela miou, sem dar chance a Pata de Folha falar primeiro. – Ele nos abandonou? Não pode ser a vontade dele que os Duas-Pernas nos destruam a todos.

Como se quisesse enfatizar seu desespero, o rugido dos monstros dos Duas-Pernas trovejou a distância. Embora não pudesse vê-los de onde estava, Pata de Folha podia imaginar com clareza as peles berrantes e brilhantes e as enormes patas negras que rasgavam a floresta com a mesma facilidade com que as garras de Pelagem de Poeira haviam rasgado a grama momentos antes.

Encostou-se em sua mentora para confortá-la.

– E se o Clã das Estrelas nos falasse de outra maneira? – sugeriu, sentindo o coração bater mais forte. A floresta inteira viraria de cabeça para baixo se os aprendizes ficassem sabendo das profecias que não haviam sido enviadas aos gatos mais velhos.

– Que outro jeito? Eles não me enviaram um único sonho ou um sinal.

– Eles podem ter enviado para outro gato.

– Para você? – Manto de Cinza virou-se para Pata de Folha com os olhos azuis flamejantes. – Eles enviaram?

– Não, mas...

– Não, o Clã das Estrelas está calado. – O breve lampejo de energia de Manto de Cinza desapareceu, e sua cauda baixou. – Eles devem querer algo de nós, mas o quê?

Pata de Folha achou impossível continuar. Talvez não fosse o momento certo para falar, afinal. Como Manto de Cinza se sentiria descobrindo que o Clã das Estrelas havia escolhido falar com guerreiros inexperientes e mandá-los para a viagem em vez de falar aos curandeiros? Sentia-se tão sozinha e confusa que instintivamente tentou entrar em contato com Pata de Esquilo e partilhar os pensamentos de sua irmã. Mas não encontrou o conforto esperado. Tudo o que podia sentir era a escuridão e o barulho da água corrente.

– Pata de Folha! Você vem?

Com um salto, a aprendiz percebeu que Manto de Cinza estava várias caudas à frente.

– Desculpe! – respondeu, arrastando-se na retaguarda da patrulha, a cabeça baixa de medo pelos gatos que o Clã das Estrelas escolhera e por toda a floresta. E, acima de tudo, por Pata de Esquilo... onde quer que ela estivesse.

CAPÍTULO 11

O LUAR QUE BRILHAVA NA CAVERNA TRANSFORMAVA a cachoeira em uma folha de prata ondulante. Pelo de Tempestade tinha a impressão de que o dia tinha durado uma lua, e agora até mesmo as depressões rasas e arenosas no chão da caverna pareciam tão confortáveis quanto seu ninho entre os juncos em casa.

Falante das Rochas voltou e mostrou aos felinos da floresta as depressões ao lado da caverna principal onde dormiriam, os contornos laterais em formato curvo forrados com uma camada esparsa de musgo e penas.

– Vocês podem descansar aqui – ele miou. – Fiquem alguns dias... pelo tempo que quiserem. Vocês são todos bem-vindos.

Depois que ele saiu, Garra de Amora Doce acenou com a cauda para que os amigos se reunissem.

– Precisamos conversar – ele miou. – Quanto tempo você acha que deveríamos ficar aqui?

A cauda de Pata de Corvo chicoteava de um lado para o outro.

– Não sei como você pode perguntar isso! – ele rosnou.
– Achei que estávamos em uma missão. Que tal levar as notícias de Meia-Noite para a floresta?

– Pata de Corvo tem razão – Pelo de Tempestade miou, abafando uma breve pontada de aborrecimento por ter de concordar com o aprendiz do Clã do Vento. – Acho que devemos sair imediatamente.

– Eu também – miou Pelo de Açafrão. – A estação sem folhas está chegando, e vai ter neve aqui em cima.

– Mas e o seu ombro? – lembrou-lhe Garra de Amora Doce. Desde o mergulho na cachoeira, ela mancava sobre três pernas, e um filete de sangue seco escorria por seu ombro, infiltrando-se entre suas garras. – Temos de ficar até a mordida do rato melhorar. Iremos mais rápido depois disso.

Os pelos do pescoço de Pelo de Açafrão se eriçaram.

– Eu me machuquei de novo, só isso. Se vocês acham que estou segurando vocês – ela disparou –, então apenas falem logo.

– Garra de Amora Doce não quis dizer isso. – Cauda de Pluma roçou a sua lateral na de Pelo de Açafrão para confortá-la, tomando cuidado para evitar a lesão. – Isso é mais que apenas um machucado. Parece que você se feriu tanto quanto antes e não vai se curar se não descansar.

Pata de Esquilo estava pensativa.

– Parece que os gatos da tribo não acham que devemos ir embora. Do que têm tanto medo? Vamos encontrar mais perigos adiante?

Os outros gatos se entreolharam, inquietos. Pelo de Tempestade admitiu a si mesmo que o pensamento também havia passado por sua cabeça. Parte dele queria ficar em segurança na caverna o máximo que pudessem, se a alternativa fosse o terror desconhecido entre as rochas e os precipícios das montanhas.

– Vai ser arriscado quando formos embora – Pata de Corvo salientou. – OK, concordo com Pelo de Açafrão, mas pediremos a Falante das Rochas que dê um jeito no ombro dela e, então, vamos embora.

– Está tudo muito bem – interrompeu Pata de Esquilo, os olhos verdes a brilhar ao luar. – Mas todos estamos presumindo que podemos sair quando quisermos.

– O que você quer dizer? Eles não ousariam nos impedir! – Pata de Corvo exclamou.

Pata de Esquilo bufou.

– Aposto com você meu próximo pedaço de presa fresca que eles o *fariam*. Olhe lá.

Ela moveu as orelhas em direção à entrada da caverna. Havia um guarda da caverna sentado de cada lado, sem esconder o fato de que estavam de olho nos recém-chegados.

– Talvez estejam protegendo o lugar dos inimigos de fora – Cauda de Pluma miou.

– Podemos sempre tentar ir embora – sugeriu Pata de Corvo, fazendo a ponta da cauda preto-acinzentada estremecer. – Então veremos o que acontece.

– Não. – A voz de Garra de Amora Doce era firme. – Seria burrice sair agora. Estamos todos cansados e precisamos dormir. Amanhã vamos ver como está o ombro de Pelo de Açafrão e decidir quando podemos sair.

Houve um murmúrio de concordância. Nem mesmo Pata de Corvo queria mais problemas a essa altura, e não demorou muito para que os felinos da floresta se acomodassem em seus nichos de dormir, bem juntos para se protegerem dos olhares curiosos que vinham de todos os lados da gruta.

Enquanto Pelo de Tempestade arrumava a sua cama, ouviu um passo e se virou; viu um dos gatos da montanha caminhando pela caverna em sua direção. Um reconhecimento caloroso varreu seu pelo ao reconhecer Riacho, por causa do pelo macio e malhado e do andar ágil. Ela carregava um chumaço de penas nas mandíbulas.

Deixando-as cair no nicho de dormir que Pelo de Tempestade havia escolhido, ela baixou a cabeça para ele.

– Falante das Rochas me enviou para garantir que vocês estejam confortáveis.

– Hã... obrigado – respondeu Pelo de Tempestade. Será que Riacho queria dizer que Falante das Rochas a havia enviado para todos os gatos ou para ele em particular? Ela não deu sinal de ir buscar mais penas para o restante do grupo. É verdade que Pelo de Tempestade ainda se sentia abatido pela queda na poça, mas todos os seus amigos também. Ele tampouco era o líder, que receberia tratamento especial.

– Eu... Eu espero que estejam felizes aqui – continuou Riacho, hesitante. – Deve ser muito diferente de tudo a que estão acostumados. Na floresta, vocês têm cavernas para dormir?

– Não, dormimos em ninhos de juncos e arbustos. O acampamento do Clã do Rio, que é o meu clã, fica em uma ilha. – Uma pontada de saudade apunhalou Pelo de Tempestade enquanto falava, e ele se perguntou se algum dia voltaria a se deitar encolhido na toca dos guerreiros, ouvindo o suave sussurro do vento nos juncos. Se Meia-Noite estivesse certa, e todos os clãs tivessem de deixar a floresta, talvez ele jamais encontrasse outro lar tão pacífico.

Os olhos de Riacho brilharam ao luar.

– Você é um guarda da caverna ou... – Ela se interrompeu embaraçada, arrastando as patas. – Não, claro que não, se vocês não têm cavernas, tampouco têm guarda da caverna. Você protege seu acampamento ou é um caçador de presas?

– Nossos clãs não funcionam assim – Pelo de Tempestade explicou. – Todos nós vigiamos, caçamos e patrulhamos.

– Deve ser difícil – Riacho miou. – Nascemos para os nossos deveres, por isso sabemos exatamente o que temos de fazer. Sou uma caçadora de presas. Se Falante das Rochas permitir, você gostaria de caçar comigo amanhã?

Pelo de Tempestade engoliu em seco. Parecia que ela achava que os felinos da floresta ficariam por um tempo. Ele também não tinha certeza se gostava da ideia de pedir permissão a Falante das Rochas para tudo; eles respeitariam o líder da tribo enquanto permanecessem em seu território, mas ele não tinha o direito de lhes dar ordens. Mesmo assim, seria divertido caçar com Riacho.

Ficou pensando se deveria perguntar a ela diretamente se eles eram prisioneiros, mas, antes que pudesse falar, a bela e jovem gata baixou a cabeça em despedida.

– Você está cansado. Vou deixar você em paz agora. Durma bem. Espero que possamos caçar juntos em breve.

O guerreiro do Clã do Rio se despediu da gata e observou-a enquanto saía pela caverna, antes de se acomodar nas penas. Ao seu redor estavam os murmúrios suaves de seus amigos adormecidos. Mas, embora seus músculos doessem e sua cabeça girasse de exaustão, demorou algum tempo até que o sono o dominasse também.

O som de patas passando por seu nicho de dormir acordou Pelo de Tempestade na manhã seguinte. Abriu os olhos e viu a luz do sol se derramando pela cascata de água e entrando na caverna. Lembrou-se de que deveriam seguir o sol nascente de volta à floresta e saiu desajeitadamente de seu nicho, sacudindo uma pena que grudara em sua pelagem.

Garra de Amora Doce já estava de pé, a algumas caudas de distância, e observava uma patrulha de guardas da caverna saindo pela entrada principal. A calma e a disciplina desses guardas o fizeram se lembrar das patrulhas em casa. Ele caminhou até Garra de Amora Doce, que contraiu os bigodes em saudação.

– O ombro de Pelo de Açafrão começou a sangrar durante a noite. Acho que os músculos se abriram de novo – miou o guerreiro do Clã do Trovão. – Disse a ela que dormisse mais um pouco, o que significa que vamos ter de ficar aqui por um ou dois dias pelo menos.

Olhando para trás, Pelo de Tempestade viu o contorno suave do pelo atartarugado de Pelo de Açafrão, que estava deitada, enrolada em seu nicho de dormir. Cauda de Pluma, inclinada sobre ela e ansiosa, examinava seu ombro ferido, observada por Pata de Corvo. Pata de Esquilo ainda dormia.

A visão da irmã tão próxima do aprendiz do Clã do Vento em nada melhorou o humor de Pelo de Tempestade, que murmurou:

– Bem, se não temos escolha, está decidido. Mas, mais cedo ou mais tarde, teremos de descobrir por que os gatos da tribo têm sido tão receptivos. Sabemos que há algo que não estão nos contando.

– Verdade. – Garra de Amora Doce estava calmo, e seus olhos cor de âmbar fixaram-se nos de Pelo de Tempestade. – Mas aprenderemos mais se cooperarmos com eles; para começar, pelo menos.

– Talvez você esteja certo – Pelo de Tempestade grunhiu.

Um movimento no fundo da caverna chamou sua atenção, e ele avistou Falante das Rochas saindo de um dos túneis em direção a eles. Pata de Corvo e Cauda de Pluma também o viram; Pata de Corvo cutucou Pata de Esquilo para acordá-la, e os três, aos pulos, juntaram-se a Pelo de Tempestade e Garra de Amora Doce.

Pelo de Açafrão ergueu a cabeça enquanto Cauda de Pluma se afastava.

– Vamos embora? – ela miou. Pelo de Tempestade podia ouvir a dor latejando em sua voz. – Posso continuar, se for preciso.

Cauda de Pluma olhou para ela.

– Não, ainda não vamos a lugar nenhum. Tente dormir um pouco.

– Vai pedir a Falante das Rochas que nos deixe sair daqui? – Pata de Corvo sibilou para Garra de Amora Doce. – Se ele pensa que pode nos manter prisioneiros, vou arrancar-lhe as orelhas!

– Não, não vai – disse Garra de Amora Doce rapidamente. – Você sabe muito bem que Pelo de Açafrão precisa descansar até que a mordida de rato melhore. Além disso, a última coisa que queremos é ofender qualquer um desses gatos. Deixe-me falar.

Pata de Corvo lançou um olhar feroz ao guerreiro malhado, mas não disse mais nada.

– Tenho certeza de que não somos prisioneiros – Pelo de Tempestade falou com mais confiança do que sentia, tentando se convencer de que havia imaginado o estranho interesse que os gatos da tribo tinham por ele. – Por que seríamos? Não lhes fizemos nenhum mal.

– Talvez tenhamos algo que eles queiram – Pata de Esquilo sugeriu.

Pelo de Tempestade pensava da mesma forma, então não encontrou nada para dizer. Além disso, Falante das Rochas estava se aproximando; não dava mais para conversarem.

– Bom dia – miou o curandeiro. – Dormiram bem?

– Muito bem, obrigado – respondeu Garra de Amora Doce. – Mas o ombro de Pelo de Açafrão está muito machucado, então gostaríamos de ficar um ou dois dias até que ela melhore, se estiver tudo bem para vocês.

– Ótimo. – A cabeça de Falante das Rochas girou em direção a Pelo de Tempestade enquanto ele falava, e o brilho em seus olhos verdes deixou Pelo de Tempestade ainda mais apreensivo. – Vou dar uma olhada no ombro de sua amiga e encontrar algumas ervas para curá-la.

– O resto de nós gostaria de ir caçar – Garra de Amora Doce continuou. – Precisamos esticar as pernas e gostaríamos de caçar nossas próprias presas. Vocês não podem continuar alimentando nós seis enquanto ficamos sentados sem fazer nada.

As orelhas de Falante das Rochas se ergueram para a frente, e seus olhos se estreitaram. Pelo de Tempestade teve a impressão de que não estava satisfeito com o pedido de Garra de Amora Doce.

No entanto, o curandeiro quase não hesitou.

– Claro – ele miou. – Ficaremos felizes com sua ajuda. Alguns caçadores de presas estão prestes a partir; vocês podem ir com eles.

Enquanto ele falava, Pelo de Tempestade viu vários gatos da tribo reunidos ao lado da entrada da caverna; Riacho entre eles, e Névoa, a caçadora de presas que conheceram no dia anterior. Falante das Rochas conduziu os gatos do clã até eles.

– Nossos novos amigos querem ir caçar – anunciou. – Levem-nos com vocês e ensinem a eles como caçamos.

Dada a ordem, ele se afastou novamente. Pelo de Tempestade o olhou, um tanto magoado por pensar que os guerreiros do clã precisariam ser ensinados a caçar. Então, percebeu que Riacho estava a seu lado novamente.

– Saudações – ela miou. – Somos tantos, então é melhor nos dividirmos em dois grupos. Você vai caçar comigo?

– Sim, eu gostaria – respondeu Pelo de Tempestade, surpreso com a satisfação que sentia por Riacho ter se lembrado do convite da noite anterior.

Rapidamente, os gatos da tribo se dividiram em dois grupos. Um deles, com Névoa à frente, levou Pata de Corvo e Cauda de Pluma, enquanto Pelo de Tempestade juntou-se ao grupo de Riacho, com Garra de Amora Doce e Pata de Esquilo.

Pelo de Açafrão os observou partir com um breve lampejo de medo em seus olhos, mas, quando Pelo de Tempestade saiu da caverna, ele avistou Estrela, a mãe de filhotes, vindo lhe trazer um pedaço de presa fresca.

– Ela vai ficar bem – murmurou Garra de Amora Doce. – Com sorte, vai dormir até a gente voltar. Não parece que os gatos da tribo queiram fazer mal a ela.

Vendo a simpatia com que Estrela falava com Pelo de Açafrão, Pelo de Tempestade percebeu que o guerreiro malhado estava certo. Ele caminhou cautelosamente ao longo da saliência atrás da cachoeira, estremecendo quando os respingos encharcaram seu pelo, e saiu para as rochas ao lado da poça.

Ao sacudir a maior parte da umidade, notou que Penhasco e vários outros gatos já estavam esperando, com o pelo manchado de lama fresca. Eram gatos fortes, com ombros enormes, diferentes dos ágeis caçadores de presas. Pelo de Tempestade imaginou que fossem todos guardas das cavernas.

Capturando o olhar de Garra de Amora Doce, murmurou:

– O que eles estão fazendo aqui?

Riacho ouviu seu comentário em voz baixa e disse:

– Levamos os guardas das cavernas conosco em nossas caçadas – ela explicou. – Precisamos deles para vigiar as águias, e...

Ela se calou com um olhar nervoso para Pelo de Tempestade, que se perguntou o que ela estava prestes a dizer. Ainda assim, ele se sentiu aliviado com a explicação. Pensou que os guardas da caverna poderiam estar lá para ficar de olho nele e em seus amigos e garantir que não tentassem escapar. Claro que jamais iriam embora sem Pelo de Açafrão, mas Falante das Rochas não sabia disso.

Quando Riacho explicou a Penhasco que os visitantes se juntariam a eles para a caça, os guardas da caverna se juntaram aos dois grupos. Um deles, com Pata de Corvo e Cauda de Pluma, começou a escalar as rochas onde Pelo de Tempestade e os outros haviam caído no dia anterior, enquanto Riacho conduzia o grupo de Pelo de Tempestade mais para baixo no vale.

O chão aqui era de terra dura, onde alguns tufos escassos de grama apareciam entre as rochas quebradas. Alguns arbustos espalhavam-se aqui e ali sob as íngremes paredes rochosas. Embora a chuva tivesse parado, as rochas brilhavam, úmidas, à luz da manhã. As perspectivas de presa pareciam escassas aos olhos de Pelo de Tempestade, e ele se perguntava como os gatos da tribo conseguiram encontrar a presa fresca que compartilharam tão generosamente. Ele sorveu o ar e captou apenas os traços mais fracos de cheiro de presa.

Riacho liderou seu grupo ao longo de um lado do vale, na sombra dos arbustos. Agora, Pelo de Tempestade podia ver por que eles manchavam seus pelos com lama; isso fazia que se fundissem com a rocha, de modo que, estando parados, era difícil vê-los. Em contraste, o pelo ruivo escuro de Pata de Esquilo parecia uma mancha de sangue, embora o pelo cinza de Pelo de Tempestade e o malhado escuro de Garra de Amora Doce fossem bastante discretos. Todos os gatos da tribo se moviam silenciosamente; Pelo de Tempestade teve de se concentrar para se certificar de que seus passos eram tão silenciosos quanto os deles.

Em pouco tempo viu Pata de Esquilo parar, as orelhas erguidas de empolgação.

– Vejam, um rato! – ela sussurrou.

Pelo de Tempestade também o avistou, mordiscando uma semente de grama alguns metros à frente. Pata de Esquilo fez o agachamento do caçador, mas no mesmo instante Riacho balançou o rabo na frente dela, barrando seu caminho. Suas mandíbulas formaram a palavra "Espere".

Pelo de Tempestade achava que Pata de Esquilo iria protestar, indignada, mas a aprendiz do Clã do Trovão obviamente imaginou que, se o fizesse, assustaria a presa. Em vez disso, ela olhou para Riacho, mas a jovem gata não percebeu. Seus olhos estavam fixos no rato.

Uma sombra passou por Pelo de Tempestade. Um segundo depois, um falcão desceu do céu e agarrou o rato com suas poderosas garras. No mesmo momento, Riacho se lançou para a frente, saltando nas costas do pássaro e afundando as garras em seus ombros. Suas asas bateram furiosamente; por alguns segundos, chegou a levantar Riacho do chão, deixando-a cair de novo. Um segundo caçador de presas correu e ajudou Riacho a acabar com o falcão. Suas asas pararam de bater, e ele ficou imóvel no chão rochoso.

– E nós pegamos o rato também – Penhasco pontuou para Pelo de Tempestade, passando a língua no contorno da boca.

Os olhos de Pelo de Tempestade se arregalaram de admiração pelas habilidades de caça de Riacho. Que guerreira ela seria se tivesse nascido na floresta! Por um instante imaginou-a no Clã do Rio, ensinando-lhes essa nova forma de caçar, mas descartou a imagem quase de imediato. Riacho pertencia às montanhas, e dentro de um ou dois dias eles teriam de se separar. Ele sentiu uma estranha pontada de tristeza ao pensar nisso e ficou surpreso. Como podia já estar apegado a alguém que mal conhecia?

Pata de Esquilo olhava incrédula para o falcão morto, toda a indignação que sentira tendo passado.

– Isso foi *sensacional*! – ela miou. – Quero tentar. – Virou-se para Garra de Amora Doce e acrescentou: – Poderíamos caçar assim em casa, não acha?

– Não há tantos falcões – observou Garra de Amora Doce.

– O Clã do Vento poderia tentar, suponho; Pata de Corvo disse ter visto águias nas charnecas.

Pelo de Tempestade percebeu que, em vez de cobrir as presas com terra até que voltassem para pegá-las, Riacho escondeu o rato e o falcão arrastando os dois para uma fenda na rocha. Depois partiu de novo à frente de seu grupo.

Desta vez, ela os guiou pela parede do vale, saltando sobre algumas pedras soltas e depois ao longo de uma saliência. Pelo de Tempestade não conseguia imaginar que presa ela esperava encontrar ali, mas agora estava contente em esperar e ver, ciente de que esses gatos da montanha tinham truques dos quais ele e seus amigos nunca tinham ouvido falar.

Chegaram a uma pilha achatada de galhos e grama seca, bloqueando a saliência. Havia um cheiro forte de presa velha. Riacho saltou agilmente sobre ela, e o restante dos gatos a seguiu.

– Esse é um ninho de falcão – explicou. – Na estação da água livre, às vezes neles há filhotes.

– "Água livre"? – Pata de Esquilo perguntou.

– Imagino que queira dizer do renovo – respondeu Garra de Amora Doce em voz baixa. – Quando a água estiver livre do gelo, eu acho. É quando há filhotes no ninho.

– São muito bons também – acrescentou Penhasco, vindo por trás. – E significa que há menos falcões para crescer e nos atacar. Como este – acrescentou, com um enorme salto no ar.

Pelo de Tempestade ergueu a cabeça com um suspiro. Logo acima dele, um enorme falcão havia mergulhado, garras estendidas, mas, quando Penhasco saltou para cima, ele desviou, movimentando o ar por baixo de suas asas, enquanto deslizava para o lado.

Penhasco desceu perigosamente perto da beirada da rocha, recuperando o equilíbrio com a facilidade de uma longa prática. O respeito de Pelo de Tempestade por ele aumentou; a coragem e a velocidade com que o guarda da caverna atacou o pássaro feroz combinava com todas as habilidades que tinham os melhores guerreiros do clã.

– Obrigado – ele murmurou, enquanto se agachava na beirada e observava o falcão se afastar, muitos comprimentos de cauda abaixo.

Penhasco virou-se para ele, os olhos cor de âmbar brilhando, e miou, com um ronronar divertido:

– Essa é a primeira coisa que um aspirante aprende: nunca se esqueça de olhar para cima!

CAPÍTULO 12

Pelo de Tempestade agachou-se em uma saliência de rocha e olhou para o vale que ficava a umas duas caudas de distância abaixo. O sol estava se pondo no quarto dia desde que ele e seus amigos tinham chegado à caverna dos gatos da tribo. O pensamento do que estava acontecendo na floresta pairava sobre suas cabeças como uma nuvem de chuva inchada, mas, ainda assim, não conseguiram seguir em frente. O ombro de Pelo de Açafrão estava sarando de novo, graças às ervas que Falante das Rochas lhe dera, mas ainda estava rígido demais para ela caminhar.

Enquanto isso, Pelo de Tempestade começava a achar que havia pegado o jeito dos felinos da tribo. Dependia muito mais de ficar quieto e silencioso que de perseguir a presa, pois entre as rochas não havia tanta cobertura como na mata ou mesmo no rio onde costumava pescar.

Seus ouvidos se aguçaram quando ele captou o som fraco de asas batendo e olhou para as sombras. Um pássaro havia pousado logo abaixo dele e estava bicando o chão.

Pelo de Tempestade contraiu os músculos e saltou. Suas garras cravaram-se nas penas, e o grito frenético do pássaro foi interrompido quando o gato o matou com uma patada.

Pelo de Tempestade se levantou, a presa em suas mandíbulas, e viu a forma escura de um dos guardas da caverna coberto de lama se aproximando do vale. A presa fresca em sua boca mascarava o cheiro, e ele não reconheceu Penhasco até que o gato falou:

– Parabéns! Você será um ótimo caçador de presas.

Pelo de Tempestade agradeceu com a cabeça, mas as palavras de Penhasco o deixaram um pouco ansioso. Ele realmente quis dizer: "Você será um bom caçador de presas", ou quis dizer: "Você seria?". O guarda da caverna às vezes parecia presumir que Pelo de Tempestade pretendia ficar com a tribo para sempre. Mas não houve oportunidade de perguntar sua real intenção, pois Riacho e o restante dos caçadores de presas apareceram, e toda a patrulha voltou para a caverna, coletando pelo caminho as presas que haviam capturado anteriormente.

Quando chegaram à poça, Pelo de Tempestade largou sua carga para um breve descanso antes de escalar as rochas e chegar à saliência atrás da cachoeira. O sol havia se posto, e o pico se delineava contra um céu cor de sangue. Pelo de Tempestade estremeceu, tentando não imaginar sangue sendo derramado em sua casa na floresta. Por mais feliz que se sentisse por caçar com a tribo, eles tinham de seguir em frente o mais rápido possível.

Riacho parou ao seu lado, os olhos brilhando na luz da noite.

– Um bom dia de caça – ela ronronou. – Você aprendeu bem nossos costumes, Pelo de Tempestade.

Uma onda de calor espalhou-se por seu corpo, das orelhas à ponta da cauda. Ainda mais que antes, sabia quanto sentiria falta dela quando tivesse de partir. Nestes últimos dias, ela se tornara uma amiga; até mesmo seu estranho sotaque começou a soar familiar. Imaginava que ela se sentia da mesma forma; pelo menos, ela sempre o convidava para caçar com ela, enquanto o restante dos gatos da floresta, se é que caçavam, iam com outros grupos. Pelo de Tempestade perguntava-se o que Riacho realmente pensava dele. Sentiria sua falta quando ele tivesse de ir embora?

Abriu as mandíbulas e sentiu um cheiro forte. Não era como nada que já tivesse farejado antes: um pouco como um gato, mas mais pungente e com um toque de carniça. Sentiu o pelo do pescoço se arrepiar com uma premonição de perigo.

– O que é *isso*?

Os olhos de Riacho arregalaram-se de medo, mas ela não respondeu. Já o restante da patrulha de caça estava amontoando as presas, correndo para voltar à segurança da caverna. Penhasco saltou e quase empurrou Pelo de Tempestade para as rochas. Olhando para cima, Pelo de Tempestade pensou ter visto um movimento sombrio perto do topo da cachoeira, mas não tinha certeza. Então, teve de se concentrar em manter o equilíbrio nas pedras molhadas e escorregadias da saliência, lutando para ver além do jovem falcão em suas mandíbulas. Ninguém tentou explicar o motivo do pânico repentino, e Pelo de Tempestade já havia aprendido que não adiantaria perguntar.

Na caverna, ele deixou o falcão na pilha de presas frescas e foi encontrar seus amigos. Ao avistá-los perto dos nichos de dormir, dirigiu-se a eles, esquivando-se de uma dupla de aspirantes que treinava com um dos guardas da caverna. Usavam movimentos de luta desconhecidos. Pelo de Tempestade ansiava por participar e aprender, a fim de também ensinar aos gatos da tribo alguns truques do Clã do Rio. *Talvez mais tarde*, prometeu a si mesmo.

Os outros gatos do clã estavam reunidos em torno de Pelo de Açafrão, que estava de pé, virando a cabeça para examinar seu ombro. A língua de Cauda de Pluma raspava ativamente seu pelo.

– Está bem melhor – ela miou. – Não há nenhum inchaço, e a ferida está cicatrizando perfeitamente. Como se sente, Pelo de Açafrão?

A guerreira do Clã das Sombras dobrou o ombro ferido, depois se agachou como uma caçadora e rastejou a distância de algumas caudas ao longo do chão da caverna.

– Falante das Rochas certamente sabe das coisas – ela disse. – Não sei que ervas usou, mas são tão boas quanto raiz de bardana. O ombro está um pouco rígido, só isso – ela acrescentou, levantando-se de novo. – Vai ficar tudo bem se eu continuar me exercitando. Eu só queria poder colocar minhas garras naquele rato!

– Então é hora de partirmos – Garra de Amora Doce miou. – Vou dar uma palavrinha com Falante das Rochas, e partiremos amanhã cedo.

– Certo! – Os olhos de Pata de Corvo brilharam. – E é melhor eles não tentarem nos manter aqui.

– Não vão. – Cauda de Pluma pressionou o focinho na lateral do corpo do gato. – Tenho certeza de que você não tem com que se preocupar. Os gatos da tribo têm sido gentis conosco desde que chegamos.

– Provavelmente vão gostar de nos ver pelas costas – Pata de Esquilo concordou alegremente. – Eles correm o risco de ficar sem presas quando chegar a estação sem folhas.

– Está quase chegando – miou Cauda de Pluma. – As rochas estavam brancas com a geada desta manhã.

– Certo. – Pata de Esquilo abanou a cauda. – Então, eles não vão querer nos ver sentados aqui, empanturrando-nos.

Pelo olhar que Garra de Amora Doce deu à sua companheira de clã, Pelo de Tempestade viu que ele ainda estava preocupado, mas não disse nada. Em vez disso, foi Pata de Corvo quem falou, notando pela primeira vez que Pelo de Tempestade se aproximava para se juntar a eles.

– Aí está você! – ele exclamou, o lábio se curvando de forma desagradável. – Decidiu se juntar a nós, não é? Ficando entediado com seus novos amigos da tribo?

– Não – Cauda de Pluma murmurou, tocando-o com a cauda.

Irritado, Pelo de Tempestade aproximou-se do jovem aprendiz do Clã do Vento e disse:

– Se ele tem algo a dizer, deixe-o dizer.

– Só que você passa todo seu tempo com eles. Talvez queira ficar aqui para sempre. Afinal, as coisas serão bem difíceis quando voltarmos para a floresta.

– Não seja burro – Pelo de Tempestade retorquiu. Dando as costas a Pata de Corvo, viu que todos os outros o olhavam seriamente, como se de alguma forma concordassem com o que o gato do Clã do Vento tinha dito. – Tenha dó – continuou Pelo de Tempestade, alarmado. – O que eu fiz? Saí para caçar algumas vezes, só isso. Você mesmo disse, Garra de Amora Doce, que devemos pegar nossa própria presa enquanto estivermos aqui. O que faz você pensar que me importo menos que vocês com o que acontece na floresta?

– Ninguém pensa isso – Cauda de Pluma miou, apaziguadora.

– *Ele* pensa. – Pelo de Tempestade torceu as orelhas para Pata de Corvo. – Não é sobre os sonhos, é? Só porque não fui escolhido pelo Clã das Estrelas. Você teve mais sonhos e não me contou?

Ele desembainhou suas garras, odiando que elas arranhassem a pedra em vez da terra macia do rio ou de um emaranhado de juncos. Pata de Corvo, ele entendia perfeitamente; o aprendiz tinha sido sempre difícil e seria capaz de lutar com o próprio Clã das Estrelas, mas os outros o considerarem menos que leal – até mesmo a própria irmã – era terrível... Era quase tão ruim quanto na época em que Estrela Tigrada havia unificado dois clãs, e ele e Cauda de Pluma quase foram mortos por serem meios-clãs. Cauda de Pluma pelo menos deveria se lembrar disso e entender. Pelo de Tempestade reprimiu um lampejo de culpa ao se lembrar de como se sentia confortável entre a tribo, mas estava determinado a permanecer leal ao Clã do Rio.

– Não, não tivemos mais sonhos – Garra de Amora Doce respondeu. – Calma, Pelo de Tempestade. E você, Pata de Corvo, pare de importuná-lo. Já bastam os problemas que temos.

– É aquela cachoeira – Pelo de Açafrão miou inesperadamente. – O barulho que faz, dia e noite, está me deixando louca. O Clã das Estrelas poderia nos enviar qualquer tipo de sinal, e ainda assim não conseguiríamos ouvir. Ficarei feliz quando estivermos ao ar livre novamente e bem longe deste lugar.

Havia um rosnado suave na voz de Pata de Corvo.

– Precisamos voltar para a floresta e defendê-la como guerreiros fazem. Pelo de Tempestade pode vir ou não.

– Cale a boca, cérebro de rato – Pata de Esquilo disparou. – Pelo de Tempestade é tão leal quanto você.

Pelo de Tempestade piscou com gratidão para ela.

– Claro que vou com vocês – ele miou.

– Então vamos comer e dormir bem – rosnou Garra de Amora Doce. – Pode ser nossa última chance por um tempo.

Pelo de Tempestade olhou para cima e encolheu-se, surpreso ao ver que, enquanto conversavam, vários dos gatos da tribo haviam se reunido e os observavam com rosto sério.

Penhasco deu um passo à frente.

– Por que vocês falam em ir embora? – ele miou. – Vocês nunca conseguirão atravessar as montanhas na estação das águas congeladas. Fiquem conosco até que o sol volte.

– Não podemos! – Pata de Esquilo exclamou. – Há muitos problemas em casa; contamos a você quando chegamos.

– Agradecemos o convite – Garra de Amora Doce miou, mais diplomático, roçando a cauda na boca de Pata de Esquilo para silenciá-la. – Mas temos de ir.

Os gatos da tribo se entreolharam, o pelo do pescoço começando a se eriçar. De repente, eles pareciam ameaçadores. Vários dos poderosos guardas da caverna se moveram para ficar entre eles e a entrada, e duas ou três das mães de filhotes começaram a conduzir ansiosamente seus bebês em direção ao túnel do berçário. O significado era claro; Pelo de Tempestade sabia que, se tentassem sair agora, teriam uma luta em suas patas.

Localizando Riacho perto da parte de trás do grupo, ele passou por um guarda da caverna para ficar na frente dela.

– O que está acontecendo? – ele perguntou. – Por que vocês estão nos tratando como prisioneiros?

Riacho não o encarava.

– Por favor... – ela murmurou. – Você está tão infeliz aqui que ficar seja uma coisa tão terrível?

– "Infeliz" não é a palavra. Estamos em uma missão; não temos escolha. – Pelo de Tempestade virou-se para questionar Penhasco, mas o guarda da caverna evitou seu olhar, e ele sabia que sua amizade estava sendo posta de lado por lealdade à tribo, por razões que ele não tinha como adivinhar. Acreditava que os gatos da tribo gostavam dele por ser quem era, e a dor daquela traição o rasgava como as garras de uma águia.

– Cocô de raposa! – resmungou Pata de Corvo, tentando forçar a passagem pelos guardas da caverna.

Penhasco ergueu a pata, e outro guarda da caverna empurrou Pata de Corvo para trás com um silvo furioso. O pelo eriçado e a cauda agitada do aprendiz do Clã do Vento mostravam que ele estava pronto para atacar os dois ao mesmo tempo.

– Espere – Cauda de Pluma murmurou, colocando-se entre Pata de Corvo e os guardas. – Vamos descobrir o que tudo isso significa.

– Significa encrenca – rosnou Pata de Corvo. – Ninguém vai me impedir de ir embora.

Ele abriu caminho passando por Cauda de Pluma e saltou sobre Penhasco, derrubando o enorme guarda da caverna. As patas traseiras de Penhasco bateram em sua barriga, mas, antes que a luta fosse mais longe, Garra de Amora Doce cravou os dentes na nuca de Pata de Corvo e arrastou-o para longe.

O aprendiz virou-se para encará-lo, os olhos brilhando.

– Saia de cima de mim! – ele rosnou.

– Então, deixe de ser cabeça de camundongo! – Garra de Amora Doce sibilou, igualmente furioso. – Esses guardas podem transformar você em comida de corvo. Temos de descobrir o que eles querem.

Pelo de Tempestade odiava admitir a derrota, mas, se lutassem para sair esta noite – mesmo supondo que conseguissem –, teriam de enfrentar uma noite fria em uma montanha desconhecida. E olhando em volta para os magros e musculosos guardas das cavernas, quase sem fôlego da luta com Pata de Corvo, Pelo de Tempestade sabia que não poderia esperar sobreviver a uma luta sem ferimentos, e isso tornaria sua jornada mais difícil que nunca. *Por que Meia-Noite não previu isso?*, perguntou-se desesperado. Ou ela previra e escondeu deles?

Ele viu que Falante das Rochas havia saído de seu túnel. *Agora talvez consigamos algumas respostas*, pensou.

Os guardas da caverna recuaram para permitir que seu líder se aproximasse dos gatos do Clã; Garra de Amora Doce avançou para enfrentá-lo.

– Acho que deve haver algum mal-entendido – ele começou. Pelo de Tempestade podia ver seus esforços para manter a calma. – Temos de partir amanhã, e sua tribo parece não querer que a gente vá. Somos gratos por sua ajuda e abrigo, mas...

Ele se interrompeu; Falante das Rochas não estava ouvindo. Seus olhos brilhavam como seixos no leito de um riacho enquanto olhava ao redor do grupo de gatos. Erguendo a voz, ele miou:

– Recebi um sinal da Tribo da Caça Sem Fim. É hora de uma Revelação.

– Uma Revelação? O que é isso? – Pata de Esquilo miou.

– Talvez seja como uma Assembleia – Pelo de Tempestade murmurou.

– Mas não há outras tribos para encontrar.

– Então, talvez tenha algo a ver com a Tribo da Caça Sem Fim. – Apesar de seus temores de que não seriam autorizados a deixar a caverna, Pelo de Tempestade não pôde deixar de sentir curiosidade em descobrir mais das estranhas crenças da tribo.

Os guardas da caverna se reuniram mais perto dos gatos do clã e começaram a conduzi-los em direção ao túnel de onde Falante das Rochas acabara de sair.

– Afastem-se! – Pelo de Açafrão disparou para um deles. – Para onde vocês estão nos levando?

Pelo de Tempestade se perguntava a mesma coisa. Até agora, havia presumido que o segundo túnel levava apenas ao escritório particular de Falante das Rochas.

– Para a Caverna de Pedras Pontiagudas – respondeu Falante das Rochas. – Lá, muitas coisas serão esclarecidas para vocês.

– E se não quisermos ir? – Sem esperar resposta, Pata de Corvo lançou-se sobre o guarda da caverna mais próximo, um gato com quase o dobro do seu tamanho que, meio sem querer, golpeou-o com sua enorme pata, mandando-o meio atordoado para o chão da caverna. Cauda de Pluma cuspiu no guarda e esticou uma pata, as garras estendidas.

Pelo de Tempestade sentiu os pelos do pescoço se arrepiarem, mas, antes que uma luta de verdade começasse, Garra de Amora Doce sibilou:

– Não! Se há uma explicação, vamos ouvi-la. Então decidiremos o que fazer. Está ouvindo, Pata de Corvo?

O aprendiz, lutando com as patas, o pelo desgrenhado e a cauda espetada, olhou para ele, mas não respondeu.

– Andem logo – rosnou um dos guardas.

Pelo de Tempestade tropeçou, quase perdendo o equilíbrio quando o guarda mais próximo o empurrou em direção ao túnel. Custou-lhe todo o seu autocontrole seguir em frente silenciosamente. Então, percebeu que Riacho estava ao seu lado. Havia algo parecido com alívio em seus olhos enquanto ela miava:

– Não se preocupe. Tudo ficará claro em breve.

– Não estou preocupado. – A voz de Pelo de Tempestade era fria. Ele pensou que eles eram amigos, e ela o traiu. – Vocês não podem nos manter aqui para sempre.

Ele quase ficou satisfeito quando ela estremeceu.

– Por favor – ela sussurrou. – Você não entende. É pelo bem da tribo.

Pelo de Tempestade crispou os lábios e se virou. Ele seguiu Pelo de Açafrão para a passagem, com alguns guardas da caverna logo atrás.

Na escuridão, ele ouviu a voz de Falante das Rochas erguer-se em um suave canto.

– Quando a Tribo da Caça Sem Fim chama, nós ouvimos.

Mais vozes responderam por trás de Pelo de Tempestade, não apenas os guardas da caverna, mas outros gatos da tribo que se comprimiam no túnel.

– Na rocha e na poça, no ar e na luz sobre a água, na queda da presa e no grito do filhote, pelo arranhão da garra e da batida do sangue, nós ouvimos vocês.

As vozes ecoaram pelas sombras. Pelo de Tempestade viu o luar filtrando-se de algum lugar à frente e as orelhas eretas de Pelo de Açafrão contornadas em cinza. Ele saiu para outra caverna, e, por um momento, todos os seus medos e frustrações desapareceram, e ele ficou boquiaberto de admiração.

Esta caverna era muito menor do que a que eles haviam acabado de deixar. Uma fenda irregular no alto do teto deixava entrar um raio de luar que banhava o chão com uma luz acinzentada. Pelo de Tempestade estava em meio a uma floresta de pedras pontiagudas, muito mais que na caverna principal; algumas delas cresciam do chão, enquanto outras pendiam acima de sua cabeça. Algumas delas se juntaram como se sustentassem o teto, amarelo-pálidas e onduladas, com pequenos riachos de água escorrendo para formar uma poça no chão de pedra dura.

Mais cedo naquele dia, a chuva havia caído pelo buraco para deixar um padrão de poças ao redor das patas de Pelo de Tempestade. O rugido da cachoeira, tão alto na caverna externa, havia se reduzido a um sussurro, fraco o suficiente para que ele pudesse ouvir gotas de água caindo do telhado.

Todos os gatos do clã ficaram em silêncio, a mesma admiração que Pelo de Tempestade sentira brilhando em seus olhos. O lugar o fez se lembrar de Boca da Terra; além de estar em uma caverna enluarada, havia a mesma sensação de estar na presença de algo maior do que ele mesmo. Mas esta não era a casa do Clã das Estrelas, e sim da Tribo da Caça Sem Fim, e será que eles se preocupam com gatos de territórios distantes? Um arrepio o percorreu, e ele fez uma oração ao Clã das Estrelas. *Guardem-nos e guiem-nos, mesmo aqui.*

Os guardas empurraram os gatos do clã mais para dentro da caverna, enquanto Falante das Rochas andava à frente, até o centro da floresta de pedras, onde se virou para encarar o restante dos gatos.

– Estamos na Caverna de Pedras Pontiagudas – ele miou, com a voz alta e inexpressiva. – A lua nasce aqui, presa entre a rocha e a água, como sempre foi e sempre será. É hora de uma Revelação. Invocamos a Tribo da Caça Sem Fim para nos mostrar sua vontade.

– Revele-nos seu desejo – os outros gatos da tribo responderam em coro. Quase todos eles tinham entrado na caverna atrás dos gatos do clã; o ar estava ficando quente com seus corpos suados e a respiração ofegante.

Movendo-se como uma sombra, Falante das Rochas andava de um lado para o outro, espiando as poças. Seus olhos brilhavam ao luar, e a lama em seu pelo parecia mais sinistra e pedregosa que nunca. Riacho tinha contado a Pelo de Tempestade que seu líder havia ganhado nove vidas da Tribo da Caça Sem Fim, assim como os líderes do clã tinham ganhado nove vidas do Clã das Estrelas, mas até agora achava difícil acreditar. Delineado pela luz fluida e cercado por estranhas pontas de rocha, Falante das Rochas parecia ter mais poder que todos os felinos da floresta juntos.

Por fim, o líder da tribo parou ao lado de uma das maiores poças e murmurou:

– Saudamos vocês, da Tribo da Caça Sem Fim, e agradecemos por sua misericórdia em finalmente nos salvar de Dente Afiado.

– Obrigado – murmuraram os gatos da tribo em resposta.

Pelo de Tempestade ficou tenso. Trocando olhares com seus amigos, ele viu sua confusão refletida nos olhos deles.

O que Falante das Rochas queria dizer? O que era Dente Afiado e por que a tribo precisava ser salva?

– Por que... – Pata de Esquilo começou e foi silenciada pelo silvo de um dos guardas das cavernas que estava próximo.

Falante das Rochas continuou:

– Tribo da Caça Sem Fim, agradecemos por nos enviar o gato prometido.

– Nós agradecemos – os gatos da tribo responderam novamente, suas vozes mais fortes.

Erguendo a cabeça, Falante das Rochas ordenou:

– Que ele fique de pé!

Antes que Pelo de Tempestade pudesse protestar, dois dos corpulentos guardas da caverna o empurraram para a frente. Pego de surpresa, ele deslizou para o lado em uma poça, quebrando o luar em estilhaços brilhantes. Um suspiro de choque se ergueu da tribo, e ouviu um gato murmurar:

– Um mau presságio!

Lutando para manter a calma, sacudiu a água das patas e ficou ao lado de Falante das Rochas, no centro das pedras pontiagudas, então perguntou:

– O que você está fazendo?

Falante das Rochas ergueu a pata pedindo silêncio. Seus olhos brilhavam ao luar com indisfarçável triunfo enquanto murmurava:

– Não questione. É o seu destino.

Olhando ao redor, Pelo de Tempestade viu que todos os gatos da tribo o observavam com a mesma expectativa e uma espécie de alegria, como se ele fosse a visão mais maravilhosa que já haviam tido.

– É o seu destino – repetiram.

Ele estivera certo o tempo todo. A tribo o havia escolhido por ser especial, e agora ele descobriria por quê.

– Chegou a hora – Falante das Rochas entoou solenemente. – O gato prometido está aqui, e finalmente seremos salvos de Dente Afiado.

– Não entendo! – explodiu Pelo de Tempestade. – Nunca ouvi falar de Dente Afiado.

Como se suas palavras tivessem quebrado um feitiço, seus amigos avançaram para ficar ao lado dele, mas foram empurrados de volta pelos guardas da caverna. Pata de Esquilo cuspiu, e tanto Pata de Corvo como Pelo de Açafrão dobraram as garras na pedra fria, mas Garra de Amora Doce os deteve com uma palavra de advertência. Os guardas da caverna tampouco queriam briga, isso era claro; mantiveram suas garras embainhadas, apenas deixando os gatos da floresta em um grupo compacto.

– Dente Afiado é um gato enorme – começou Falante das Rochas, a voz abafada pelo medo. – Mora nas montanhas e faz da tribo sua presa. Por muitas estações ele vem nos caçando, um por um.

– Ele parece um leão – Penhasco acrescentou e perguntou: – Você já ouviu falar de leões?

– Temos lendas do Clã do Leão – Pelo de Tempestade respondeu, ainda se perguntando o que Dente Afiado poderia ter a ver com ele. – São conhecidos por sua força e sua sabedoria e têm uma juba dourada como os raios quentes do sol.

– Dente Afiado não tem juba – Falante das Rochas miou. – Talvez a tenha perdido por ser tão mau. É o inimigo de nossa tribo. – Sua voz era sombria, e seus olhos brilhavam frios com as lembranças. – Temíamos que ele não descansasse até que todos os gatos da tribo estivessem mortos.

– Mas então a Tribo da Caça Sem Fim nos enviou o gato prometido. – Pelo de Tempestade girou a cabeça ao ouvir a voz de Riacho. Ela havia se aproximado dele e o fitava com os olhos cheios de admiração. – Pelo de Tempestade, você é o escolhido. Vai salvar todos nós. Tenho certeza.

– Mas como? – o gato respondeu, substituindo a perplexidade por uma raiva que começou a queimar dentro dele. – O que você espera que eu faça?

– Antes da última lua cheia, a Tribo da Caça Sem Fim nos enviou uma profecia – Falante das Rochas explicou. – Que um gato prateado nos salvaria de Dente Afiado. Assim que o vimos à beira da poça, soubemos que você era o gato que nos foi prometido.

– Mas *não* pode ser – Pelo de Tempestade protestou. – Venho de uma floresta muito distante e nunca vi Dente Afiado.

– É verdade. – Garra de Amora Doce avançou para ficar ao lado de Pelo de Tempestade. – Lamentamos que Dente Afiado esteja ameaçando vocês, mas nossos clãs em casa também estão em perigo.

– Talvez um perigo ainda pior – acrescentou Cauda de Pluma ansiosamente. – Temos de ir embora.

Falante das Rochas agitou as orelhas. Sem dizer uma palavra, os guardas cercaram os felinos da floresta e começaram a empurrá-los de volta para a entrada da caverna – todos, exceto Pelo de Tempestade, que estava cercado por uma patrulha à parte. Cauda de Pluma tentou desesperadamente alcançar o irmão, mas o guarda da caverna mais próximo a derrubou com uma patada.

– Tire as patas de cima dela, seu cocô de raposa! – Pata de Corvo disparou, lançando-se sobre o guarda da caverna e cravando as garras na orelha do gato da tribo. Os dois rolaram pelo chão numa rajada de garras, até que Garra de Amora Doce arrastou Pata de Corvo.

– Agora não – ordenou ao furioso aprendiz. – Se for feito em pedaços, não vai ajudar ninguém.

– Devíamos lutar! – Pata de Corvo rosnou. – Prefiro morrer lutando a ficar preso aqui.

– É só pedir – sibilou Pelo de Açafrão ao irmão. – E arranco o pelo deles e dou às águias para que comam.

– Clã das Estrelas, ajude-nos! – gritou Cauda de Pluma ao ser forçada a recuar até a entrada do túnel. – Mostre que não nos abandonou!

– Não temam – Falante das Rochas miou, tranquilizador. – Essa é a vontade da Tribo da Caça Sem Fim.

Pelo de Tempestade teve a sensação de estar caindo em águas profundas e escuras quando viu os amigos serem empurrados para longe, de volta à caverna principal. Quando tentou segui-los, Penhasco e outro guarda da caverna bloquearam o caminho.

– Ali – Penhasco miou, apontando com a cauda para o outro lado da Caverna de Pedras Pontiagudas. – Você encontrará um nicho de dormir pronto para você. – Enquanto Pelo de Tempestade o encarava com olhos ardentes, Penhasco acrescentou sem jeito: – Não vai ser tão ruim. Você matará Dente Afiado, a Tribo da Caça Sem Fim assim o disse, e então poderá ir embora, se ainda quiser.

– Matar Dente Afiado! – Pelo de Tempestade exclamou, lembrando o cheiro rançoso e a forma sombria que vira no topo da cachoeira. Deve ter sido Dente Afiado rondando a entrada da caverna; não é de admirar que Riacho e o restante da patrulha estivessem tão assustados. – Como posso fazer isso, se todos vocês falharam? Essa é uma ideia de cérebro de rato. Vocês estão loucos.

– Não. – Era Falante das Rochas novamente, subindo para ficar ao lado de Pelo de Tempestade. – Você deve ter fé na Tribo da Caça Sem Fim. O sinal foi claro, e você veio, exatamente como prometeram.

– A minha fé está no Clã das Estrelas – Pelo de Tempestade retrucou, tentando esconder o medo que sentia por dentro. Os espíritos de seus ancestrais guerreiros realmente o abandonaram?

– Vá para seu nicho de dormir – Falante das Rochas miou. – Traremos presa fresca para você. Sua vinda é esperada há muito tempo, e você não precisa temer que o maltratemos.

Não, mas vão me manter prisioneiro, Pelo de Tempestade pensou desesperado. Caminhou até o fundo da caverna para encontrar o nicho de dormir que Penhasco havia indicado e o encontrou forrado com grama seca e penas. A um par de comprimentos de cauda havia outra cavidade na rocha, também forrada como cama, onde ele imaginou que Falante das Rochas dormia.

Pelo de Tempestade bebeu água da poça mais próxima e depois se deitou com a cabeça nas patas para tentar descobrir como escapar. Mas era difícil pensar, com a dor da traição ainda latejando dentro dele. Realmente acreditara que os gatos da tribo gostavam dele, sem nenhuma das perguntas que assombravam suas amizades do Clã do Rio sobre sua ascendência ou sua lealdade. Em vez disso, só queriam que ele cumprisse uma profecia.

Alguns momentos depois, Riacho apareceu, com um coelho nas mandíbulas, e colocou-o timidamente à sua frente.

– Sinto muito – ela sussurrou. – É tão ruim assim ficar com a tribo? Eu... Eu quero ser sua amiga, Pelo de Tempestade, se me permitir. – Ela hesitou e depois acrescentou: – Fico com você agora, se quiser. É nossa maneira de cuidar uns dos outros, especialmente em tempos difíceis. Chamamos isso de dar conforto.

Ela deve estar querendo dizer compartilhar lambidas, deu-se conta Pelo de Tempestade. Não muito tempo antes, ele teria ficado encantado com a ideia de compartilhar lambidas com Riacho. Agora a ideia o ultrajava. Ela realmente achava que ele gostaria de estar perto dela, quando ela o traíra e mentira para ele?

– Pelo de Tempestade? – Os olhos de Riacho brilhavam de compaixão, mas seu brilho era como um fogo queimando o coração do gato. Em silêncio, ele virou a cabeça.

Ele ouviu um leve suspiro de dor de Riacho e então os passos dela desaparecendo no túnel. Quando ela saiu, ele virou o coelho com uma pata. Estava com fome no final da caçada do dia, mas agora o pensamento de comer o deixava enjoado. Ainda assim, forçou-se a engolir a presa fresca, porque sabia que qualquer coisa que acontecesse a seguir exigiria toda a sua força.

Enroscou-se no nicho de dormir e ficou olhando para o túnel onde seus amigos haviam desaparecido. Penhasco e o outro guarda da caverna estavam de plantão na entrada, e, enquanto Pelo de Tempestade observava, Falante das Rochas saiu das sombras e escorregou entre os guardas, de volta à caverna principal. Entre eles e Pelo de Tempestade havia poças de água cintilante, iluminadas pelo luar frio. Elas faziam Pelo de Tempestade se lembrar do rio, mas sentia falta de seu murmúrio interminável e do brilho e dos respingos da água em movimento.

Enquanto fechava os olhos e tentava dormir, refletiu com tristeza que não precisaria ter feito essa viagem. Não fora escolhido pelo Clã das Estrelas nem convocado por um sonho. Nesse momento daria tudo para que essa aventura não passasse de um sonho, que pudesse acordar de manhã e encontrar-se de volta em casa, no Clã do Rio.

CAPÍTULO 13

PATA DE FOLHA MEXIA-SE INQUIETA numa poça de luar, ouvindo o suspirar suave do vento nos carvalhos de Quatro Árvores. Ela e Manto de Cinza iam se encontrar com os outros curandeiros na Boca da Terra, e a meia-lua já estava alta no céu.

– Estão atrasados – Manto de Cinza miou. – Estamos desperdiçando luar.

Nuvenzinha, o curandeiro do Clã das Sombras, acomodou-se mais confortavelmente em um buraco na grama.

– Daqui a pouco eles estarão aqui.

A ponta da cauda de Manto de Cinza estremeceu.

– Precisamos de todo o tempo que temos na Pedra da Lua, especialmente esta noite. Temos de descobrir o que devemos fazer em relação aos Duas-Pernas.

Pata de Folha tentava conter a própria impaciência por causa dos curandeiros do Clã do Rio, que já deveriam ter chegado há muito tempo. Talvez compartilhar lambidas com o Clã das Estrelas não fosse tão importante para eles, quando o próprio território não havia sido invadido pelos monstros dos Duas-Pernas. Tudo estava quieto agora; os monstros dormiam à noite, mas Pata de Folha sabia que ainda estavam lá, agachados no chão revolvido entre as árvores que ainda não tinham derrubado. O silêncio na floresta não era natural, faltavam os pequenos sons de presas que sempre pareciam mais altos à noite.

Sua barriga roncou ao pensar em presas. Manto de Cinza lhe dera ervas de viagem para saciar o apetite antes de partirem, mas sua fome não diminuiu, e ela não conseguia se lembrar da última vez que se alimentara bem. Todos os gatos do clã estavam sofrendo; a falta de comida começou a enfraquecê-los, de modo que não podiam correr tão rápido e pegar qualquer presa que aparecesse. A estação sem folhas estava cada vez mais próxima, desnudando as árvores ao arrancar suas folhas e lançá-las em espiral ao chão, carregadas pela brisa fria, e Pata de Folha não via que ajuda o Clã das Estrelas poderia lhes dar.

Para seu constrangimento, sua barriga roncou novamente, alto o suficiente para os outros ouvirem. Nuvenzinha lançou-lhe um olhar solidário.

– Estrela Preta mandou alguns guerreiros buscarem ratos e comida de corvos no Ponto da Carniça – disse a Manto de Cinza. Seus olhos escureceram. – Ainda não tivemos nenhuma doença, mas é apenas questão de tempo.

– Espero que se lembre das ervas e das frutas que lhe dei quando estava doente – Manto de Cinza miou.

– Tenho feito estoque delas. Sei que vou precisar em breve.

– E diga ao seu clã para não tocar em comida de corvo. Ratos frescos podem ser bons, mas carniça não.

Nuvenzinha suspirou.

– Tentei, mas o que posso fazer quando é Estrela Preta quem dá as ordens? A maioria dos nossos gatos está com muita fome para se importar com o que está comendo.

Só então Pata de Folha avistou Pelo de Lama, curandeiro do Clã do Rio, e sua aprendiz, Asa de Mariposa, subindo a encosta, vindos do rio. Ela saltou sobre as patas, encantada por rever sua amiga, embora não pudesse reprimir uma pontada de inveja por Asa de Mariposa parecer tão bem alimentada, seu longo pelo dourado lustroso indicando boa saúde.

– Finalmente! – Manto de Cinza rosnou quando os dois gatos se aproximaram. – Estava começando a achar que um peixe tinha pulado do rio e engolido vocês.

– Bem, estamos aqui agora. – Pelo de Lama mal parou para cumprimentá-los, mas liderou o caminho ao redor do topo do vale em direção à fronteira do Clã do Vento.

Manto de Cinza e Nuvenzinha seguiram, enquanto Pata de Folha e Asa de Mariposa fechavam a retaguarda, lado a lado.

– Fiquei em apuros por causa daquela aula de pesca – Pata de Folha sussurrou. – Sabia que não deveria ter comido a sua presa.

– Seu líder não sabe de nada! – Asa de Mariposa miou, indignada. – Somos curandeiras.

– Mesmo assim não devíamos ter feito isso. Os curandeiros têm de seguir o Código dos Guerreiros como qualquer gato.

Asa de Mariposa apenas bufou.

– Acho que estou indo muito bem – ela miou, depois de um momento. – Pelo de Lama me ensinou as ervas a serem usadas para tosse verde e tosse negra e a melhor maneira de tirar os espinhos das almofadas das patas. Ele disse que nunca tinha visto alguém fazer isso tão bem.

– Que ótimo! – Pata de Folha ronronou. Não se importava com a falta de modéstia da amiga porque sabia como Asa de Mariposa se sentia insegura. Por ser filha de um vilão, muitos de seu clã chegaram a pensar que nunca deveriam tê-la autorizado a treinar para ser curandeira. E ela estava desesperada para provar que estavam errados.

Ao se aproximarem da fronteira do Clã do Vento, Pata de Folha sentiu uma pontada de nervosismo. Não fazia muito tempo desde o confronto com o Clã do Vento, e ela sabia que os guerreiros ainda seriam hostis. Pareciam determinados a manter sua fome em segredo, mesmo que ela fosse terrivelmente óbvia ao ver o corpo esquelético e os olhos opacos deles. Estariam desesperados o suficiente para atacar os curandeiros se os encontrassem em seu território? Ela não disse nada; Estrela de Fogo ficaria furioso se falasse com Asa de Mariposa sobre aquele encontro fatídico.

Nenhum dos curandeiros parou ao cruzar a fronteira. Continuaram apressados, a caminhada marcada pelo passo manco de Manto de Cinza. Chegando ao topo de uma subida suave, Pata de Folha olhou para baixo e viu a pior cena da devastação causada pelos Duas-Pernas. A cicatriz no território do Clã do Vento era agora muito mais longa e larga do que quando ela e Cauda de Castanha a tinham visto pela primeira vez. Dois monstros dos Duas-Pernas estavam agachados ali, o luar refletindo em sua pele brilhante. Se uma colina se interpusesse em seu caminho, eles simplesmente abririam caminho através dela, deixando pilhas altas de terra em ambos os lados. Será que devorariam toda a charneca?

Estremecendo, Pata de Folha saltou atrás de sua mentora. Não muito longe do acampamento do Clã do Vento, Casca de Árvore, o curandeiro do Clã do Vento, saiu de trás de um arbusto de tojos. Embora Pata de Folha estivesse preparada para vê-lo faminto, foi um choque constatar sua magreza: pouco mais que um esqueleto ambulante coberto por seu pelo esfarrapado.

Manto de Cinza subiu e simpaticamente trocou toques de nariz com ele.

– Que o Clã das Estrelas esteja com você, Casca de Árvore – ela miou.

– E com todo o meu clã – o curandeiro disse, com um grande suspiro. – Às vezes acho que o Clã das Estrelas quer que nos juntemos a eles, sem sobrar nem mesmo um filhote para manter vivo o Código dos Guerreiros.

– Talvez ele nos mostre o que fazer quando compartilharmos sonhos na Pedra da Lua – Manto de Cinza tentou encorajá-lo.

– Está cada vez pior para o Clã do Vento. – Os olhos cor de âmbar de Asa de Mariposa estavam arregalados enquanto falava com Pata de Folha. – Você sabe, andaram roubando peixe do rio de novo, aí Geada de Falcão surpreendeu alguns deles e os expulsou.

– Eles têm de encontrar presas em algum lugar. – Pata de Folha sabia que o que os guerreiros do Clã do Vento estavam fazendo era errado, mas não podia culpá-los. Não quando o rio estava cheio de peixes, o suficiente para alimentar todos os clãs. De repente, ela entendeu que Estrela de Fogo estava certo: os Duas-Pernas estavam destruindo a floresta e, ao fazê-lo, destruíam também as fronteiras invisíveis entre os clãs. Talvez os gatos sobrevivessem apenas se unindo, afinal.

Asa de Mariposa parou para sorver o ar.

– Espere, sinto cheiro de coelho... pelo menos acho que é coelho; cheira engraçado de alguma forma. Sim, olhe, ali!

Ela apontou com a cauda para uma depressão na charneca, onde um pequeno riacho batia nas pedras. Deitado ao lado dele, estava um pequeno corpo de pelo marrom.

– Está morto – Pata de Folha observou.

Asa de Mariposa encolheu os ombros.

– Então é comida de corvo. Acho que o Clã do Vento não pode se dar ao luxo de ser muito exigente. Ei, Casca de Árvore! – ela gritou. – Veja o que encontrei. – Ela desceu a encosta em direção ao coelho.

– Pare! – Casca de Árvore ordenou. – Não toque nisso!

A gata derrapou e parou ao lado do montinho de pelo inerte, virou-se e olhou para a encosta.

– Qual é o problema?

Casca de Árvore desceu e juntou-se a ela, seguido por Pata de Folha e os outros curandeiros. Cautelosamente, aproximou-se e cheirou o coelho. Pata de Folha também cheirou e reconheceu o travo forte que sentira quando ela e Cauda de Castanha visitaram o território do Clã do Vento. Seu estômago revirou, e ela engoliu em seco para não se engasgar. O que quer que tenha acontecido com este coelho, não servia para comer.

– Sim, foi o que pensei – Casca de Árvore murmurou, com os olhos nublados. – Aí está aquele cheiro de novo. – De frente para os outros gatos, ele explicou baixinho: – Os Duas-Pernas fizeram algo ruim para os coelhos no território. Todos estão morrendo. E, se os gatos os comem, eles também morrem. Perdemos metade dos nossos anciãos e quase todos os nossos aprendizes.

Houve um silêncio terrível. A compaixão atravessou Pata de Folha. Estrela Alta nada dissera a respeito quando confrontou Estrela de Fogo; o orgulhoso líder do Clã do Vento preferiu deixar que os outros clãs pensassem que seus gatos não queriam pegar presas em seu território a confessar que sua presa fresca os estava matando, um a um.

– E você não pôde ajudá-los? – Pelo de Lama perguntou.

– Você acha que eu não tentei? – Casca de Árvore parecia desesperado. – Dei-lhes miefólio para fazê-los vomitar, assim como fazemos com frutinhas mortais. Dois dos mais fortes sobreviveram, mas a maioria morreu. – Suas garras rasgaram a grama à sua frente; os olhos ardendo de tristeza e frustração. – Que esperança há para nós quando até mesmo nossa presa pode nos matar?

Manto de Cinza foi até ele, pressionou o nariz contra seu corpo e murmurou:

– Vamos. Pediremos orientação ao Clã das Estrelas sobre isso e todo o resto.

– Não devíamos enterrar o coelho? – sugeriu Pata de Folha enquanto os gatos começavam a subir de novo a encosta. – Caso algum outro gato o encontre?

Casca de Árvore balançou a cabeça.

– Não precisa. Nenhum gato do Clã do Vento o tocaria agora. – Seus lábios se esticaram em um rosnado irônico. – Sabemos que não devemos confiar em presa fresca dentro de nossas fronteiras. – Cabeça baixa, cauda caída, ele se arrastou pela charneca em direção às Pedras Altas.

Pata de Folha piscou sob a luz prateada da Pedra da Lua, deixando-se acalmar até que se sentisse como um peixe afundando em águas profundas. Na caverna, muito abaixo das Pedras Altas, era fácil acreditar que o Clã das Estrelas governava tudo, e os problemas do mundo acima estavam muito distantes para que se importassem com eles. Mas os curandeiros vieram sozinhos à Pedra da Lua para que pudessem receber a sabedoria do Clã das Estrelas e ajudar seus clãs. Nesses dias sombrios, eles precisavam dessa sabedoria mais do que nunca.

Os outros curandeiros estavam com ela ao redor da pedra. Asa de Mariposa estava a seu lado; os olhos da gata do

Clã do Rio se arregalaram de admiração ao contemplar a cintilante superfície cristalina. Tentando concentrar seus pensamentos, Pata de Folha afastou as perguntas que a atormentavam sobre Asa de Mariposa e seu irmão agressivo, Geada de Falcão. Asa de Mariposa tinha o direito de estar aqui; o próprio Clã das Estrelas a havia aprovado com uma asa de mariposa deixada na entrada da toca de Pelo de Lama antes de ser finalmente aceita como aprendiz de curandeira.

Com um rápido pedido de orientação ao Clã das Estrelas, Pata de Folha fechou os olhos e pressionou o nariz contra a pedra. O frio instantaneamente a agarrou como uma garra, a dura superfície do chão da caverna desapareceu debaixo dela, e ela sentiu como se estivesse flutuando na escuridão.

Pata de Esquilo! Pata de Esquilo, você pode me ouvir?, chamou silenciosamente. Estava desesperada para ter certeza de que a irmã ainda estava viva e segura, e mais que isso: se os gatos escolhidos tivessem descoberto a resposta para o problema que se abateu sobre a floresta, então procurar Pata de Esquilo poderia lhe dar alguma esperança para partilhar com os outros.

Mas essa noite algo parecia estar bloqueando seus pensamentos. O som de água corrente, alto como um trovão, quebrava o silêncio, e então a escuridão mudou e mostrou a ela uma cachoeira, caindo sem parar em uma poça abaixo. Antes que Pata de Folha pudesse entender direito o que estava vendo, nuvens rodopiaram sobre ela. Delas saiu um rosnado terrível, e ela teve um vislumbre de presas afiadas. Sentiu a presença de ancestrais guerreiros e buscou a presença reconfortante do Clã das Estrelas. Mas teve apenas uma rápida visão de gatos esguios rondando, seu pelo manchado de lama e sangue. Os olhos brilhavam de desespero, como se contemplassem alguma visão terrível que se ocultava de Pata de Folha. Pensou ter gritado para eles, mas não responderam, e ela nem tinha certeza de que sabiam o que estava acontecendo.

Um vento uivava a seu redor, varrendo todas as visões, e Pata de Folha acordou sobressaltada. Piscou confusa, olhando em torno da caverna, que estava escura agora, exceto pelo brilho suave do Tule de Prata. Na penumbra, mal conseguia distinguir um gato agachado a seu lado, uma linda carapaça atartarugada com o peito e as patas brancos. Um doce aroma de ervas impregnava seu pelo.

Por um tique-taque de coração, Pata de Folha confundiu a gata com Cauda de Castanha, até se lembrar de que a amiga estava de volta ao acampamento do Clã do Trovão. E onde estavam Asa de Mariposa e os curandeiros? Pata de Folha percebeu que, exceto por ela e pela estranha pelagem atartarugada, a caverna estava vazia.

A gata atartarugada abriu os olhos e piscou para Pata de Folha.

– Saudações – miou baixinho. – Não fique ansiosa por sua irmã ou seu clã. Chegou um momento de grande dificuldade, mas os clãs são fortes e têm coragem de enfrentá-lo.

Pata de Folha congelou. Tinha acordado em outro sonho. Seus olhos arregalaram-se ao perceber quem era aquela ao seu lado. Tinha ouvido muitas histórias da curandeira que fizera amizade com seu pai quando ele estivera pela primeira vez no Clã do Trovão e o guiara em sonhos em seu caminho para se tornar líder.

– Você é Folha Manchada? – ela miou.

A gata atartarugada curvou a cabeça.

– Sou. Vejo que Estrela de Fogo lhe contou sobre mim.

– Sim. – Pata de Folha olhou-a, curiosa. – Ele me contou quanto você o ajudou.

– Eu o amava tanto quanto aos outros gatos – ronronou Folha Manchada. – Talvez até mais que deveria, como curandeira. Se o Clã das Estrelas não tivesse me escolhido para trilhar o caminho dos ancestrais, as coisas poderiam ter sido diferentes. – Seus olhos se estreitaram de afeto. – Nunca tive filhotes meus, Pata de Folha, mas não tenho palavras para dizer quanto fico feliz de saber que a filha de Estrela de Fogo está seguindo o caminho dos curandeiros. Sei que o Clã das Estrelas lhe reserva grandes coisas.

Pata de Folha engoliu em seco.

– Posso perguntar uma coisa? – ela miou, hesitante.

– Claro.

– Você consegue ver Pata de Esquilo? Sabe se ela está bem?

Depois de uma longa pausa, Folha Manchada, por fim, respondeu:

– Não consigo vê-la, mas sei onde ela está. Está segura e a caminho de casa.

– Por que você não pode vê-la, se sabe onde ela está? – desafiou Pata de Folha.

O olhar de Folha Manchada brilhou com gentileza e compaixão.

– Pata de Esquilo está agora nas garras de diferentes ancestrais guerreiros.

– Como assim? – Pata de Folha lembrou-se dos temíveis gatos manchados de sangue que sentira ao tentar fazer contato com Pata de Esquilo. Em seu sonho, seus olhos se arregalaram, e ela saltou sobre as patas. – De quem são esses ancestrais guerreiros? Não pode haver mais que um Clã das Estrelas!

Folha Manchada riu baixinho.

– O mundo é vasto, minha jovem. Existem outros gatos que são guiados por outros espíritos. Sempre há mais para aprender.

A cabeça de Pata de Folha girou. Ela gaguejou:

– Pensei...

– O Clã das Estrelas não controla o vento nem a chuva, não é? – Folha Manchada completou gentilmente. – Eles não mandam o sol nascer ou a lua crescer e minguar. Não tenha medo, pequenina – ela continuou. – De agora em diante, aonde quer que você vá, eu irei com você.

Sua voz começou a enfraquecer, seu pelo empalideceu, e sua forma pareceu se fundir na escuridão. Por mais um tique-taque de coração Pata de Folha pôde ver sua fronte branca cintilante como uma estrela e seus olhos brilhantes. Então, ela estava piscando acordada, voltando de seu sonho na caverna onde Asa de Mariposa e os curandeiros se movimentavam a seu redor.

É verdade?, ela se perguntou, atordoada demais para falar em voz alta. *Será que Pata de Esquilo e os outros estão mesmo nas garras de outro clã? E será que existem outros poderes além do Clã das Estrelas – isso significaria que o Clã das Estrelas não conseguirá salvar a floresta, afinal?*

Enquanto ela cambaleava, ainda podia sentir um leve vestígio do doce aroma de Folha Manchada.

CAPÍTULO 14

Cauda de Pluma olhou impotente para a entrada do túnel enquanto os guardas da caverna a empurravam de volta para a caverna principal. Sentiu garras invisíveis rasgando seu coração a cada passo que dava para longe do irmão.

O que Falante das Rochas queria dizer, afirmando que Pelo de Tempestade era o gato prometido para salvar a tribo de Dente Afiado? Verdade, o irmão era um guerreiro forte e corajoso, mais hábil em lutar que qualquer um nesta jornada. Mas, se Dente Afiado era tão grande e terrível quanto diziam, o que até mesmo o guerreiro mais corajoso poderia fazer?

– Por favor – ela miou para um dos guardas da caverna, um enorme gato malhado cor de lama cujo nome era Cascalho sob o Céu de Inverno –, vocês *não* podem manter Pelo de Tempestade aqui. Ele pertence a nós.

Havia simpatia nos olhos do gato da tribo, mas ainda assim ele balançou a cabeça.

– Não. Ele é o gato enviado aqui pela Tribo da Caça Sem Fim. Eles nos disseram que um gato prateado viria.

– Mas...

– Não tente discutir com eles – Pata de Corvo resmungou no ouvido de Cauda de Pluma. – Não adianta. Se tivermos de lutar para tirar Pelo de Tempestade, é o que faremos.

Cauda de Pluma reparou no pelo eriçado do gato do Clã do Vento e viu em seus olhos a coragem feroz.

– Impossível – miou tristemente. – São muitos.

– Não vejo por que a tribo está tão preocupada com Dente Afiado. – A voz de Pata de Corvo era de desdém. – Não vimos nem um fiapo dele desde que chegamos, então qual é o problema?

– Agradeça por não tê-lo visto – miou Cascalho.

Pata de Corvo mostrou-lhe os dentes, mas dessa vez não saltou sobre o guarda, apenas se virou e tocou com o nariz o focinho de Cauda de Pluma. Por ela teria lutado contra todo o Clã das Estrelas, e Cauda de Pluma sabia disso, mas ele precisava entender que, dessa vez, lutar não adiantaria.

Os guardas da caverna conduziram os gatos do clã pela caverna até seus nichos de dormir.

– O que está acontecendo? – Garra de Amora Doce miou, surpreso. – Vocês não estão nos expulsando?

– No meio da noite? – O guarda cor de lama parecia indignado. – Não somos cruéis. Está frio lá fora, e é perigoso. Vocês podem comer e descansar aqui e sair pela manhã.

– Com Pelo de Tempestade? – Pelo de Açafrão desafiou.

Cascalho balançou a cabeça.

– Não. Desculpe.

Os guardas da caverna os deixaram, exceto Cascalho e outro, que permaneceram de guarda a algumas caudas de distância. Um par de aspirantes levou presa fresca até eles.

– Não é ótimo? – o primeiro deles miou empolgado, largando a presa que carregava. – Tchau, Dente Afiado!

– Cale a boca, cérebro de besouro – o amigo rosnou, dando-lhe uma forte cutucada na lateral do corpo. – Você sabe que Penhasco nos disse para não falar com eles.

Eles recuaram rapidamente, olhando ao redor para se certificar de que ninguém os tinha visto desobedecendo ordens.

– Não vou comer isso! – Pata de Corvo cuspiu, olhando para a pequena pilha de carne fresca. – Não quero nada da tribo.

– Grande Clã das Estrelas! – Pelo de Açafrão soltou um ruidoso suspiro. – No que isso vai ajudar, sua estúpida bola de pelo? Você precisa agora do dobro de sua força para salvar a floresta e salvar Pelo de Tempestade.

Pata de Corvo murmurou algo inaudível, mas não fez outro protesto enquanto tirava um falcão da pilha.

– Bem... – perguntou Pata de Esquilo quando dividiram o resto da presa fresca, agachados para comer – não vamos aguentar isso, vamos? O que vamos fazer?

– Não há muito a fazer – observou Garra de Amora Doce. – Não somos suficientes para lutar contra os guardas da caverna.

– Você não vai deixá-lo! – Os olhos verdes de Pata de Esquilo se arregalaram, descrentes.

Garra de Amora Doce fez uma pausa; Cauda de Pluma via indecisão em sua expressão agoniada. Ela começou a tremer. Desde que haviam deixado a floresta, ela passara a respeitar as habilidades do jovem guerreiro como o líder não eleito de seu grupo; se não sabia o que fazer, que esperança havia para Pelo de Tempestade?

– Nunca devíamos ter entrado nessas montanhas – rosnou Pelo de Açafrão. – É cem vezes pior que o Lugar dos Duas-Pernas. Meia-Noite mencionou gatos em uma tribo, então ela devia saber sobre Dente Afiado. Por que ela nos enviou?

– Deve ter sido um truque o tempo todo – Pata de Corvo sibilou. – Sabia que nunca devíamos ter confiado em uma texugo.

– Mas por que ela nos enganaria? – Garra de Amora Doce observou. – O Clã das Estrelas nos mandou até ela, e ela nos avisou dos Duas-Pernas destruindo a floresta. Se não podemos confiar nela, nada faz sentido.

Cauda de Pluma queria concordar, mas de repente se lembrou de algo que Bacana dissera, quando discutiam o caminho a seguir à beira do bosque.

– Bacana tinha tentado nos dizer para não passarmos pelas montanhas – ela miou alto. – E Meia-Noite não o deixava falar. Você tem razão. Ambos *sabiam.*

Ela olhou em volta e viu pânico no rosto dos amigos.

– Meia-Noite disse que precisaríamos de coragem – Garra de Amora Doce lembrou-lhe, depois de uma pausa pesada. – Disse que nosso caminho havia sido traçado. Então, mesmo se soubesse a respeito da tribo e de Dente Afiado, deve haver uma maneira de superarmos isso. O que me faz pensar que ainda devemos estar seguindo o caminho certo.

– É o que *você* diz – Pata de Corvo zombou. – Acho que não importa a um guerreiro do Clã do Trovão que um gato do Clã do Rio fique para trás.

– E o que isso importa para o Clã do Vento? – Pata de Esquilo disparou em defesa de seu companheiro de clã. – Achei que você ficaria feliz se o irmão de Cauda de Pluma não estivesse aqui para ficar de olho em você.

Pata de Corvo saltou sobre as patas, sibilando um desafio. Os olhos verdes de Pata de Esquilo brilharam. Horrorizada, Cauda de Pluma se obrigou a levantar e afastar Pata de Corvo com os ombros.

– Parem com isso! – ela gritou. – Não veem que está piorando?

– Cauda de Pluma tem razão – miou Pelo de Açafrão. – Aqui não importa de que clã viemos. De qualquer forma, quatro de nós são meios-clãs. Já pensaram que o Clã das Estrelas pode ter nos escolhido *por causa* disso? Se brigarmos entre nós, perderemos tudo.

O olhar de Pata de Esquilo fixou-se mais um pouco em Pata de Corvo antes de ela recuar e começar a arrancar bocados de um coelho. Pata de Corvo fitou Cauda de Pluma, depois abaixou a cabeça e murmurou:

– Desculpe.

– Então, talvez possamos discutir o que fazer sem arrancar o pelo um do outro? – Pelo de Açafrão miou, mordaz.

Como ninguém respondeu, ela continuou: – Não se esqueçam de que o Clã das Estrelas não escolheu Pelo de Tempestade em primeiro lugar. Ele só está aqui porque não deixou Cauda de Pluma vir sozinha nesta missão. – Ela fez uma pausa; seus olhos pareceram preocupados quando ela acrescentou: – E se... se os gatos da tribo estiverem certos, e ele *for* o gato prometido que vai salvá-los de Dente Afiado?

– Que ideia de cérebro de rato! – Pata de Corvo exclamou.

Cauda de Pluma não tinha tanta certeza. Pelo de Açafrão colocara em palavras o medo que ela também sentia desde que Falante das Rochas lhes contara pela primeira vez sobre a profecia. Claro, a pelagem de Pelo de Tempestade não era o que ela chamaria de prata, era mais escura, mais parecida com a de Listra Cinzenta, mas ele havia entrado no mundo dos gatos da tribo exatamente como seus ancestrais guerreiros haviam prometido.

– Isso significa... – sua voz tremeu, e ela teve de recomeçar. – Isso significa que vamos deixá-lo aqui?

– Não, nada disso. – Garra de Amora Doce parecia determinado. – Esses não são nossos ancestrais guerreiros. O Clã das Estrelas não tem nada a ver com essa tribo. Mas não podemos tirá-lo daqui lutando; teremos de fazer isso de outra maneira. De manhã, quando nos mandarem embora, iremos sem problemas. Então, voltaremos sorrateiramente e resgataremos Pelo de Tempestade.

Os gatos ficaram em silêncio por um momento, olhando uns para os outros como se estivessem avaliando a ideia. Cauda de Pluma começou a sentir os primeiros sinais de esperança. Depois, ela notou que os guardas das cavernas os observavam com desconfiança; será que ouviram? Ela sacudiu as orelhas, e os gatos do clã, seguindo seu olhar, juntaram-se mais.

Pata de Corvo falava baixinho:

– Isso é fácil de dizer. – Ele parecia em dúvida, mas não estava mais zombando. – Ainda teríamos de entrar naquela caverna interna, e todo o lugar está cheio de guardas da caverna.

– Podemos esperar até escurecer – sugeriu Pelo de Açafrão.

– E o barulho da cachoeira vai esconder nossos passos – Pata de Esquilo acrescentou, otimista.

Pata de Corvo ainda parecia indeciso:

– Não tenho certeza. Você não notou que os gatos da tribo estão tão acostumados com isso que podem ouvir um filhote guinchar do outro lado da caverna?

Cauda de Pluma sabia que ele tinha razão. Olhou em volta, imaginando se a escuridão ou o barulho da torrente os ajudaria. A luz da lua ondulava na caverna através do lençol de água trovejante, mas as sombras caíam densamente ao redor das paredes. Talvez fosse possível. Por mais difícil que parecesse, precisavam tentar. Pelo de Tempestade era seu *irmão*.

– Estou disposta a tentar – ela anunciou. – Você pode me deixar para trás, se quiser.

– Bem, eu pelo menos... – Pata de Corvo começou.

– Não tente me impedir – interrompeu Cauda de Pluma. – Sei que temos de levar a mensagem do Clã das Estrelas aos clãs antes que sejam destruídos com a floresta, mas eles não precisam de todos nós. Eu posso ficar aqui.

– Quem disse que eu ia tentar impedir? – Pata de Corvo perguntou, indignado, com os pelos do pescoço eriçados. – Eu ia dizer que ajudo, mas se você não quer...

– Não seja cérebro de rato – Cauda de Pluma falou, dando-lhe uma rápida lambida na orelha. – Desculpe, entendi mal. Claro que quero você comigo.

– Não acho que devamos nos separar. – Os olhos de Garra de Amora Doce estreitaram-se, pensativos. – Somos todos nós ou nenhum. Viemos juntos nesta jornada e vamos terminá-la juntos, e isso significa Pelo de Tempestade também. – Mais rapidamente, ele acrescentou: – Vamos terminar de comer e dormir um pouco. Vamos precisar de todas as nossas forças.

Cauda de Pluma tentou obedecer, forçando-se a engolir o jovem falcão que a aspirante lhe deixara, embora se sentisse mal por causa da apreensão. Tentou focar os pensamentos em quão leais eram os seus amigos dos outros clãs. Era difícil imaginar que seriam capazes de se separar em seus diferentes clãs quando retornassem à floresta. Como ela voltaria para sua vida normal sem eles?

Enroscou-se em seu nicho de dormir, cansada o suficiente para pegar no sono, então se sentou novamente. *O que foi isso?* Virou a cabeça para o lado e escutou. Ouvia vozes sussurrando, mas não havia ninguém por perto, exceto os gatos do clã, e todos estavam dormindo. Contraindo as orelhas, Cauda de Pluma congelou. As vozes vinham da *ca-*

choeira, quase inaudíveis por causa da água corrente e sibilante. Ela se esforçou para entender o que diziam.

O gato prateado chegou, pareciam sussurrar. *Dente Afiado será destruído.*

Não, Cauda de Pluma argumentou, silenciosa e instintivamente. Ela não parou para descobrir com quem estava falando. *Vocês estão errados. Pelo de Tempestade não é de vocês. Ele deve ir conosco.*

Esperou uma resposta, mas as vozes desapareceram no barulho da água, e Cauda de Pluma começou a se perguntar se realmente as ouvira. Muito tempo se passou, o luar rastejou pelo chão da caverna e desapareceu antes que a exaustão a dominasse e ela finalmente caísse em um sono agitado.

Cauda de Pluma foi acordada por um sacolejo bruto e deu de cara com o rosto sério de Penhasco sacudindo-a rudemente pelo ombro...

– É hora de ir – ele anunciou.

Outros guardas estavam despertando seus amigos. Cambaleando e sonolenta, ela saiu do nicho de dormir e viu Falante das Rochas parado na entrada do túnel que levava à Caverna de Pedras Pontiagudas. Mais dois guardas das cavernas estavam alertas a seu lado, e Cauda de Pluma pensou que devia haver outros mais no próprio túnel; os gatos da tribo estavam garantindo que Pelo de Tempestade estivesse a salvo de qualquer tipo de tentativa de resgate.

– Vamos levar vocês até a fronteira do nosso território e mostrar o melhor caminho pelo resto das montanhas – Penhasco miou.

– E Pelo de Tempestade? – Garra de Amora Doce perguntou, sacudindo uma pena presa em sua pelagem. – Não podemos ir sem ele.

A última tentativa do guerreiro do Clã do Trovão para libertar o amigo pacificamente estava fadada ao fracasso. Penhasco balançou a cabeça antes de terminar de falar:

– Vocês não podem levá-lo com vocês. Seu destino é ficar aqui e salvar nossa tribo de Dente Afiado. Cuidaremos dele e o honraremos.

– E fica por isso mesmo? – murmurou Pata de Corvo, com nojo.

Os guardas da caverna se reuniram em torno dos gatos do clã e os forçaram para a saída. Cauda de Pluma reparou que Pata de Corvo ainda mancava da pancada que levara do guarda na noite anterior.

– Você está bem para viajar? – ela murmurou em seu ouvido.

– Não tenho muita escolha, não é? – ele miou desagradavelmente, mas em seguida virou-se e encostou seu focinho no da amiga. – Não se preocupe, vou ficar bem.

Pouco antes de chegarem à cachoeira, Cauda de Pluma ouviu seu nome. Virou-se e viu Riacho saltando em sua direção.

– Eu... queria me despedir – ela miou ao se aproximar. – Lamento que tenha acabado assim. Mas, sem seu irmão, Dente Afiado destruirá toda a tribo.

Cauda de Pluma fitou os olhos da jovem caçadora de presas. Sabia que Riacho acreditava no que estava dizendo, mas não conseguia esquecer como Pelo de Tempestade havia pensado que aquela gata era sua amiga. Pelo de Tempestade não fazia amigos facilmente – um legado de ser meio-clã, sempre sentindo como se tivesse de provar algo mais que outros guerreiros, como se nunca lutasse ou pegasse presas o suficiente. Cauda de Pluma tinha visto essa gata conquistar a confiança do irmão, mas agora ela o traíra e provavelmente o veria morrer em uma batalha com Dente Afiado pelo bem de sua tribo.

– Vamos. – Pata de Corvo roçou a cauda na lateral do corpo de Cauda de Pluma, já úmido das gotículas da cascata. Cauda de Pluma afastou-se de Riacho sem dizer mais nada. Enquanto seguia pelo caminho estreito, ela se esforçou para ouvir as vozes na água trovejante, mas hoje escutava apenas o martelar incessante da espuma.

Sejam vocês quem forem, ela jurou silenciosamente, *voltaremos para buscar meu irmão. Ele é nosso, e seu destino está longe daqui.*

Os gatos da floresta viajaram pelas montanhas até quase o sol alto. Os guardas da caverna os acompanhavam de ambos os lados, com o olhar fixo no caminho à frente. Não paravam nem para caçar, e o silêncio tenso fazia arrepiar todos os pelos de Cauda de Pluma.

Ela tentou estudar cada rocha, cada árvore, cada curva no caminho, esperando que eles conseguissem seguir a própria trilha de cheiro e assim voltar à caverna. As encostas rochosas eram mais familiares para ela agora, mas todos os caminhos ainda pareciam iguais. Em contraste, os guardas das cavernas pareciam saber exatamente aonde estavam indo, às vezes voltando para evitar pedregulhos ou penhascos.

Em certo momento, Penhasco os conduziu por uma encosta de cascalho movediço até um riacho na montanha.

– Bebam – ele ordenou, sacudindo a cauda na água que caía.

Os olhos de Pata de Corvo estreitaram-se ao contemplar as pedras escorregadias à beira da água, e Pelo de Açafrão trocou um olhar desconfiado com o irmão.

– Não vamos empurrar vocês aí dentro – Penhasco miou, irritado. – Nas montanhas vocês devem beber sempre que tiverem oportunidade.

Ainda cautelosos, os felinos da floresta se agacharam e lamberam a água gelada.

O ar estava claro e frio, com o sol brilhando em um céu azul pálido. O vento eriçava seus pelos, mas não havia sinal de chuva para lavar a trilha de cheiro. Para alívio de Cauda de Pluma, Pata de Corvo não parecia muito incomodado pelo fato de estar mancando, o que se tornava cada vez menos perceptível à medida que o jovem exercitava a perna ferida. Pelo de Açafrão também estava se saindo bem; embora Cauda de Pluma a tivesse visto estremecer uma ou duas vezes ao enfrentar um salto difícil, ela não se queixou.

Depois de uma corrida sobre rochas íngremes, Penhasco os fez parar.

– Este é o limite de nosso território – ele anunciou, embora não houvesse marcadores de cheiro para indicar uma fronteira. – Vocês devem seguir sozinhos a partir daqui.

Cauda de Pluma sentiu-se aliviada. Mal podia esperar para se livrar dos guardas das cavernas e de seus olhares severos e silenciosos.

– Dirijam-se àquela montanha – continuou Penhasco, apontando com a cauda para um pico pontiagudo, cujas encostas superiores brilhavam com o branco da neve. – Um caminho serpenteia em torno dela para as terras mais verdes que ficam além. Vocês estarão a salvo de Dente Afiado quando a noite cair.

Cauda de Pluma achou que ele insistia demais em *Dente Afiado*, como se quisesse preveni-los de outros perigos à espreita entre as rochas. Suas suspeitas aumentaram quando ela viu um dos outros guardas dar a ele um olhar de aviso.

– Continuem – o gato da tribo miou, asperamente, sem dar a ela chance de fazer perguntas – enquanto ainda há muita luz do dia.

Ele baixou a cabeça para Garra de Amora Doce e miou:

– Adeus. Gostaria que tivéssemos nos conhecido em uma época mais feliz. Nossas tribos têm muito a ensinar uma à outra.

– Não há nada que eu queira aprender com *você* – resmungou Pata de Esquilo, e pela primeira vez Pata de Corvo pareceu concordar com ela.

– Eu também gostaria que as circunstâncias fossem outras. – Garra de Amora Doce lançou um olhar gélido para os companheiros para silenciá-los. – Mas não pode haver amizade entre nós enquanto vocês mantiverem nosso amigo prisioneiro.

Penhasco abaixou a cabeça mais uma vez; parecia genuinamente arrependido.

– Esse é o nosso destino e o dele, como prometeram nossos ancestrais guerreiros, assim como os seus fizeram uma promessa a vocês.

Chamou o restante de sua patrulha ao seu redor com um movimento de cauda, e todos os guardas da caverna esperaram enquanto Garra de Amora Doce conduzia os gatos do clã por uma encosta gramada. Logo a grama deu lugar a pedras soltas, subindo até uma crista de rocha pontiaguda.

Garra de Amora Doce parou no topo. Cauda de Pluma olhou para trás e viu que Penhasco e os outros guardas da caverna ainda os observavam com olhares fixos.

– Estão se assegurando de que estamos saindo – Pelo de Açafrão rosnou. – O que quer dizer que provavelmente vão estar atentos caso voltemos.

Pata de Corvo encolheu os ombros e miou:

– Azar o deles. – Flexionou suas garras contra a rocha nua. – Se encontrarmos uma patrulha aqui, vai virar comida de corvo.

Garra de Amora Doce lançou-lhe um olhar de adverência.

– Faremos isso *sem* lutar, se pudermos – ele miou. – Lembre-se de que não podemos lidar com ferimentos tão longe de casa. Enquanto isso, vamos continuar e deixá-los pensar que desistimos.

O jovem guerreiro foi liderando o caminho entre as rochas. Do outro lado, a terra descia abruptamente para um vale gramado. Uma nascente de água borbulhava de uma fenda e caía em uma pequena poça. Dois ou três arbustos haviam crescido a seu lado. O vento trazia a Cauda de Pluma o cheiro dos coelhos.

– Não podemos parar por aqui? – Pata de Esquilo implorou. – Lembra o que eles falaram sobre beber sempre que pudermos? Poderíamos caçar e descansar até a hora de voltar.

Garra de Amora Doce hesitou.

– OK. Mas é melhor ficarmos atentos, caso os guardas das cavernas venham verificar.

– Fico no primeiro turno – Pelo de Açafrão ofereceu. – Meu ombro está bom. Chamo você se houver algum problema.

Muito cautelosamente, pisando leve como se perseguisse um rato, ela deslizou para trás entre as rochas e desapareceu. Pata de Esquilo já saltava para a reentrância, gritando:

– Vamos! Estou morrendo de fome!

– Ela vai afugentar todas as presas daqui até as Pedras Altas – resmungou Pata de Corvo quando Garra de Amora Doce partiu atrás da aprendiz.

Cauda de Pluma viu Garra de Amora Doce alcançar a gata mais nova, e os dois seguirem juntos, lado a lado. Tinham ficado muito próximos durante a jornada, mesmo que ainda não tivessem percebido.

– Não se preocupe com Pata de Esquilo – ela disse a Pata de Corvo. – Vamos ver se tem algum peixe naquela poça. Posso lhe dar uma aula, caso queira pegar algum peixe quando chegarmos em casa. – Ela se interrompeu e olhou desajeitadamente para o chão. – Será útil, aconteça o que acontecer.

Pata de Corvo alegrou-se.

– Está bem. – Fez uma pausa como se quisesse dizer mais alguma coisa, mas, sem palavras, desceu a encosta atrás dos dois gatos do Clã do Trovão. Cauda de Pluma o seguia, com a mente a fervilhar de sentimentos por Pata de Corvo e de temores pelo irmão. Ela se aproximou da poça e olhou para baixo, em suas profundezas azuis. Ela e Pata de Corvo tiveram muito tempo para pensar no que fariam quando regressassem à floresta. Tentou afastar a pequena e persistente voz que dizia que gatos de diferentes clãs não podiam ficar juntos sem causar um monte de problemas. Impaciente, ela balançou a cabeça; agora, a única coisa em que deveriam pensar era como encontrar uma presa para lhes dar força para o resgate de Pelo de Tempestade.

Um clarão prateado chamou sua atenção, e sua pata se lançou, com as garras estendidas, para fisgar um peixe.

– Venha para cá – ela disse a Pata de Corvo –, assim a sua sombra não vai cair na água. E, quando vir um peixe, seja rápido!

Pata de Corvo, com uma careta, aproximou-se da borda lamacenta da poça. Colocou-se a seu lado, sem fitar a água, mas olhando fixo para ela.

– Sei que não deveria perguntar, mas... você ainda vai me ver quando voltarmos para casa? – Mirou as patas e acrescentou: – Quero ser leal ao meu clã, mas nunca houve outra como você, Cauda de Pluma.

A pelagem da gata vibrou de felicidade e emoção. Tocou o focinho dele com o seu, sentindo a incerteza que fazia ser difícil ele acreditar que, apaixonada, a jovem cruzaria os limites do clã. – Sei como você se sente. Teremos de esperar para ver. Pode não ser tão ruim. Com tudo que está acontecendo na floresta, os clãs *terão* de se unir.

Para sua surpresa, Pata de Corvo abanou a cabeça.

– Não vejo como. *Sempre* houve quatro clãs.

– Bem, talvez o *sempre* mude agora – ela miou, baixinho. – E aí, aquele peixe?

Pata de Corvo roçou-lhe o ombro com a cauda e agachou-se perto da água. Alguns tique-taques de coração passados, ele deu uma patada na água. Um peixe saltou em curva e caiu se contorcendo no chão; o aprendiz o abocanhou antes que deslizasse de volta para a poça.

Cauda de Pluma deu um pulo e fez-lhe um chamego com o nariz.

– Bom trabalho! Ainda vamos fazer de você um gato do Clã do Rio. – Ela se interrompeu, confusa, e Pata de Corvo piscou, compreensivo.

Os olhos dele brilhavam, e Cauda de Pluma desejava que seus companheiros pudessem ver esse lado de Pata de Corvo, ansioso e entusiasmado, em vez da cara defensiva e difícil que ele havia escolhido para lhes mostrar.

Ela se distraiu com um movimento no alto das pedras, ergueu a cabeça e viu Pelo de Açafrão agachada na pedra lisa.

– Os guardas das cavernas se foram – a guerreira do Clã das Sombras lhes disse. – Mas vou ficar de guarda.

Não muito tempo depois, Garra de Amora Doce e Pata de Esquilo voltaram da caçada com dois coelhos e alguns ratos; junto aos peixes de Cauda de Pluma e Pata de Corvo, já tinham presa fresca suficiente para todos.

Eles se revezaram vigiando, mas não havia sinal de gatos da tribo. O resto do dia passaram abrigados nos arbustos. Cauda de Pluma sentia-se mais em casa ali, ao ar livre e silencioso, do que na gruta abafada e ruidosa.

Nuvens se juntavam no céu, cinzentas e sinistras, cobrindo o sol. O vento havia diminuído; o ar se tornara pesado e úmido, como se uma tempestade se aproximasse.

Por fim, a luz do dia se apagou, e as sombras começaram a se espessar no vale.

Garra de Amora Doce pôs-se de pé e miou:

– Está na hora.

Deu alguns passos para trás na encosta. Enquanto os outros o seguiam, Cauda de Pluma percebeu de repente que eles podiam ser vistos com facilidade contra as rochas, especialmente o pelo ruivo escuro de Pata de Esquilo e o seu próprio, cinza-claro.

– Isso não vai funcionar. Eles vão nos ver chegando – ela miou, ansiosa.

– Espere. – Pata de Esquilo estreitou os olhos. – Por que não rolamos na lama? Assim pareceríamos gatos da tribo, principalmente no escuro. Ajudaria a esconder nosso cheiro também.

Pelo de Açafrão lançou-lhe um olhar cheio de respeito.

– Essa deve ser a melhor ideia que já ouvi em uma lua.

Os olhos verdes de Pata de Esquilo brilharam, e ela voltou correndo para a poça e começou a fuçar na beirada.

– Tem muita lama aqui! – ela gritou, começando a rolar num pedaço pegajoso para estucar o pelo.

Os bigodes de Pata de Corvo se contraíram de nojo quando ele e os outros a seguiram.

– Exatamente o tipo de ideia que *ela* teria. No entanto, foi bastante inteligente – ele admitiu a contragosto.

Cauda de Pluma estremeceu ao caminhar até a beira da poça e sentir a lama escorrer em torno das patas. O frio infiltrou-se em seu pelo enquanto ela se deitava no vale lamacento, pensando que pelo menos sua pelagem grossa do Clã do Rio era adequada para se molhar. Pata de Corvo ficaria muito mais incomodado por causa da pelagem rala e esvoaçante, embora dessa vez não tivesse se queixado. Ela piscou para ele com carinho, lembrando-se do que havia dito antes sobre querer vê-la quando voltassem para casa. Agora, ela não queria perdê-lo de vista.

Com o pelo melado e espetado por causa da lama, os gatos do clã subiram de volta ao cume e desceram a encosta do outro lado, cruzando, de novo e com cautela, o território da tribo. Cauda de Pluma aguçou as orelhas, atenta ao barulho de outros gatos, e todos paravam a cada poucos passos para farejar o ar. Mesmo com o disfarce de Pata de Esquilo, havia um risco enorme de serem vistos, e nenhum gato tinha certeza de até onde os gatos da tribo iriam para manter Pelo de Tempestade lá. Cauda de Pluma sabia como estavam desesperados para que a profecia dos seus antepassados se concretizasse. Ela e seus amigos talvez estivessem indo ao encontro da própria morte.

O nariz de Garra de Amora Doce quase tocava o caminho ao farejar as trilhas de cheiro daquela manhã. Cauda de Pluma se esforçou para lembrar os marcos pelos quais haviam passado, mas tudo parecia diferente na escuridão crescente. Desciam um caminho íngreme entre rochas quebradas quando Pata de Corvo parou de repente, focinho levantado e mandíbulas entreabertas. Então, saltou sobre Cauda de Pluma e a empurrou para trás de uma pedra, sinalizando descontroladamente com a cauda para os outros gatos se esconderem também.

Um tique-taque de coração depois, Cauda de Pluma sentiu o mesmo cheiro: gatos da tribo! Espiando com cuidado, viu uma patrulha de ágeis caçadores de presas correndo ao longo do caminho na mesma direção, as mandíbulas cheias de presas, rodeados por uma escolta de guardas das cavernas. Ela ficou tensa, esperando que eles captassem o cheiro dos intrusos e se virassem para atacar, mas eles passaram por seu esconderijo sem parar e desapareceram na escuridão. A lama de Pata de Esquilo deve ter mascarado o cheiro, como esperavam.

– Já salvei você duas vezes – Pata de Corvo brincou, afastando-se para deixar Cauda de Pluma se endireitar.

Trocaram toques de nariz com um ronronar divertido.

– Eu sei. Pode deixar, não vou esquecer.

Garra de Amora Doce surgiu por entre as rochas do outro lado do caminho, fazendo sinal aos outros para seguirem em frente. Desta vez, Pelo de Açafrão fechava a retaguarda, vigiando para o caso de mais caçadores de presas estarem voltando para casa. Quando chegaram ao rio, a lua nascia sobre os picos mais altos, com um brilho branco difuso por trás da cobertura das nuvens. Ainda atentos ao som de outros gatos da tribo, eles seguiram a correnteza da água até ouvirem o rugido da cachoeira ao longe.

– Silêncio, agora – sussurrou Garra de Amora Doce. – Estamos perto.

Seguiram em silêncio até o topo da cachoeira. Cauda de Pluma agachou-se à beira do rio, observando a água escura deslizar sobre a beirada da rocha. Então, um relâmpago cortou o céu acima e, além do trovão de água, ela ouviu um estrondo no céu.

– Está vindo uma tempestade – Pata de Corvo sussurrou-lhe ao ouvido.

Cauda de Pluma sacudiu uma grossa gota de chuva que lhe caiu na cabeça. O barulho e a confusão de uma tempestade poderiam ajudá-los, mas ela se perguntou se isso levaria mais gatos que o normal para dentro da caverna. Pelo de Tempestade já estava fortemente guardado – eles não podiam esperar enfrentar toda a tribo.

– *Vamos* – Pata de Esquilo resmungou, impaciente.

Um relâmpago brilhou, e outro trovão rasgou o céu enquanto os gatos olhavam para baixo. Cauda de Pluma mal conseguia distinguir o branco espumante da água que caía na poça. Foi quando pensou ter visto um movimento na escuridão no final do caminho.

– O que é isso? – Pata de Corvo também tinha visto.

Como resposta, outro relâmpago estalou no céu. Cauda de Pluma ouviu Pelo de Açafrão se engasgar, horrorizada. Por um único tique-taque de coração, que pareceu durar para sempre, o clarão branco iluminou a forma de um enorme gato castanho-amarelado que se esgueirava pelo caminho; parou quando o trovão golpeou o céu, depois prosseguiu até desaparecer atrás da cachoeira.

Dente Afiado!

CAPÍTULO 15

Um grito terrível irrompeu na caverna, cortando o som da chuva que tamborilava ao redor deles e até mesmo o barulho da cachoeira. Cauda de Pluma pulou nas patas; cada fio de seu pelo lhe dizia para fugir para o mais longe possível da caverna. Apenas o pensamento do perigo que Pelo de Tempestade corria a fez permanecer onde estava.

– Vamos! – disse Garra de Amora Doce, com a voz tensa. Os outros gatos o encaravam, incrédulos.

– Lá embaixo? – perguntou Pata de Corvo. – Você tem cérebro de camundongo?

– Pense! – Garra de Amora Doce já ia saltar para a entrada da gruta, quando fez uma pausa e se virou para encarar o aprendiz. – Com Dente Afiado na caverna, ninguém vai nos notar. Essa pode ser nossa única chance de resgatar Pelo de Tempestade.

Sem esperar para ver se os outros o seguiam, ele saltou pelas pedras e se pôs a caminho.

– Ainda acho que ele está louco! – Pata de Corvo resmungou, mas o seguiu mesmo assim.

Cauda de Pluma desceu atrás deles, as patas deslizando nas pedras molhadas e as garras raspando dolorosamente enquanto ela tentava manter o equilíbrio. Correu ao longo da saliência atrás da cachoeira, mal tendo tempo de sentir medo de escorregar e cair na poça turbulenta abaixo. O guincho ficou mais alto. O terror tomou conta de Cauda de Pluma ao imaginar o que encontrariam dentro da caverna; Dente Afiado poderia estar afundando as presas no pescoço de Pelo de Tempestade naquele exato momento, rasgando a pele de seu irmão e transformando-o em presa fresca.

Ela deslizou para dentro da caverna e parou logo atrás de Garra de Amora Doce. Por um momento, mal conseguiu entender o que via. Com a lua coberta por nuvens, a caverna estava quase escura; a enorme forma de Dente Afiado parecia estar em todos os lugares ao mesmo tempo, patas imensas batendo no chão, enquanto ele saltava de parede em parede, sangue respingado contra a lateral do corpo e saliva pingando das mandíbulas. Era muito mais terrível do que Cauda de Pluma tinha imaginado; não havia como Pelo de Tempestade desafiar essa fera e sobreviver.

Os gatos da tribo se espalharam, saindo cegamente de seus nichos de dormir. Cauda de Pluma avistou Riacho empurrando um filhote pelo túnel que levava ao berçário, com mais um pendurado nas mandíbulas. Perto do outro túnel, um guarda da caverna havia se agarrado ao enorme pescoço do gato-leão e foi arremessado contra a parede com um baque seco. O guarda da caverna deslizou para o chão e ficou imóvel, um filete de sangue escorrendo da boca. Enquanto Cauda de Pluma olhava horrorizada, dois ou três gatos passaram correndo por ela com gritos estridentes, tropeçando nos gatos do clã sem saber quem eram.

– Por aqui! – Garra de Amora Doce ordenou. Ele fitou cada um dos gatos do clã, mas seu olhar permaneceu por mais tempo em Pata de Esquilo. – Temos de fazer isso, por Pelo de Tempestade – ele lhes lembrou.

Dente Afiado havia saltado para a parede oposta da caverna, tentando alcançar um gato da tribo que se encolhera em uma saliência logo acima das garras cruéis. Contornando as paredes da gruta, agarrando-se aos recantos mais escuros, Garra de Amora Doce dirigiu-se ao túnel que conduzia à Caverna de Pedras Pontiagudas. Cauda de Pluma e os outros o seguiram. Na escuridão, tropeçaram em gatos da tribo, alguns feridos, outros congelados de medo, mas o terror e o cheiro de sangue que enchiam a caverna eram tão fortes que ninguém os reconheceu.

Na entrada do túnel, dois guardas das cavernas ainda mantinham suas posições, pelos eriçados e olhos arregalados. Cauda de Pluma sentiu um lampejo de respeito pela coragem deles, ficando ali quando seus companheiros de tribo fugiam para se salvar.

– Agora! – Garra de Amora Doce e Pata de Corvo se lançaram sobre os guardas das cavernas, com as garras cortantes e os dentes à mostra. Pata de Esquilo estava apenas um tique-taque de coração atrás deles. Cauda de Pluma ouviu uma exclamação de espanto de um dos guardas e reconheceu a voz de Penhasco. Viu Garra de Amora Doce derrubá-lo e cravar-lhe os dentes na pelagem do pescoço, enquanto Pata de Corvo esbofeteava o outro guarda nas duas orelhas, afastando-o da entrada do túnel. Pata de Esquilo cravou os dentes na cauda de Penhasco e não soltou.

Com a entrada livre, Cauda de Pluma e Pelo de Açafrão dispararam pelo túnel. Antes de chegarem à Caverna de Pedras Pontiagudas, encontraram dois outros felinos, quase invisíveis na escuridão. Com uma onda de alívio e alegria, Cauda de Pluma reconheceu o cheiro de Pelo de Tempestade. O outro gato era Falante das Rochas; ela vislumbrou seus olhos ardentes enquanto passava por ela e se lançava na caverna externa.

– Rápido! – o líder da tribo uivou para Pelo de Tempestade. – Sua hora chegou. Ah, Tribo da Caça Sem Fim, ajude-nos agora!

– Cauda de Pluma! – Pelo de Tempestade exclamou. – O que está acontecendo?

Por um momento, bastava para Cauda de Pluma sentir seu cheiro e enroscar sua cauda na dele. Ela temia que encontrassem a Caverna de Pedras Pontiagudas vazia, que Pelo de Tempestade já tivesse sido enviado para lutar contra o gato-leão e que seu corpo fosse um daqueles sangrando nos cantos da caverna.

– Não há tempo para isso! – Pelo de Açafrão disparou. – Dirijam-se à entrada. Não parem por nada.

Ela correu de volta pelo túnel, e Cauda de Pluma e Pelo de Tempestade a seguiram. Ao chegarem à caverna externa, um grito rasgou a escuridão, mais alto que um trovão. Um relâmpago revelou Dente Afiado recuando em direção à entrada. Entre suas mandíbulas, um gato da tribo que tremia, em pânico. Cauda de Pluma reconheceu Estrela, a mãe de filhote que falara com eles quando chegaram. Sua boca estava aberta em um uivo desesperado e sem palavras, e suas garras marcaram o chão de terra enquanto ela lutava, em vão, para se libertar. Então tudo ficou escuro novamente; Cauda de Pluma viu o tênue contorno do gato-leão contra o lençol de água, girando e desaparecendo pela entrada.

Por um tique-taque de coração, um silêncio de horror encheu a caverna. Depois um estridente lamento de perda se espalhou. Cauda de Pluma sentiu uma cotovelada forte e, ao se virar, viu Garra de Amora Doce.

– Fora... agora! – ele rosnou.

Ele saltou para a entrada com Pata de Esquilo e Pelo de Açafrão logo atrás. Pata de Corvo empurrou Cauda de Pluma para trás dele, embora ela não tenha se mexido até ter a certeza de que Pelo de Tempestade também os seguia. Ninguém tentou detê-los; toda a tribo ainda estava dominada pelo terror, os gatos agachados no chão da caverna ou olhando para Dente Afiado com pelo eriçado e olhos vidrados de medo.

Na entrada, Garra de Amora Doce fez uma pausa, farejou o ar e depois conduziu os gatos pela vereda. Cauda de Pluma sentiu o cheiro de Dente Afiado, misturado com o cheiro de medo de Estrela e o fedor de sangue, mas eles estavam desaparecendo. O predador se foi, levando sua presa e deixando muitos outros gatos mortos ou feridos.

Uma chuva pesada caía sem parar, rajadas de vento e trovões retumbavam novamente. Cauda de Pluma ficou encharcada em alguns segundos, o pelo grudado no corpo, mas ela mal notou. Seguiu Garra de Amora Doce pelas rochas, enquanto ele conduzia os gatos do clã de volta pelo caminho por onde vieram. Atrás deles, o lamento da tribo que lhes cortava o coração desapareceu, afogado na chuva que tamborilava e no rugido interminável e imutável da cachoeira.

CAPÍTULO 16

UMA GOTA FRIA DE CHUVA CAIU no pelo de Pata de Folha, que a sacudiu irritada. Um vento inquieto agitava as árvores, enviando folhas escarlates e douradas para a clareira. A estação sem folhas estava a apenas uma lua de distância, mas esse parecia ser o menor dos problemas do clã.

– Os coelhos cheiravam mal – Manto de Cinza disse a Estrela de Fogo. – Casca de Árvore comentou que os gatos que os comiam morriam. Acredito nele. O coelho que vimos não estava infectado com nenhum tipo de doença que eu já tenha visto. Deve ser algo que os Duas-Pernas fizeram.

Agachada ao lado da pilha de presas frescas no acampamento do Clã do Trovão, Pata de Folha ouvia ansiosamente o que sua mentora contava a Estrela de Fogo sobre as descobertas feitas a caminho das Pedras Altas. O coração da jovem se contorceu ao ver o terror nos olhos verdes de seu pai ao ouvir o relato.

– O que significa que também não podemos comer coelhos – ele miou. – Grande Clã das Estrelas, o que mais falta acontecer? Vamos todos morrer de fome.

– Ainda não morreu ninguém em nosso território – comentou Tempestade de Areia de onde estava, a cerca de uma cauda de distância, a cauda em torno das patas. Ela se contraiu quando uma folha caiu e roçou sua orelha. – Talvez só o Clã do Vento esteja com problema.

– Mas os coelhos atravessam a fronteira o tempo todo – Manto de Cinza respondeu.

– Talvez seja seguro comer os coelhos do outro extremo do nosso território, perto do Ponto de Corte de Árvores, mas acho que não vale a pena correr esse risco.

– Você tem razão – Estrela de Fogo soltou um suspiro profundo. – Vou comunicar ao restante do clã. Chega de coelhos.

– Bem, temos de comer alguma coisa. – Tempestade de Areia levantou-se rapidamente. – Vou reunir minha patrulha de caça e ver o que podemos encontrar – disse e desapareceu entre os galhos da toca dos guerreiros.

– Enquanto isso – Manto de Cinza miou –, é melhor nos livrarmos de todos os coelhos da pilha de presas frescas.

Pata de Folha observou a pilha pateticamente. Havia apenas um coelho; parecia rechonchudo e convidativo, o que lhe provocou água na boca. Ela não fazia uma boa refeição há dias... Sua barriga se contraiu ao pensar no que os Duas-Pernas poderiam ter feito com ele. Ela pensou ter sentido o cheiro forte do coelho do Clã do Vento, mas não tinha certeza, porque o cheiro do coelho na pilha estava muito misturado com o de outras presas.

– Enterre-o fora do acampamento – Estrela de Fogo ordenou.

– Espere, não o pegue com a boca – Manto de Cinza acrescentou. – Empurre-o com as patas e depois as limpe com musgo.

Pata de Folha acabara de separar o coelho quando Cauda Mosqueada, a gata mais velha do clã, passou e apreciou a presa.

– Espero que seja para os anciãos – ela miou asperamente. – Minha barriga parece um saco vazio.

– Não. – Manto de Cinza explicou o que ela e Pata de Folha tinham visto no território do Clã do Vento.

– O quê? Nunca ouvi tamanha bobagem! – Cauda Mosqueada bufou. – Quer dizer que o Clã do Vento tem um problema e, por isso, o Clã do Trovão não pode comer coelho? Casca de Árvore pode ter mentido só para enfraquecer o Clã do Trovão. Eles sempre foram um clã orgulhoso e enganador. Já pensou nisso?

Pata de Folha trocou um olhar com a mentora. Viu que não adiantava tentar convencer Cauda Mosqueada. A gata queria o coelho.

– Está decidido – Estrela de Fogo falou com a autoridade de líder de clã. – Nada de coelhos. Pata de Folha vai enterrar esse daí.

– Ela não vai fazer isso! – Indignada, Cauda Mosqueada disparou até o coelho, a quem começou a despedaçar avidamente e engolir em grandes bocados.

– Não! – exclamou Manto de Cinza. – Pare!

Estrela de Fogo saltou para a frente, delicadamente afastando a presa de Cauda Mosqueada:

– Ordeno que não coma. É para o seu próprio bem.

Os olhos da gata queimaram os dele com muita hostilidade. Pata de Folha, ao ver seu corpo magro, seu pelo atartarugado opaco e irregular, entendeu seu desespero. Ela era geralmente uma das rainhas mais gentis; só a fome a teria levado a tal extremo.

– Você se considera um líder? – ela disparou para Estrela de Fogo. – Todo o clã vai morrer de fome, e a culpa será sua.

– Estrela de Fogo está fazendo a coisa certa – Manto de Cinza insistiu. – Não adianta alimentar o clã com comida que pode nos matar mais rápido que qualquer fome.

Cauda Mosqueada virou-se para ela, os lábios crispados num início de rosnado. Depois seguiu pela clareira em direção à toca dos anciãos.

Pata de Folha a observou e murmurou, empurrando os restos para a entrada do acampamento:

– Por favor, Clã das Estrelas, que esse coelho não esteja envenenado.

Uma folha marrom e murcha caiu em espiral na frente de Pata de Folha quando ela subiu a ravina ao lado de Manto de Cinza. Era o dia seguinte ao regresso das Pedras Altas e à discussão com Cauda Mosqueada por causa do coelho. Manto de Cinza estava estocando as ervas de que o clã precisaria na estação sem folhas; enfraquecido pela fome, o clã correria um risco ainda maior de contrair a tosse verde e a tosse negra, esta mortal.

– Não adianta chegar perto dos monstros dos Duas-Pernas – Manto de Cinza miou. – Nada cresce onde eles estiveram. Iremos para as Rochas Ensolaradas e veremos o que é possível encontrar por lá.

Folhas mortas cobriam o chão e se agitavam sob uma brisa forte. Quando era filhote, Pata de Folha adorava jogá--las para o alto e correr atrás delas. Agora mal tinha energia para continuar colocando uma pata na frente da outra.

Logo as Rochas Ensolaradas apareceram à sua frente. Pareciam suaves montes cinzentos erguendo-se da grama como as costas de animais adormecidos. Quase de imediato Manto de Cinza encontrou uma moita grossa de morrião e começou a morder cuidadosamente os caules. Pata de Folha olhou ao redor para ver o que mais encontraria, fitando, ansiosa, a margem do rio onde as plantas cresciam mais densamente, as raízes alimentadas pela água. Mas aquele era território do Clã do Rio e, depois de ser punida pela aula de pesca com Asa de Mariposa, a jovem sabia que não devia transgredir.

Ouviu um barulho bem perto, virou-se e viu um rato--silvestre correr ao longo da base da rocha mais próxima. No mesmo tique-taque de coração, a presa percebeu sua presença e disparou para uma fenda, mas, antes que pudesse se proteger, a aprendiz saltou e mordeu seu pescoço com força.

Sua barriga queria engolir a presa, mas, em vez disso, ela se obrigou a pegá-la e sair à procura de Manto de Cinza. A mentora estava onde ela a havia deixado, arrumando os talos de morrião para levá-los de volta ao acampamento.

– Tome – Pata de Folha miou, largando o rato-silvestre na frente da mentora, que piscou para ela, agradecida, e disse:

– Não, Pata de Folha. Você pegou, então, você come.

A aprendiz deu de ombros, tentando parecer despreocupada.

– Posso pegar outro. – Sabia que a curandeira, com sua perna inválida, teria mais problemas para caçar que os outros gatos do clã. – Coma! – ela acrescentou, já que a mentora ainda não começara a comer. – O que vai acontecer ao Clã do Trovão se nossa curandeira cair doente?

Manto de Cinza ronronou e trocou toques de focinho com a jovem.

– Está certo. Muito obrigada, Pata de Folha.

Ela se agachou em frente ao rato-silvestre e o comeu em mordidas rápidas e precisas. A aprendiz já ia buscar mais ervas quando ouviu um uivo:

– Manto de Cinza! Manto de Cinza!

A curandeira deu um pulo, orelhas de pé.

– Por aqui! – ela respondeu.

O aprendiz de Pelo de Rato, Pata de Aranha, surgiu das árvores, as longas pernas preto-acinzentadas parecendo um borrão enquanto ele corria pela grama, derrapando até Manto de Cinza.

– Você tem de vir rápido – ele ofegou. – É Cauda Mosqueada!

– O que aconteceu? – perguntou a curandeira, enquanto o coração de Pata de Folha batia forte.

– Está passando mal. Diz que sua barriga dói.

– Foi aquele coelho! – Manto de Cinza exclamou. – Eu sabia. Estou a caminho. Corra na frente e avise que estou chegando.

Pata de Aranha disparou; Manto de Cinza voltou-se para Pata de Folha e miou:

– Você fica aqui. Não há necessidade de nós duas voltarmos. Colha mais ervas. E traga o morrião.

Ela foi o mais rápido que pôde em direção às árvores. Pata de Folha esperou a mentora desaparecer nas samambaias antes de voltar à busca. O que Casca de Árvore havia dito sobre o tratamento de gatos que comeram coelhos mortais? Ele dera milefólio aos gatos doentes, mas quase todos morreram. Apenas os mais fortes sobreviveram... só que Cauda Mosqueada era velha e já estava enfraquecida pela fome.

Ah, Clã das Estrelas, nos ajude!, Pata de Folha rezou. *Mostre-nos o que fazer, antes que os Duas-Pernas destruam todos nós.*

Acabara de retomar a busca pelas ervas quando ouviu o uivo estridente de um gato vindo do rio. Por um momento, perguntou a si mesma se deveria cruzar a fronteira do Clã do Rio. Quando o uivo voltou, ela percebeu que alguém estava com problemas. Sem mais hesitar, Pata de Folha desceu a encosta.

O rio transbordava, engrossado pela chuva da estação das folhas caídas. Galhos e outros destroços eram arrastados pela correnteza, balançando e girando nas ondas com cristas brancas. Pata de Folha olhou para as águas, imaginando de onde teria vindo o grito. Então, avistou um galho perto do lado do Clã do Rio; meio escondida pelas poucas folhas ainda presas, viu a cabeça de um pequeno gato preto.

Enquanto a aprendiz observava, ele abriu bem as mandíbulas e soltou outro gemido apavorado enquanto se agarrava a um galho para se salvar.

A jovem ficou tensa, pronta para pular no rio, embora seu bom senso lhe dissesse que não adiantaria. A corrente estava muito forte e rápida, e o gato se afogava a uma grande distância.

Pouco antes de pular, ela viu outro gato abrir caminho entre os juncos na margem oposta e se jogar no rio, nadando com suas patas fortes em direção ao galho que flutuava. Pata de Folha reconheceu logo o pelo cinza-azulado: era Pé de Bruma, a representante do Clã do Rio.

Ela observou as garras flexionando para dentro e para fora em angústia. Pé de Bruma alcançou o galho, que começou a empurrar contra a correnteza em direção à margem do Clã do Rio. Mas, antes de lá chegarem, as ondas fizeram o galho rolar, arrastando a representante, que desapareceu na água negra. Pata de Folha soltou um grito de horror. Então, a água jorrou, e ela ressurgiu mais perto da margem, onde suas patas encontraram apoio nas pedras. Pata de Folha estremeceu de alívio ao ver Pé de Bruma arrastar o outro gato pelo cangote e agachar-se a seu lado. A forma minúscula e suja estava completamente imóvel, água escorrendo do pelo.

– Posso ajudar? – Pata de Folha falou, imaginando se Pé de Bruma se lembraria de que ela era uma aprendiz de curandeira.

A gata ergueu os olhos.

– Sim! Venha aqui!

Pata de Folha desceu a margem correndo até alcançar as pedras que facilitariam o caminho. As águas da enxurrada caíam sobre elas, mas a jovem se jogou sem hesitar. Um momento a mais poderia significar a diferença entre a vida e a morte para o gato preto.

Ao pular para a terceira pedra, escorregou e teve de lutar desesperadamente para se equilibrar sobre a superfície molhada e lisa. O rio borbulhava ao seu redor e, por um tique-taque de coração, pensou que seria arrastada, se afogaria e cairia em águas negras sem fundo. Em meio ao terror crescente, sentiu um toque morno na lateral do corpo, empurrando-a de volta para a pedra. Um perfume doce, estranhamente familiar, flutuava à sua volta.

– Folha Manchada? – sussurrou Pata de Folha.

Não conseguia ver nada, mas sentia a presença reconfortante por perto, a mesma de seu sonho ao lado da Pedra da Lua. Como se tivesse ganhado asas, ela saltou rapidamente sobre as outras pedras e disparou ao longo da margem oposta, em direção a Pé de Bruma e ao gato que ela havia resgatado.

Antes que Pata de Folha pudesse alcançá-los, Geada de Falcão e Asa de Mariposa saíram dos juncos e pararam onde estava o gato preto.

– O que aconteceu? – perguntou Geada de Falcão.

– Pata de Junco caiu no rio. Precisamos de Pelo de Lama – Pé de Bruma miou. – Você pode ir buscá-lo? Depressa!

– Ele saiu para colher ervas – disse-lhe Asa de Mariposa. – Vou procurá-lo.

Ela saltou ao longo do caminho que levava rio acima, mas seu irmão a chamou de volta.

– Vai demorar muito – ele disse asperamente. Sacudiu as orelhas em direção ao gato preto imóvel. – Cuide dele, você sabe o que fazer.

Só então percebeu que Pata de Folha se aproximava. Olhou para ela com seus misteriosos olhos azul-gelo. Pata de Folha sentiu um arrepio percorrê-la.

– O que *ela* está fazendo aqui?

– Eu a chamei – explicou Pé de Bruma. – Pata de Junco precisa de toda a ajuda possível.

Geada de Falcão soltou um bufo de nojo. Pata de Folha o ignorou, agachada ao lado do gato preto. Ele era muito pequeno, recém-aprendiz, ela imaginou, e estava imóvel, um filete de água saindo das mandíbulas entreabertas. Tinha um corte no ombro, de onde o sangue escorria no pelo encharcado.

– Deve ter caído – Pé de Bruma miou, preocupada. – Os aprendizes estão sempre brincando muito perto do rio. Parece que o galho o atingiu.

Pata de Folha se aproximou de Pata de Junco e soltou um enorme suspiro de alívio quando detectou o leve movimento de seu peito. Notava-se sua respiração, mas ela era rápida e superficial, e parecia ficar ainda mais fraca enquanto Pata de Folha observava. Ela olhou para Asa de Mariposa, esperando que começasse a tratar o gato ferido.

Os enormes olhos cor de âmbar de Asa de Mariposa estavam fixos no corpo mole do aprendiz.

– Bem – Geada de Falcão miou, impaciente –, agora assuma aqui.

A gata olhou para cima, e Pata de Folha viu o brilho de pânico em seus olhos.

– Eu... eu não estou segura. Não trouxe as ervas certas. Terei de voltar para o acampamento...

– Pata de Junco não tem tempo para isso! – Pé de Bruma falou de modo áspero.

Pata de Folha entendeu o pavor da amiga. Elas eram apenas aprendizes, ainda não estavam prontas para segurar a vida dos gatos em suas patas. Onde estava Pelo de Lama?

Então, uma voz gentil falou em sua mente. *Pata de Folha, você é capaz. Lembre-se do que Manto de Cinza lhe ensinou. Teias de aranha para o sangramento...*

– Sim, sim, agora me lembro – a jovem miou alto.

Geada de Falcão fitou-a com os olhos semicerrados.

– Você sabe o que fazer?

Pata de Folha fez que sim.

– Certo. Então, faça. Você... saia da frente. – Geada de Falcão empurrou a irmã para o lado para que Pata de Folha se aproximasse de Pata de Junco.

Asa de Mariposa soltou um leve miado de protesto. Pata de Folha a fitou e viu seus olhos cor de âmbar ainda arregalados e abalados, as orelhas coladas à cabeça.

– Vá buscar umas teias de aranha para mim – instruiu Pata de Folha. – Depressa!

A aprendiz do Clã do Rio lançou-lhe um olhar assustado, depois girou e disparou pela margem do rio até os arbustos no topo da encosta.

Agora faça-o cuspir a água, Folha Manchada sussurrou. Pata de Folha abaixou-se e escorou Pata de Junco com o ombro, segurando-o até lhe sair água pela boca.

Bom. Agora ele vai respirar direito, então você pode cuidar de seu pelo molhado.

O jovem começou a tossir fracamente e soltou um leve grito de dor.

– Fique quieto – disse Pé de Bruma, dando-lhe uma lambida reconfortante no focinho. – Você vai ficar bem.

– Isso mesmo – Pata de Folha miou com urgência para o representante do Clã do Rio. – Continue a lamber, lamba seu pelo no sentido oposto, para ajudá-lo a secar e aquecê-lo.

Imediatamente Pé de Bruma se abaixou ao lado do jovem aprendiz e começou a lambê-lo vigorosamente; depois de um momento de hesitação, Geada de Falcão passou a fazer o mesmo do outro lado. Pata de Folha lambeu o corte no ombro de Pata de Junco, limpando-o de restos de cascas e folhas. Ela sabia que tinha de limpá-lo para evitar a infecção.

– Aqui estão – murmurou Asa de Mariposa, reaparecendo ao lado de Pata de Folha com um monte de teias de aranha. – É suficiente?

– Sim, é, Asa de Mariposa. Coloque ali mesmo.

Quase se sentiu a mentora de Asa de Mariposa ao verificar como a gata do Clã do Rio colocava as teias de aranha no lugar, certificando-se de que cobriam todo o corte e apalpando-as com cuidado.

– Tudo bem – ela repetiu. – Pata de Junco, você está machucado em algum outro lugar?

O aprendiz tossiu novamente; com as lambidas enérgicas de Pé de Bruma e de Geada de Falcão, ele começava a reviver e respondeu:

– Não – ele rosnou. – Apenas meu ombro.

Pata de Folha o examinou em busca de outros ferimentos, mas não encontrou.

– Acho que você teve sorte – ela miou.

– Sorte dele você estar aqui – Geada de Falcão rosnou, com um olhar hostil para a irmã. – Asa de Mariposa, o que houve? Você deveria ser uma curandeira!

Asa de Mariposa encolheu-se e não quis encarar o irmão.

– Pata de Junco, pode se levantar? – Pata de Folha perguntou, diplomaticamente não reagindo ao constrangimento da amiga.

Como resposta, o aprendiz cambaleou nas patas. Pé de Bruma apoiou-o do outro lado, deixando-o se encostar nela com o ombro ileso.

– Acha que consegue voltar ao acampamento? – Geada de Falcão perguntou.

Pata de Junco assentiu.

– Obrigado. – Sua voz sumiu quando ele olhou para Pata de Folha e arregalou os olhos. – Você tem cheiro de Clã do Trovão!

– Isso mesmo. Meu nome é Pata de Folha. Sou aprendiz de Manto de Cinza. Leve-o de volta – ela acrescentou a Pé de Bruma. – Se Pelo de Lama estiver lá, é melhor ele dar uma olhada. Caso contrário, você pode lhe dar algumas folhas de tomilho para mastigar por causa do choque.

– E sementes de papoula para a dor – Asa de Mariposa acrescentou, tentando parecer confiante.

– Ah, não... acho melhor não – Pata de Folha contradisse a amiga. – É melhor que ele durma naturalmente por enquanto. Vai ficar exausto de qualquer maneira por causa do choque.

Asa de Mariposa olhou para as patas de novo quando Geada de Falcão lançou-lhe um olhar desdenhoso. Ele se virou para subir o rio, em direção ao acampamento do Clã do Rio. Pé de Bruma o seguiu, apoiando Pata de Junco. O aprendiz negro ainda estava trêmulo, mas continuou andando, até que uma moita de juncos escondeu os três gatos da vista de Pata de Folha.

Pata de Folha não pôde deixar de sentir inveja de seus pelos lustrosos e seus músculos fortes. Até Pata de Junco, com seu pelo secando rapidamente no vento frio, parecia saudável e bem alimentado. O Clã do Rio era o único que ainda tinha bastante presa, o único a não ser afetado pela destruição da mata provocada pelos Duas-Pernas.

Afastando o ressentimento, Pata de Folha olhou para Asa de Mariposa, que não se mexera.

– Não se sinta mal – miou Pata de Folha. – Já acabou, e nada de mal aconteceu. Pata de Junco ficará bem agora.

– Ainda *não* acabou! – Asa de Mariposa virou-se para encará-la, erguendo a voz. – Perdi a vez... Tive minha primeira oportunidade de mostrar que estou pronta para ser uma curandeira e estraguei tudo.

– Todo mundo erra. – Pata de Folha tentou acalmá-la.

– *Você* não errou.

Mas tive ajuda, Pata de Folha pensou, desejando poder contar à amiga sobre Folha Manchada, mas sabia que jamais poderia compartilhar um segredo tão importante com alguém de outro clã. Ela enviou uma oração silenciosa de agradecimento à amiga de seu pai.

– *Eu* poderia ter ajudado Pata de Junco – Asa de Mariposa continuou amargamente. – *Sei* de todas essas coisas que você fez. Daquela vez que o Clã do Vento perseguiu vocês, dei folhas de tomilho a você e ao seu amigo. Mas agora, por algum motivo, não consegui pensar direito. Apenas entrei em pânico e não conseguia me lembrar.

– Você lembrará na próxima vez.

– Se houver uma próxima vez. – Asa de Mariposa raspou ferozmente o chão com as garras afiadas e curvas. – Geada de Falcão vai dizer a todos como fui inútil, e Pelo de Lama vai desejar nunca ter me escolhido. E o clã nunca mais vai me respeitar!

– Claro que vai. – Pata de Folha aproximou-se da amiga e enfiou o focinho no lindo pelo malhado dourado de Asa de Mariposa. – Em breve tudo será esquecido, você vai ver. – Ela ficou chocada que Asa de Mariposa tivesse tanta certeza de que seu irmão espalharia pelo acampamento a notícia de seu fracasso. Esperava que Geada de Falcão fosse mais leal à irmã.

– Sei o que você está pensando – Asa de Mariposa miou amargamente, fazendo Pata de Folha pular. – Geada de Falcão é leal ao *clã*, não a mim nem a ninguém. Ele se preocupa mais em ser um grande guerreiro do que com qualquer outra coisa.

Como Estrela Tigrada, Pata de Folha pensou com um arrepio interior.

– Que sorte, Pata de Folha. – A voz de Asa de Mariposa era de desespero. – Você nasceu no clã, e seu pai é o líder dele. Minha mãe era uma vilã, e ninguém jamais se esquecerá disso.

Ela se virou, com a cabeça baixa e a cauda pelo chão, e começou a se arrastar rio acima como se cada passo fosse um grande esforço.

– Até logo! – Pata de Folha disse, mas a amiga não respondeu.

Não havia mais nada que Pata de Folha pudesse fazer. Com tristeza, ela voltou para as pedras e atravessou com mais cuidado do que havia feito em sua corrida desesperada para salvar Pata de Junco.

Quando chegou à fronteira do Clã do Trovão, já começava a se sentir melhor. Com a estação sem folhas chegando, Asa de Mariposa teria muitas chances de testar suas habilidades de curandeira, e seu clã esqueceria que ela havia falhado uma vez. Além disso, Pata de Folha não podia deixar de se sentir satisfeita com o próprio sucesso. Salvara a vida de um gato... pela primeira vez, mas não a última, ela esperava.

– Obrigada, Folha Manchada – ela murmurou em voz alta e pensou ter captado apenas um vestígio do cheiro doce da curandeira.

Sentindo-se mais otimista do que havia se sentido em luas, colheu o morrião de Manto de Cinza e voltou correndo para o acampamento. Quando alcançou o topo da ravina, parou; seu otimismo desapareceu, e uma garra gelada se fechou em torno de seu coração ao som dos lamentos estridentes e uivos vindos da clareira abaixo. Ao olhar para baixo, Pelo de Rato e Bigode de Chuva irromperam do túnel de tojos e dispararam pela ravina, passando por Pata de Folha sem nem sequer notá-la.

Pata de Folha saltou para o acampamento e passou pelo túnel, apavorada com o que encontraria. Será que os Duas-Pernas já haviam chegado tão longe? Estrela de Fogo estava parado na base da Pedra Alta com Listra Cinzenta, Tempestade de Areia e Pelo de Musgo-Renda em torno dele. Do lado de fora da toca dos aprendizes, Pata Branca estava agachada, gemendo como um filhote. Pata de Musaranho e Pata de Aranha tentavam consolá-la.

Pata de Folha derrapou, desnorteada. Por que todos estavam tão abalados? Não havia cheiros diferentes no acampamento nem sinal de devastação dos Duas-Pernas. Ela avistou Manto de Cinza, mancando, cansada, no túnel de samambaias que levava à clareira dos curandeiros. Pata de Folha correu atrás dela.

– Qual é o problema? – ela perguntou, deixando cair o morrião. – O que aconteceu?

Manto de Cinza virou-se e olhou para ela, os olhos azuis cheios de tristeza.

– Cauda Mosqueada morreu – ela explicou, e a falta de emoção na voz assustou Pata de Folha mais que qualquer outra coisa. – E Cauda de Nuvem e Coração Brilhante desapareceram.

CAPÍTULO 17

As pernas de Pelo de Tempestade doíam, e o peso de seu pelo encharcado de chuva o fazia tropeçar dolorosamente nas pedras. Sentia-se como se a fuga pela tempestade escura tivesse durado luas. O mundo inteiro parecia ter se reduzido a nada além de rocha, vento e chuva.

Ao escalar uma rocha quebrada, percebeu que a chuva estava diminuindo. Logo não passava de respingos levados pelo vento. O céu começava a clarear, e a lua lutava para mostrar sua luz entre as nuvens.

Garra de Amora Doce parou, e os outros gatos o rodearam. Estavam parados em uma larga saliência; acima deles, havia uma encosta coberta de cascalho, enquanto abaixo a rocha sumia na escuridão.

– Não faço ideia de onde estamos – Garra de Amora Doce admitiu. – Sinto muito, queria conduzi-los de volta pelo mesmo caminho que fizemos com os guardas da caverna, mas nunca vi este lugar antes.

– Não é culpa sua – Pata de Esquilo miou, olhando para Pata de Corvo como se esperasse que o aprendiz do Clã do

Vento fizesse algum comentário grosseiro. – A chuva lavou todo o cheiro, e está muito escuro para ver qualquer coisa.

– Está tudo bem – Pelo de Açafrão apontou –, mas o que vamos fazer agora? Se não tomarmos cuidado, os gatos da tribo vão nos pegar.

– Ou Dente Afiado – Cauda de Pluma acrescentou, estremecendo.

Pelo de Tempestade pigarreou. Sentia-se culpado e traído por ter pensado nos gatos da tribo como amigos, por isso queria esquecê-los e tudo que se referia a eles o mais rapidamente possível. Mas esses gatos lhe haviam ensinado habilidades que poderiam ser úteis agora, e seria burrice não as usar.

– Acho que posso encontrar o caminho – miou. – Lembrem-se de que cacei com a tribo mais que o resto de vocês.

– Você lidera, então – respondeu Garra de Amora Doce imediatamente. – Mas nos tire dessas montanhas.

Pelo de Tempestade animou-se um pouco com a confiança demonstrada pelo guerreiro do Clã do Trovão. Não estranharia se tivesse perdido todo o respeito de Garra de Amora Doce pela forma como se portara entre os felinos da tribo. Sabia agora quanto significava para ele a amizade de Garra de Amora Doce.

– Levará alguns dias para cruzar as montanhas – o guerreiro malhado alertou, lembrando-se do dia em que Riacho o levara ao topo de um pico alto e lhe mostrara as altas dobras de rocha que se estendiam infinitamente à frente. Pelo menos, teriam o sol nascente para guiá-los quando amanhecesse. – Mas acho que posso tirar vocês do território da tribo.

– Quanto antes, melhor – murmurou Pata de Corvo. Ele estava tão perto de Cauda de Pluma que seus pelos se tocavam. Parecia haver uma conexão tácita entre eles, e Pelo de Tempestade se perguntava o que havia acontecido enquanto ele estava preso na caverna.

Pelo de Tempestade assumiu a liderança ao longo da saliência e, em seguida, subiu o cascalho em diagonal, as patas escorregando nas pedras soltas. Alcançando o cume, parou e descobriu a direção a seguir pela forma como o musgo crescia nas rochas e no tronco de uma árvore retorcida. A culpa o invadiu novamente ao perceber como parecia fácil usar os métodos da tribo, como se ele tivesse se permitido se tornar um gato da tribo em vez de um guerreiro leal ao Clã do Rio.

– Qual é o problema? – Cauda de Pluma perguntou baixinho, aproximando-se e roçando seu corpo no dele. Ele deveria saber que ela perceberia como ele se sentia mal.

– Eu confiei neles. – Pelo de Tempestade se engasgou com as palavras. – Riacho, Penhasco e os demais. Eu nunca pensei... E então eles me fizeram prisioneiro, e vocês arriscaram a vida para me tirar de lá.

– Não podíamos deixar você. – Cauda de Pluma soltou um ronronar reconfortante.

– Eles nunca me contaram nada sobre a profecia, sabe, nem durante o tempo em que caçamos juntos. Foi um choque para mim também quando Falante das Rochas nos contou sobre isso na Caverna de Pedras Pontiagudas.

– Sim, nós sabemos – murmurou a irmã.

– Mas temos de ficar aqui falando disso? – Pata de Corvo perguntou de forma desagradável ao juntar-se a eles no cume. – Apenas *sigamos* adiante.

– *Devem* estar errados. – Pelo de Tempestade ignorou o aprendiz do Clã do Vento, segurando o olhar de Cauda de Pluma e tentando convencer a si mesmo e a ela. – *Não* posso ser o gato prometido, certo? Não faz sentido.

– Não, claro que não – Cauda de Pluma miou. – Não se culpe, Pelo de Tempestade. Nenhum de nós percebeu o que estava acontecendo. E os gatos da tribo, eles não são maus; estão apenas desesperados.

Pelo de Tempestade esperava que a irmã não percebesse a culpa que dele se apoderava. E se a profecia fosse verdadeira, e a Tribo da Caça Sem Fim realmente o tivesse escolhido para ajudar os gatos da tribo? O Clã das Estrelas havia escolhido quatro gatos para salvar a floresta, mas ele não era um deles. Viera nessa viagem porque não suportava ver Cauda de Pluma partir sem ele. Agora se perguntava se de alguma forma a Tribo da Caça Sem Fim havia influenciado sua decisão para que ele estivesse no lugar certo para destruir Dente Afiado.

Se fosse assim, ele tinha virado as costas para a tribo exatamente quando mais precisavam de ajuda. Lembrou-se de ver Dente Afiado saindo da caverna, as mandíbulas ferozes agarrando Estrela, que uivava em vão por ajuda. E se o próximo a morrer fosse Penhasco? E se fosse Riacho? A imagem da bela gata presa naqueles dentes selvagens veio à mente de Pelo de Tempestade, e ele desesperadamente tentou afastá-la.

Estremeceu, mal percebendo que seus amigos o esperavam.

– Algum problema? – Garra de Amora Doce perguntou.

Pelo de Tempestade estremeceu.

– Não – ele miou. – É por ali.

Do outro lado do cume, o terreno descia em uma encosta quebrada por precipícios rasos, baixos o suficiente para um gato pular de um nível para o outro. Quando ele se agachou numa das beiradas, avistou um pássaro da montanha empoleirado logo abaixo.

Pata de Esquilo, ao seu lado, cutucava-o e apontava com as orelhas. Para estar no lado seguro, Pelo de Tempestade sacudiu sua cauda levemente em suas mandíbulas e sinalizou para que o restante dos gatos fizesse silêncio.

– Eu vou pegar – ele sussurrou. – Fiquem aqui.

Ficou surpreso ao constatar que suas novas habilidades lhe pareciam naturais, como se as conhecesse a vida toda. Como o pássaro estava em uma saliência estreita, ele não podia pular sem arriscar uma queda feia. Na floresta, os gatos não hesitariam em pular das árvores, mas isso era feito em terra macia, não em pedras pontiagudas que fatiavam patas e quebravam ossos.

Em vez disso, ele rastejou com cautela por alguns comprimentos de cauda e fez o caminho até o pássaro furtivamente, usando as pedras quebradas como cobertura. Quando estava perto o suficiente, atacou, prendendo por alguns instantes o pássaro que esvoaçava impotente contra a face da rocha, até que lhe tirou a vida.

– Que ótimo! – exclamou Pata de Esquilo, erguendo a cauda de admiração. – Você é como um verdadeiro gato da montanha, Pelo de Tempestade.

– Espero que não – ele respondeu.

Os seis gatos se reuniram para compartilhar o pássaro. Quando terminaram, uma chuva fina começou a cair, e as nuvens se aglomeraram mais uma vez, cobrindo a lua.

– Sem chance! – Garra de Amora Doce miou, passando a língua pela boca. – Acho que devíamos nos abrigar pelo resto da noite.

– Enquanto os gatos da tribo não nos rastrearem – Pelo de Açafrão avisou. Pelo de Tempestade notou que seu ombro não estava mais incomodando; as ervas de Falante das Rochas haviam funcionado bem. Pelo menos tinham isso a agradecer aos gatos da tribo.

– Acho que já estamos longe o bastante – ele miou. – Garra de Amora Doce tem razão. Não podemos continuar nesta chuva. Vamos ver se encontramos uma caverna.

Ele reassumiu a liderança do grupo, desta vez procurando um lugar que lhes servisse de abrigo. Logo encontrou um buraco escuro que levava à lateral da montanha pela base da pedra, suspenso por um par de arbustos pequenos.

Com cuidado, ele se aproximou e farejou.

– Coelho velho – ele disse. – Provavelmente foi uma toca há muito tempo.

– Que pena – Pata de Esquilo miou. – Um coelho ia cair muito bem.

– Também cheira a gato da tribo – acrescentou Pata de Corvo, aproximando-se de Pelo de Tempestade para farejar. – E é bastante recente. Não vou entrar aí.

– Então fique aí fora, se molhando – Pata de Esquilo retorquiu, dando um passo para a frente.

– Espere. – Pelo de Açafrão usou a cauda para barrar a entrada de Pata de Esquilo na caverna. – Deixe-me verificar.

Escorregou pelo buraco, enquanto Pata de Esquilo a olhava indignada. Pela primeira vez naquela noite, Pelo de Tempestade sentia-se quase alegre, aquecido pela coragem da aprendiz do Clã do Trovão. Ela ainda não suportava a ideia de deixar as tarefas perigosas para guerreiros de verdade.

Um momento depois se ouviu a voz de Pelo de Açafrão vindo do buraco, ecoando como se o som viesse de um espaço mais amplo abaixo.

– Podem vir. Está tudo bem.

Pelo de Tempestade liderou o caminho pela passagem apertada, o pelo roçando as paredes de ambos os lados. A abertura se estreitava ao ponto de fazê-lo soltar o ar, com medo de ficar preso, mas depois se alargava. Embora a escuridão fosse absoluta, o eco de seus passos lhe dizia que ele estava em uma caverna bastante grande.

– Isso é ótimo! – ouviu-se a voz de Pata de Esquilo logo atrás dele. Ele a sentiu sacudir as gotas de chuva do pelo enquanto acrescentava: – Só nos falta agora uma boa pilha de presas frescas.

Pelo de Tempestade verificou pelo cheiro que os seis gatos, até mesmo Pata de Corvo, haviam entrado na caverna. Ele estava apenas começando a relaxar quando outro cheiro o atingiu, e ele congelou de horror: era o de um gato da tribo, mas de alguma forma diferente dos que ele conhecia.

No mesmo instante uma voz miou das sombras:

– E pode-se saber quem é você?

CAPÍTULO 18

DURANTE TODA A NOITE, O CLÃ VELARA Cauda Mosqueada, e agora, na pálida luz da aurora, os anciãos levavam seu corpo para fora do acampamento para ser enterrado. A clareira estava envolta em névoa, e os galhos sem folhas das árvores pingavam gotas da chuva forte que caíra durante a noite. Pata de Folha assistia em silêncio. A velha gata fizera parte de sua vida e, com sua morte, parecia que tudo o que conhecera até então também desapareceria.

Enquanto os anciãos partiam pelo túnel de tojos, os outros gatos se reuniam em pequenos grupos, miando alarmados e lançando olhares ansiosos uns para os outros. Pata de Folha não ouvia o que diziam, mas não precisava. Sabia que estavam discutindo o sumiço de Cauda de Nuvem e de Coração Brilhante. Faltavam quatro gatos do Clã do Trovão, mas Pata de Folha não podia acreditar que o Clã das Estrelas também tivesse convocado esses dois – a menos que os outros já tivessem falhado em sua busca e nunca mais voltassem. Desesperada, pensou: *Se vocês, do Clã das*

Estrelas, não podem nos ajudar, por que estão levando nossos amigos embora?

Manto de Cinza interrompeu seus pensamentos, enfiando o nariz no pelo da aprendiz num conforto sem palavras; depois deu uns poucos passos e foi ao encontro de Estrela de Fogo e Listra Cinzenta. Pata de Folha avistou Pelo de Rato galopando pela clareira atrás deles, seguida por Garra de Espinho e Pelo Gris.

– Estou na patrulha da madrugada – Pelo de Rato anunciou ao se aproximar. – Você ainda quer que procuremos Cauda de Nuvem e Coração Brilhante?

– Não vai adiantar muito, no caso de terem partido por vontade própria – Pelo Gris acrescentou sombriamente.

O coração de Pata de Folha apertou ainda mais quando se lembrou dos esforços do clã no dia anterior para encontrar os dois gatos. Patrulhas tinham percorrido todo o território, captando uma trilha de cheiro que levava ao local onde os Duas-Pernas haviam destruído a mata, mas se interrompia abruptamente perto de um dos enormes monstros Corta-Árvores. Depois disso, nada mais.

– Mantenham os olhos abertos – Estrela de Fogo respondeu. – É só o que podem fazer.

– Não duvido nada que Cauda de Nuvem tenha resolvido voltar para os Duas-Pernas – Pelo de Rato rosnou. – Com tão poucas presas na floresta, até mesmo a comida deles deve parecer tentadora.

– E ele comia bastante quando era aprendiz – Pelo Gris acrescentou.

– Sim, e não se esqueça de quando ele nos deixou – Pelo de Rato miou.

– Muitos de nós se arriscaram para resgatá-lo dos Duas-
-Pernas.

– Já chega! – Listra Cinzenta sibilou.

– Não, ela tem razão. – Era difícil para Pata de Folha ver como o pai parecia cansado. – Cauda de Nuvem sempre teve uma pata no mundo dos Duas-Pernas. Mas pensava que ele agora fosse leal a seu clã.

– Claro que é leal. Você não está sendo justo. – A voz de Manto de Cinza era afiada. – Faz muito tempo que Cauda de Nuvem não come comida de gatinho de gente. Naquela época, ele era jovem e tolo.

– Além disso, Coração Brilhante jamais faria isso – Listra Cinzenta apoiou seus companheiros de clã desaparecidos com um lampejo nos olhos cor de âmbar. – E Cauda de Nuvem não iria embora sem ela. Temos de descobrir por que os *dois* desapareceram.

– E por que deixaram Pata Branca para trás – Garra de Espinho miou. – Ela é o único filhote deles.

Pelo de Rato grunhiu:

– Verdade. Será que foram para o Clã do Rio? – sugeriu. – Roubar peixe?

– *Isso* é bem a cara de Cauda de Nuvem – Manto de Cinza concordou, mas sem hostilidade na voz.

Listra Cinzenta pensou um pouco, depois balançou a cabeça.

– Não. Se o Clã do Rio os pegasse, seriam expulsos sem cerimônia. Haveria problemas na próxima Assembleia, mas nossos gatos não iriam simplesmente desaparecer.

A menos que tenham caído no rio, Pata de Folha pensou, sem ousar colocar a ideia em palavras. Não conseguia esquecer a enxurrada, quando quase caiu das pedras ao tentar ajudar Pata de Junco.

– O rastro de cheiro que deixaram não levava ao Clã do Rio – Estrela de Fogo destacou. – Não posso deixar de pensar que é estranho que tenha terminado tão perto dos monstros dos Duas-Pernas. Suponham...

Ele parou de falar... Mas Pata de Folha viu a ansiedade em seus olhos e adivinhou seus pensamentos. Ela vira como o primeiro monstro dos Duas-Pernas tinha saído do Caminho do Trovão e começado a rasgar a floresta. Se alguém cruzasse seu caminho, seria triturado naquelas mandíbulas poderosas sem que o monstro sequer se desse conta. Ela estremeceu, e seu olhar encontrou o do pai. Ambos gostavam de Cauda de Nuvem, o parente rebelde, e Pata de Folha adorava Coração Brilhante pela coragem com que enfrentava os terríveis ferimentos causados pela matilha. Se não voltassem, seria uma grande perda para o clã.

– Faça como de costume, Pelo de Rato – Estrela de Fogo decidiu. – E avise se vir algo estranho.

– É o que faço sempre – ela respondeu e saiu apressada, seguida pelos dois guerreiros mais jovens.

Estrela de Fogo se sacudiu como se estivesse afastando pensamentos inúteis e perguntou:

– Manto de Cinza, o Clã das Estrelas mostrou a você alguma coisa sobre Cauda de Nuvem e Coração Brilhante?

– Não, nada mesmo.

– Ou algum sinal de mais guerreiros desaparecidos na floresta? Não faz tanto tempo que Garra de Amora Doce e Pata de Esquilo desapareceram. – Engasgou-se nas palavras como se elas fossem ossos mal mastigados.

Novamente Manto de Cinza balançou a cabeça.

– O Clã das Estrelas está calado. Desculpe.

E, de novo, Pata de Folha lutou contra a vontade de contar ao pai e à mentora o que sabia sobre Garra de Amora Doce e Pata de Esquilo terem sido convocados pelo Clã das Estrelas para descobrir algo que ajudaria a floresta. Mas ela mal sabia o que dizer. Sempre que tentava alcançar Pata de Esquilo, não conseguia nada além de impressões confusas e aterrorizantes de água corrente, escuridão e garras cortantes: sangue, rocha e água misturados. Não podia assegurar a Estrela de Fogo que Pata de Esquilo estivesse bem nem dar a Listra Cinzenta boas notícias sobre seus filhos desaparecidos do Clã do Rio.

– Talvez eu devesse fazer uma viagem para Pedras Altas – Estrela de Fogo miou. – Talvez o Clã das Estrelas fale comigo se...

Ele se calou quando Pelo de Musgo-Renda apareceu com sua aprendiz, Pata Branca, logo atrás. O coração de Pata de Folha se compadeceu da jovem gata, que tinha a cabeça curvada e a cauda arrastando na poeira. Estava obviamente de luto pela perda dos pais.

– Estrela de Fogo, acho que você deveria conversar com Pata Branca – Pelo de Musgo-Renda miou, preocupado.

As orelhas do líder do Clã do Trovão ergueram-se.

– Por quê? Qual é o problema?

A jovem o fitou e miou:

– Quero ser dispensada do treinamento – ela implorou, os olhos ardendo com a intensidade da súplica. – Quero procurar Cauda de Nuvem e Coração Brilhante.

– Já disse que ela não pode sair sozinha – Pelo de Musgo-Renda continuou. – Mas ela...

– *Por favor...* – ela interrompeu. – Sou apenas uma aprendiz. O clã pode viver sem mim. *Tenho* de encontrá-los.

Estrela de Fogo balançou a cabeça e miou com gentileza:

– Sinto muito, Pata Branca. Os aprendizes são importantes para o clã tanto quanto qualquer outro gato. Aliás, Pelo de Musgo-Renda tem toda razão. Você não pode sair por aí sozinha, sobretudo agora, quando não sabemos qual é o perigo que nos ameaça. Na verdade, ninguém deve deixar o acampamento sozinho.

– Já os procuramos – Listra Cinzenta acrescentou. – Fizemos todo o possível.

– Mas não foi suficiente! – Pata Branca lamentou.

Pata de Folha sabia que a jovem nunca teria falado assim com o representante do clã se não estivesse louca de preocupação.

– O Clã das Estrelas estará com eles onde quer que estejam – Manto de Cinza murmurou para reconfortar a aprendiz, apertando o focinho contra seu pelo.

– Pelo de Musgo-Renda, forme uma patrulha de caça – Estrela de Fogo miou. – O Clã das Estrelas sabe, podemos usar presas frescas. Pata Branca, vá com ele; você pode ficar atenta para Cauda de Nuvem e Coração Brilhante também. Mas *não* deve se afastar de seu mentor, fui claro?

Pata Branca assentiu; parecia um pouco mais esperançosa.

– Vou com vocês – ofereceu-se Listra Cinzenta – e levarei Tempestade de Areia também. Se há alguém que pode encontrá-los, é ela. – Ele correu para a toca dos guerreiros.

– Obrigada, Estrela de Fogo – Pata Branca miou, abaixando a cabeça respeitosamente antes de seguir o mentor em direção à entrada do acampamento.

Pata de Folha ficou olhando até que Listra Cinzenta e Tempestade de Areia viessem se juntar a eles, e os quatro gatos desapareceram no túnel de tojos.

– Não estamos mais seguros em nosso próprio território – Estrela de Fogo murmurou. – Mas certamente *quatro* gatos não podem desaparecer sem...

Ele se interrompeu quando ouviu um gemido baixo e fraco vindo do berçário. Pata de Folha virou-se e viu Pelagem de Poeira. Ele cambaleou pelo comprimento de algumas caudas e caiu no chão como se as pernas não pudessem mais sustentá-lo.

Olhando para o pai, Pata de Folha correu para ele, visões de desastres passando por sua mente. Estrela de Fogo e Manto de Cinza acorreram também, parando em frente a Pelagem de Poeira.

– Você está ferido? – Estrela de Fogo perguntou.

O guerreiro malhado marrom olhou para o líder com olhos opacos como seixos e sussurrou:

– Não foi culpa dela. Nuvem de Avenca fez o melhor que pôde. Mas ela não tem comido suficiente para se manter viva, muito menos com três filhotes.

Quando ele se calou, Pata de Folha ouviu o lamento ressoar novamente, como se fosse o sofrimento pela morte de um clã inteiro. Então, ela gritou:

– O que foi?

Pelagem de Poeira lançou-lhe um olhar longo e desesperado e miou:

– Laricinho morreu.

Instantaneamente, Manto de Cinza passou por Pelagem de Poeira, para ter com Nuvem de Avenca no berçário. Estrela de Fogo descansou a ponta da cauda no ombro do guerreiro marrom, em uma vã tentativa de confortá-lo. Pelagem de Poeira enfiou brevemente o focinho no pelo cor de fogo de seu líder. Pata de Folha sentiu um nó na garganta ao ver os dois gatos, que nunca foram amigos, unidos pela dor.

– E agora? – Estrela de Fogo miou, levantando a cabeça para o céu cinzento da manhã. – Clã das Estrelas, o que mais vocês vão mandar para o Clã do Trovão?

CAPÍTULO 19

O QUE FOI ISSO? Cada pelo no corpo de Pelo de Tempestade se arrepiou de medo. Ele e os amigos estavam presos no buraco escuro; quem acabara de falar estava bloqueando a entrada, e não havia mais aonde ir. Em desespero, ele farejou o ar e captou cheiros de vários gatos, todos com cheiro de tribo, mas não exatamente da tribo de onde tinham escapado.

– Quem é você? – ele perguntou.

Como resposta, sentiu um ombro poderoso empurrá-lo para o lado, e o gato desconhecido entrou na caverna. Houve o som suave de patas, enquanto os outros o seguiam.

Então, ouviu a voz tensa, mas calma, de Garra de Amora Doce:

– Estamos viajando para nossa casa longe daqui e nos abrigamos apenas para a noite. Não temos a intenção de brigar com ninguém.

O desconhecido falou novamente:

– Esta é a nossa casa.

– Então, vamos embora – Pelo de Açafrão miou, dirigindo-se à entrada, seguida pelos outros gatos.

Pelo de Tempestade sentiu seu pelo começar a baixar de novo. Com alguma sorte, sairiam dali sem lutar. Esses gatos não poderiam ter vindo da Tribo da Água Corrente ou saberiam quem eram ele e seus companheiros. No entanto, eles tinham o cheiro da tribo; Pelo de Tempestade ficou intrigado, mas deixou aquilo para depois, quando tivessem escapado com segurança.

– Não tão rápido – o recém-chegado rosnou. – Como vamos saber que estão dizendo a verdade? Não conheço vocês nem seu cheiro.

– Garra, devemos prendê-los – falou um dos outros gatos com um silvo suave. – Podemos usá-los como isca para Dente Afiado.

– Vocês conhecem Dente Afiado? – perguntou Pelo de Tempestade.

– Sim, claro – a primeira voz retumbou, a que se chamava Garra. – Todo mundo nestas montanhas o conhece.

Enquanto falava, Pelo de Tempestade percebeu que a escuridão não era mais absoluta. Gradualmente, as formas dos gatos desconhecidos foram se delineando em uma leve luz cinza enquanto o amanhecer se filtrava pelo túnel. Pelo de Tempestade arrepiou-se de medo ao olhar para eles.

O primeiro, Garra, era um dos maiores felinos que já tinha visto, marrom-escuro malhado, com ombros e patas enormes. Sua pelagem lacerada estava eriçada de hostilidade, e uma cicatriz profunda marcava um lado de seu rosto e crispava seu lábio em um rosnado eterno. Seu ar desconfiado e o olhar cor de âmbar iam de um gato da floresta para outro.

Atrás dele, estavam um gato preto esquelético, cuja cauda era pouco mais que um toco pontiagudo, e uma gata marrom-acinzentada. Ambos flexionavam as garras como se mal pudessem esperar para afundá-las nos gatos do clã.

Embora os gatos do clã estivessem em maior número, Pelo de Tempestade não achava que tivessem alguma chance caso entrassem em uma luta. Com certeza não escapariam sem ferimentos graves. Ele via que seus amigos pensavam da mesma forma, até o agressivo Pata de Corvo se calara, cautelosamente fixando o olhar nos desconhecidos.

– Já vimos Dente Afiado e sabemos do que é capaz – Garra de Amora Doce ainda tentava manter a conversa pacífica. – Mas estamos em uma missão urgente e temos de partir.

– Vocês irão quando eu disser que podem ir – Garra miou.

– Você não pode nos manter aqui! – Pelo de Tempestade estremeceu quando Pata de Esquilo disse isso, os olhos verdes brilhando. Não havia nada de errado com sua coragem, mas às vezes ela não tinha o bom senso nem de uma mosca. – Já escapamos da Tribo da Água Corrente.

Pata de Corvo soltou um silvo furioso e, pela primeira vez, Pelo de Tempestade simpatizou com ele. Pata de Esquilo precisava ter muito mais cuidado com o que dizia a esses gatos aterrorizantes.

Mas, para surpresa de Pelo de Tempestade, a suspeita no olhar de Garra pareceu desaparecer.

– Vocês estiveram com a tribo?

– Isso mesmo – Garra de Amora Doce miou. – Então, você os conhece?

– Nós os conhecemos e muito – Garra respondeu, e a gata malhada acrescentou: – Nós pertencíamos à tribo também.

Pelo de Tempestade olhou-a com espanto; ele havia presumido que esses gatos eram vilões sem-teto. Isso explicaria seu cheiro intrigante, já que no passado tinham pertencido à tribo, mas também se lembrava de como a tribo se recusara a expulsar os gatos do clã à noite, temendo que encontrassem Dente Afiado. Se haviam se preocupado tanto com desconhecidos, parecia estranho que tivessem deixado os próprios companheiros viverem fora da caverna. A menos que fossem culpados de um crime que superasse a ameaça de Dente Afiado...

– A tribo baniu vocês? – perguntou.

– Foi como se tivesse nos banido... – Garra grunhiu. Lentamente, seu pelo eriçado começou a voltar ao normal. Acenou com a cauda para os dois companheiros, o que, aparentemente, eles entenderam como uma ordem para guardar a entrada, já que trataram de ladeá-la. – Sentem-se – Garra disse aos gatos da floresta. – Sentem-se e vamos conversar. Mas não tentem sair, a menos que queiram perder as orelhas.

Pelo de Tempestade acreditava que ele cumpriria a ameaça, se necessário. Com cautela, ele e os amigos se sentaram, ficando o mais confortáveis possível no chão de areia nua.

À medida que a luz aumentava, Pelo de Tempestade distinguia os arredores com mais clareza: o teto da caverna era densamente entrelaçado com raízes, estendendo-se acima das paredes de terra, com mais raízes e pedras projetando-se aqui e ali. Não conseguia ver nenhum nicho, nenhuma pilha de presas frescas ou qualquer outro sinal de que esses três gatos viviam aqui permanentemente. No entanto, Garra disse que era aonde eles vinham regularmente se abrigar. Deve ser uma vida dura a que têm levado aqui.

– Meu nome é Garra da Águia Arrebatadora – começou o enorme gato malhado, levando uma pata à cicatriz do rosto. – A garra de uma águia fez isso quando eu era filhote, o que deu meu nome e uma marca para me lembrar quanto estive perto de perder a vida. Estes são Rocha Onde a Neve se Acumula e Pássaro que Cavalga o Vento – ele apontou com a cauda primeiro para o macho preto e depois para a gata.

O medo de Pelo de Tempestade começou a diminuir. De alguma forma, saber o nome dos desconhecidos os fazia parecer menos com inimigos.

– Muitas estações atrás – Garra continuou –, a Tribo da Caça Sem Fim enviou um sinal a Falante das Rochas. Tinham escolhido seis gatos para deixar o abrigo das cavernas e ir às montanhas para enfrentar Dente Afiado e matá-lo. Somos três desses seis.

– O que aconteceu com os outros? – Pata de Corvo interveio.

– Aconteceu Dente Afiado – Rocha acrescentou de onde estava na entrada. – E quase me pegou também. Como você acha que perdi minha cauda?

– Espere aí – Pelo de Açafrão miou. – Então, a tribo mandou vocês matarem Dente Afiado?

Garra baixou a cabeça e explicou:

– Falante das Rochas ordenou que não voltássemos sem trazer seu couro.

– Mas que ideia de cérebro de rato! – Pata de Esquilo retrucou. – Como seis de vocês poderiam matar Dente Afiado se a tribo toda junta não tinha conseguido?

O gato malhado olhou para cima novamente, e Pelo de Tempestade estremeceu com a profunda amargura que nele percebeu ao responder:

– Não sei. Acha que não nos fizemos essa pergunta? Eu daria o pelo das costas para salvar minha tribo, mas o que qualquer um de nós pode fazer?

Cauda de Pluma soltou um murmúrio reconfortante e miou:

– Vocês não podem ir até Falante das Rochas e dizer que deram o seu melhor? Talvez os aceitasse de volta.

– Não! – Os olhos de Garra brilharam. – Não vou rastejar nem implorar. Além disso, de que serviria? Nós todos obedecemos à vontade da Tribo da Caça Sem Fim.

Pelo de Tempestade piscou. Houve momentos em que as palavras de seus próprios ancestrais guerreiros pareciam duras e difíceis de entender, mas não se lembrava de o Clã das Estrelas ter banido gatos para uma existência solitária que só terminaria com a morte. *Será que eu obedeceria se fosse comigo?*, ele se perguntou.

– Estou surpreso por não termos ouvido falar de vocês antes – Garra de Amora Doce miou. – Eles nos contaram sobre Dente Afiado, mas ninguém mencionou vocês.

Garra bufou:

– Provavelmente já se esqueceram de nós. Ou estão envergonhados – Pássaro acrescentou de modo sombrio.

– Vocês saíram da tribo há pouco tempo? – Garra perguntou.

Quando Garra de Amora Doce assentiu, ele continuou com saudade na voz:

– Tem uma gata que se chama Riacho Onde os Peixinhos Nadam. Vocês a viram por lá?

As orelhas de Pelo de Tempestade se ergueram. Por um instante, uma fúria ciumenta tomou conta dele com a óbvia afeição com que aquele esfarrapado solitário falava da caçadora de presas.

– Sim, nós conhecemos Riacho – Cauda de Pluma respondeu.

– Ela está bem? Feliz?

– Está bem – Pelo de Açafrão disse. – E tão feliz quanto qualquer um pode estar tendo Dente Afiado respirando em sua nuca.

– Porque falhamos. – Toda a amargura de Garra se expressou nessas palavras. – Riacho é minha irmã – ele continuou, fazendo um comentário esquisito, meio divertido e meio envergonhado. – Vocês não imaginariam que uma gata bonita como ela fosse da minha família, não é? Ela é de uma ninhada mais jovem, e, quando Dente Afiado levou nossa mãe, eu quis estar lá para cuidar de Riacho.

Pelo de Tempestade relaxou. Qual era o problema com ele? Por que deveria se importar que Riacho fosse irmã de Garra, e não sua companheira?

– Ela teria vindo comigo – Garra continuou. – Mas não era a vontade da Tribo da Caça Sem Fim. Fiquei contente. Isso não é vida.

Pelo de Tempestade sabia que ele estava certo. Encolheu-se ao pensar na destruição que Dente Afiado trouxera para a tribo: não apenas os gatos que ele matou como presas, mas as vidas que destruiu nas tentativas desesperadas de matá-lo. Gatos levados ao exílio, separados de seus parentes...

E se ele realmente fosse o gato escolhido, destinado a livrar a tribo de Dente Afiado? Tinha o direito de recusar seu destino? O pensamento de que deveria voltar passou por sua cabeça, mas a ideia o aterrorizou tanto que a afastou. Ele e seus amigos tinham a própria missão, relatar a seus clãs o que Meia-Noite lhes havia contado, e nada deveria interferir nisso. Teriam de dizer aos clãs para deixarem a floresta antes que ela fosse destruída pelo novo Caminho do Trovão dos Duas-Pernas.

A luz na caverna ficou mais brilhante e dourada, como se a chuva tivesse parado e o sol tivesse nascido acima do topo das montanhas. Sentindo-se como se não pudesse suportar ficar preso sob o solo por mais nem um segundo, Pelo de Tempestade ergueu-se sobre as patas.

– Você vai nos deixar sair para caçar? Precisamos de presa fresca. – Garra olhou para os companheiros.

– Não iremos a lugar nenhum – Garra de Amora Doce garantiu-lhe. – Estamos todos exaustos e precisamos descansar.

Depois de outra pausa, o gato malhado deu de ombros:

– Vão, fiquem, façam o que quiserem. Não têm nada a ver conosco. Não faríamos de vocês comida para Dente Afiado, não importa o que Rocha possa dizer.

Pelo de Tempestade abriu caminho através do túnel estreito que dava na encosta da montanha. O sol pairava sobre o pico mais alto; esse era o caminho a fazer, seguindo o nascer do sol até voltarem à floresta.

Pata de Esquilo seguiu-o para fora e ficou olhando em volta, atenta, como se não tivesse passado a noite tropeçando nas pedras da montanha sob a chuva torrencial.

– Certo – ela miou. – Onde está a presa fresca?

Na chuva e na escuridão, Pelo de Tempestade tinha visto muito pouco dos arredores antes de encontrar a caverna. Agora vira que, logo abaixo da entrada, as rochas estavam fendidas; o solo fino tinha se alojado nas rachaduras, o suficiente para a grama e alguns arbustos crescerem. Um filete de água jorrava entre eles.

– Lá embaixo – ele sugeriu.

Pata de Esquilo balançou a cauda em direção ao buraco e miou:

– Os outros querem dormir, como se fossem ouriços na estação sem folhas. Vamos caçar e surpreendê-los quando acordarem!

– OK – Pelo de Tempestade estava contente por estar caçando com a aprendiz determinada e alegre, longe do guerreiro do Clã do Trovão, que sempre monopolizava sua atenção. Mas, desde o início da viagem para casa, ele percebera como ela e Garra de Amora Doce tinham se tornado próximos. Sempre seria mais fácil para eles ficarem juntos do que ela ter qualquer ligação com Pelo de Tempestade. Além disso, ele começara a perceber que o que sentia por Riacho era completamente diferente do que sentia por Pata de Esquilo.

Ele controlara seus sentimentos por Pata de Esquilo porque eram de clãs diferentes, mas fora atraído por Riacho de uma forma que não podia ignorar tão facilmente. O brilho de seu pelo malhado, a luz em seus olhos, a velocidade e a habilidade permaneciam com ele, embora tivesse escapado da caverna. Será que era assim que se sentiam Pata de Corvo e Cauda de Pluma? Perguntou-se de repente, com uma pontada de simpatia que não conhecia. Ele cruzaria fronteiras para estar com Riacho?

Pelo de Tempestade afastou o pensamento. Nunca mais veria Riacho, então que sentido havia em pensar nisso? Ele tentou se concentrar na manhã ensolarada e no prazer de caçar com uma parceira habilidosa. Era bom ter Pata de Esquilo a seu lado como amiga, sem os ciúmes que poderiam ameaçar a amizade dele com Garra de Amora Doce.

– Vamos! – Pata de Esquilo já tinha saltado por entre os arbustos. – Quero que você me ensine algumas dessas novas técnicas da montanha.

À medida que o sol subia mais alto, eles caminhavam pela escassa vegetação da montanha, começando a construir uma pilha de presas frescas na saliência fora da caverna. Pata de Esquilo aprendeu rapidamente as novas formas de caçar e pulou como um filhote com a alegria de abater o primeiro falcão.

– Precisamos ensinar essas coisas em casa – ela miou, sacudindo uma pena do nariz com a pata. – Sempre caçamos no mato, mas assim também poderíamos caçar ao ar livre.

Pensamentos sombrios sobre o futuro da floresta passaram pela mente de Pelo de Tempestade. Pata de Esquilo adivinhou com clareza o que ele pensava, pois seu triunfo se desvaneceu, e ela acrescentou, sombria:

– Pode ser que precisemos.

Quando voltaram para a caverna com mais presas para adicionar à pilha que haviam começado, Pelo de Tempestade viu Garra agachado na beirada, os olhos semicerrados enquanto deixava o sol mergulhar em seu pelo esfarrapado.

Abriu os olhos quando os dois gatos do clã se aproximaram e miou:

– Boa caçada.

– Sirva-se – Pelo de Tempestade convidou.

– Obrigado. – Ele caminhou até a pilha e arrastou um coelho.

Pata de Esquilo voltou a trotar para dentro do buraco anunciando:

– Vou chamar nossos amigos preguiçosos.

Pelo de Tempestade notou que Garra havia parado de comer depois de apenas uma mordida e estava olhando para ele com expectativa. Quase sem perceber o que estava fazendo, Pelo de Tempestade puxou um falcão da pilha de presas frescas, deu uma mordida apressada e empurrou-o para Garra. O gato da tribo acenou com a cabeça e empurrou seu próprio pedaço de carne fresca para Pelo de Tempestade.

– Vejo que sua tribo também compartilha – foi tudo o que ele disse, e Pelo de Tempestade abaixou os olhos, sentindo-se subitamente desconfortável. Por alguns momentos, comeram suas presas em silêncio. Pelo de Tempestade não tinha certeza de como os gatos exilados haviam mudado de inimigos para amigos de certa forma, mas tinha certeza de que os gatos do clã agora não precisavam temê-los. Apenas desejava que houvesse alguma maneira de ajudá-los.

– Vejo que você está preocupado com a tribo – ele começou desajeitadamente, engolindo um bocado do coelho.

– Claro que estou – Garra fitou-o com um penetrante olhar de âmbar. – E você também, embora não seja um de nós.

Pelo de Tempestade assentiu lentamente. Ele vinha tentando não admitir isso, nem para si mesmo. Será que seus sentimentos eram tão óbvios, mesmo para um estranho?

– Eles vivem com medo todos os dias – Garra comentou. – Cada passo para fora da caverna é cheio de terror, já que cada pedra pode esconder Dente Afiado.

Pelo de Tempestade concordou com um aceno de cabeça, pensando nos guardas das cavernas que saíam com os grupos de caça. Tentou imaginar como seria nunca correr com liberdade pelo próprio território, sempre sentindo a ameaça de garras e presas. Arrepios percorreram seu pelo quando se lembrou de ter caçado com Riacho nos primeiros dias de sua estada com a tribo. Ela lhe dissera que Penhasco e os outros estavam lá para proteger os caçadores de presas das águias, mas agora ele entendia que também procuravam por Dente Afiado. Ele e os gatos da tribo estavam em perigo tanto quanto qualquer uma das presas que caçavam.

– Gostaria de saber o que fazer – ele miou. – Fizemos essa viagem por causa de uma profecia do Clã das Estrelas.

– Clã das Estrelas? – Garra repetiu.

– Os espíritos de nossos ancestrais guerreiros – Pelo de Tempestade explicou. – Como a Tribo da Caça Sem Fim.

Passou a explicar como o Clã das Estrelas havia profetizado grandes problemas para a floresta e escolhera quatro gatos, um de cada clã, para fazer a viagem e saber o que Meia-Noite tinha a lhes dizer.

– Eu não era um dos quatro – ele terminou –, mas vim para ficar com minha irmã.

– E agora você vai para casa – Garra miou.

– Sim, mas não sabemos se chegaremos a tempo de ajudar – ainda enquanto falava, Pelo de Tempestade refletia que ao menos eles *podiam* ir para casa, já Garra e seus companheiros, não.

– Soube que você escapou da Tribo da Água Corrente. – Garra parecia confuso. – Isso quer dizer que mantiveram você prisioneiro? Essa não é a tribo que eu conheço.

– Não foi bem assim – Pelo de Tempestade engoliu em seco. Se ele quisesse ganhar a confiança desse gato, teria de contar sua história, mas não sabia como Garra reagiria.

Existiam todas as chances de que o enorme gato malhado tentasse arrastá-lo de volta à tribo para cumprir a profecia e ganhar o direito de voltar para casa. – Houve outra profecia – ele admitiu. – Falante das Rochas tinha um sinal da Tribo da Caça Sem Fim.

Garra ouviu a história com seu olhar cor de âmbar fixo em Pelo de Tempestade.

– Um gato prateado? – resmungou ele, quando a história acabou. – Você acredita que é você?

Pelo de Tempestade começou a negar e descobriu que não podia.

– Não sei – respondeu honestamente. – No começo eu não via como *poderia* ser, mas agora a primeira profecia, a do Clã das Estrelas, importa mais que tudo para mim. Mas não sou um dos escolhidos. Não posso deixar de me perguntar o que devo fazer. – Ele suspirou. – Só que não posso seguir as *duas* profecias. Qual delas é a certa?

Garra ficou em silêncio por alguns momentos. Depois, miou pesadamente:

– Nenhuma das duas está certa. E nenhuma está errada. – Ele soltou um rosnado suave do fundo da garganta. – Profecias são coisas estranhas. Suas palavras nunca são claras.

Pelo de Tempestade assentiu, lembrando-se de como ele e os amigos tinham pensado que "meia-noite" significava exatamente isso, até descobrirem que, na verdade, era o nome da sábia texugo que lhes disse o que deveriam fazer.

– Tudo depende de como se interpreta a profecia – Garra continuou. – E, se a profecia se cumprirá, depende das decisões que serão tomadas. Cabe a nós escolher o código pelo qual vivemos. Isso também não é válido para seus gatos?

Pelo de Tempestade olhou surpreso para o gato mais velho. Ele estava certo. O Clã das Estrelas e a Tribo da Caça Sem Fim faziam exatamente as mesmas exigências aos gatos de quem cuidavam, com as mesmas promessas de proteção e orientação, desde que eles soubessem ler os sinais.

– E você, o que *acha* que deve fazer? – Garra o desafiou.

Pelo de Tempestade balançou a cabeça e respondeu:

– Não tenho ideia.

– Mas vai ter. – O grande gato malhado ergueu-se nas patas. – Sua fé e sua coragem vão guiá-lo. – Um brilho levemente divertido passou em seus olhos cor de âmbar. – Só não demore muito – acrescentou, enquanto se espremia no túnel que levava à caverna.

Quando ele se foi, Pelo de Tempestade soltou um suspiro exausto. Esses mistérios eram demais para ele, que era um guerreiro, e tudo o que queria era seguir o Código dos Guerreiros. Mas o que deveria fazer quando o código não era claro?

O sol esquentava seu pelo e fazia muito tempo que ele não dormia. Sua barriga estava confortavelmente cheia de presas. Ele bocejou e seus olhos se fecharam.

Parecia que o tempo nem tinha passado quando percebeu que estava deitado em uma clareira na floresta, embora não pudesse dizer exatamente onde era. A seu redor, havia cheiro de coisas verdes crescendo e ele ouvia o murmúrio suave de um riacho. Abriu os olhos e viu a luz da lua se filtrando pelas folhas acima de sua cabeça.

Mexeu-se, intrigado. Era uma floresta no auge do renovo, embora agora a estação sem folhas já estivesse a caminho. Então, outro cheiro fez cócegas em seu nariz, algo doce e tranquilizador e de alguma forma dolorosamente familiar, embora não se lembrasse de tê-lo sentido antes. Uma voz atrás dele miou:

– Pelo de Tempestade.

Ele virou a cabeça e, por um tique-taque de coração, pareceu-lhe estar olhando para Cauda de Pluma. Não, a pelagem cinza-prateada dessa gata parecia muito com a de sua irmã, mas ele não a reconheceu.

– Quem é você? – ele perguntou, levantando-se sobre as patas.

A gata não respondeu, mas caminhou até ele e trocaram toques de focinho. Pelo de Tempestade viu o brilho das estrelas ao redor das patas da gata. Com um arrepio, soube que estava sonhando e que uma guerreira do Clã das Estrelas viera visitá-lo.

– Querido Pelo de Tempestade, estou tão orgulhosa de você e de Cauda de Pluma – a guerreira desconhecida começou. – Vocês passaram por grandes provações e provaram sua coragem e sua fé várias vezes. Obedeceram em tudo ao Clã das Estrelas, e estamos muito satisfeitos com vocês.

– Hã... obrigado – Pelo de Tempestade miou, inseguro.

– No entanto, os gatos da tribo também têm coragem e fé, embora sigam diferentes ancestrais guerreiros. Você deve honrá-los e à Tribo da Caça Sem Fim.

– Eu sei – Pelo de Tempestade concordou, com sentimento. Quem quer que fosse essa guerreira do Clã das

Estrelas, ela entendia seus sentimentos de forma precisa. – Por favor, diga-me o que fazer e quem é você.

A gata se inclinou para perto dele de forma que seu cheiro doce inundou seus sentidos. Então, murmurou:

– Você não sabe? Sou sua mãe, Arroio de Prata. E, quanto ao que deve fazer, Pelo de Tempestade, lembre-se de que uma pergunta pode ter muitas respostas.

A luz a seu redor começou a desaparecer. Pelo de Tempestade foi deixado sozinho na clareira.

– Não vá! – ele implorou.

Virou-se, tentando ver para onde ela fora. Seus olhos se abriram, e ele se viu caído no chão do lado de fora do buraco, com seus amigos dividindo a pilha de presas frescas um pouco adiante.

Levantou-se cambaleando. O Clã das Estrelas havia lhe enviado um sonho! Vira sua mãe, que morrera ao dar à luz quando ele e Cauda de Pluma nasceram. Mas não havia tempo para lamentar o fato de nunca a ter conhecido. Finalmente, agora sabia o que tinha de fazer, embora não tivesse ideia de como fazê-lo.

Cauda de Pluma olhou para cima, os olhos azuis assustados, e miou:

– O que aconteceu?

– Tenho de voltar – disse Pelo de Tempestade. – Tenho de cumprir a profecia da tribo.

– *O quê?* – Pelo de Açafrão abandonou o camundongo que comia e se aproximou. – As abelhas invadiram seu cérebro?

Pelo de Tempestade balançou a cabeça e afirmou:

– Falei com Arroio de Prata. Com nossa mãe – disse para Cauda de Pluma. – Ela veio a mim em sonho.

Os olhos de Cauda de Pluma se arregalaram:

– E ela mandou você voltar?

– Bem, não exatamente. Mas ela me disse que uma pergunta pode ter muitas respostas. Acho que uma delas é voltar e aceitar o destino que a Tribo da Caça Sem Fim estabeleceu.

– Mas, Pelo de Tempestade... – Garra de Amora Doce parecia intrigado. – Você esqueceu seus deveres para com o Clã das Estrelas? E a *nossa* profecia?

– Nunca fui um dos quatro escolhidos – miou Pelo de Tempestade. – E Arroio de Prata disse que a Tribo da Caça Sem Fim também deve ser respeitada. Afinal, eles são ancestrais guerreiros, mesmo que não sejam os nossos.

Pelo de Tempestade viu que Garra de Amora Doce estava contrariado com sua decisão e esperava que o guerreiro do Clã do Trovão não tentasse forçá-lo a continuar a viagem. Respeitava o guerreiro e tinha ficado contente em seguir seu exemplo, mas, agora que encontrara o caminho certo, nada o desviaria dele, nem mesmo a amizade que se criara entre os dois.

– O que vocês acham? – Garra de Amora Doce miou.

Os gatos do clã se entreolharam, vacilantes. Enquanto esperava que um deles falasse, Pelo de Tempestade notou Garra sentado um pouco afastado de Rocha e Pássaro. Pela primeira vez, ele pensou ter visto um brilho de esperança em seus olhos cor de âmbar, mas, quando seus olhares se cruzaram, Garra o desviou, como se não quisesse emitir uma opinião sobre o assunto.

– Bom, *eu* acho que é ideia de um cérebro de rato – a cauda de Pelo de Açafrão balançava para a frente e para trás. – Vou ficar com Garra de Amora Doce e voltar para a floresta. Ou você se esqueceu do que está acontecendo lá?

– Não estou pedindo a ninguém que venha comigo – Pelo de Tempestade miou, apressadamente. – Isso é algo que tenho de fazer, mas vocês podem continuar a jornada.

Cauda de Pluma levantou-se, caminhou até ele, encostando-lhe o focinho no ombro, e miou:

– Estúpida bola de pelo. Não acha que vou deixar você fazer isso sozinho, acha?

– Então, também vou. – Pelo de Tempestade não estranhou que Pata de Corvo quisesse ir com Cauda de Pluma, mas se assustou quando o aprendiz do Clã do Vento continuou: – Na verdade, Pelo de Tempestade, acho que você está certo. Desde que o resgatamos, você está vagando como um coelho sem cauda. Faz meu pelo doer só de olhá-lo. Você obviamente não será útil até tentar ajudar esses gatos.

Pelo de Tempestade acenou-lhe com gratidão. As palavras mal-humoradas de Pata de Corvo não conseguiram disfarçar que acabava de fazer uma oferta corajosa. Nenhum dos gatos do clã podia ter certeza de que a tribo os receberia bem, sem mencionar o perigo que era Dente Afiado.

– Também quero ir! – Pata de Esquilo deu um pulo nas patas, os olhos verdes brilhando, a cauda enrolada de emoção. Voltando-se para Garra de Amora Doce, implorou:

– E se nós todos fôssemos? *Não* podemos deixar Pelo de Tempestade enfrentar Dente Afiado sozinho.

– Ele não está sozinho – miou secamente Garra de Amora Doce. Com um olhar pesaroso para Pelo de Açafrão, acrescentou: – Parece que somos votos vencidos. Se um vai, todos vão. Não me esqueci da floresta, mas também temos de nos lembrar do Código dos Guerreiros.

Pata de Esquilo soltou um uivo silencioso de triunfo.

A cauda de Pelo de Açafrão chicoteou uma vez. – Acho que vocês estão todos loucos como lebres no renovo – ela resmungou. – Mas eu disse que ficaria com você, Garra de Amora Doce, e ficarei.

Pelo de Tempestade olhou para eles, aquecido até a raiz do pelo por sua lealdade. Com exceção de sua irmã, nenhum deles tinha outro motivo para apoiá-lo além dos laços estabelecidos entre eles durante a jornada. Meia-Noite havia falado a verdade quando disse que quatro clãs se tornariam um. Pelo de Tempestade via com bons olhos a forma como os antigos limites dos clãs estavam se desfazendo e se perguntava se na floresta os clãs estavam aprendendo a ser amigos também, enquanto enfrentavam a ameaça dos Duas-Pernas. Talvez finalmente a dor de sua herança de meio-clã pudesse ser aliviada e ele encontrasse um lugar ao qual pudesse de fato pertencer.

– Obrigado – miou solenemente.

– A Tribo da Caça Sem Fim honrará sua coragem – Garra miou. – Mas o que exatamente você pretende fazer?

– Tenho uma ideia! – Pata de Esquilo parecia prestes a saltar do pelo.

Todos olharam para ela. Garra soltou um silvo de descrença:

– Continue! – Garra de Amora Doce a instigou.

– O que Arroio de Prata disse – Pata de Esquilo começou – sobre toda pergunta ter muitas respostas. Bem, muitos tentaram matar Dente Afiado e falharam, sempre. Até mesmo lutadores como Garra. Portanto, temos de encontrar outra resposta, e acho que sei qual é.

– E qual é? – A voz de Pata de Corvo era cortante. – Você vai se aproximar dele e pedir educadamente que vá embora?

– Cérebro de rato! – Pata de Esquilo miou. – Não, se não podemos matá-lo sozinhos, temos de encontrar alguma outra coisa que o faça por nós.

CAPÍTULO 20

A CAUDA DO RATO ESCORREGOU entre as garras estendidas de Pata de Folha, deixando-a frustrada quando olhou para a fenda por onde a pequena criatura desaparecera. Ela havia deixado o acampamento para coletar mais ervas para Manto de Cinza e, seguindo a ordem de Estrela de Fogo de que nenhum gato saísse sozinho, Cauda de Castanha estava com ela.

– Má sorte – miou a guerreira atartarugada com simpatia. – De todo modo, era muito magricela.

– Mas era uma presa – Pata de Folha retorquiu. – Eu a teria pegado se a fome que estou sentindo não me impedisse de ver direito.

Ela começou a sair de debaixo do arbusto. De repente, notou pela primeira vez as familiares folhas verde-escuras e as frutinhas que se agarravam aos galhos e se espalhavam pelo tronco.

– Cocô de rato! – ela sibilou. – Minhas patas estão cheias dessa coisa suja.

– Qual é o problema?

Pata de Folha apontou para as frutinhas com a cauda.

– Frutinhas mortais – ela miou. – Estava tão ansiosa para pegar o rato que nem as vi.

Cauda de Castanha estremeceu.

– Vamos encontrar um pouco de água e tirar isso de você, depressa.

Pata de Folha ficou perplexa ao ver o horror nos olhos da amiga. As frutinhas mortais eram muito ruins, mas só se fossem comidas. Cauda de Castanha era uma das gatas mais corajosas que conhecia, mas parecia completamente fora de si com a visão das frutinhas; tinha as orelhas caídas e o pelo eriçado.

– Você está bem? – Pata de Folha perguntou enquanto avançavam na floresta, procurando uma poça para a gata lavar o veneno que talvez tivesse ficado nas almofadas de suas patas.

– Estou bem – Cauda de Castanha piscou. – Você sabia que uma vez quase morri por causa das frutinhas mortais?

– Não! – Pata de Folha parou, os olhos arregalados de espanto. – O que aconteceu?

– Foi quando eu era filhote, antes de você nascer. Segui Risca de Carvão para a floresta, você não vai se lembrar dele; era o maior aliado de Estrela Tigrada no Clã do Trovão. Quando o vi conversando com Estrela Preta, que ainda era Pé Preto, representante de Estrela Tigrada, em *nosso* território, ele me deu as frutinhas para que eu não contasse a ninguém o que tinha visto.

– Que horror! – Pata de Folha encostou o focinho na lateral do corpo de Cauda de Castanha.

– Sobrevivi graças a Manto de Cinza – Cauda de Castanha miou. – Ainda assim, está tudo acabado agora. O que quer que os Duas-Pernas estejam fazendo conosco, pelo menos não temos mais de nos preocupar com Estrela Tigrada. – Ela se virou, a cauda erguida no ar. – Vamos limpar suas patas. Um envenenamento por frutinhas é a última coisa de que o clã precisa agora.

Pensamentos sombrios voaram pela mente de Pata de Folha enquanto seguia a amiga mais para o interior do mato. Se Estrela Tigrada era realmente pai de Geada de Falcão e de Asa de Mariposa, então talvez aquela encrenca ainda *não* tivesse acabado.

O rugido dos monstros dos Duas-Pernas ficava mais alto conforme se aproximavam do Caminho do Trovão. Por fim, encontraram uma pequena poça em uma reentrância onde Pata de Folha mergulhou várias vezes as patas e esfregou-as na relva até ter certeza de que todos os vestígios das frutinhas tinham desaparecido. Mesmo assim, sabia que se sentiria desconfortável em lamber as patas por alguns dias.

– Pronto – ela miou. Teve de levantar a voz acima do rosnado do monstro para se fazer ouvir. – Deve estar tudo bem. E olhe, tem uma moita enorme de cerefólio ali. Manto de Cinza vai...

Ela interrompeu o que dizia com um suspiro aterrorizado, quando o rugido do monstro ficou subitamente mais alto, como se todo o céu estivesse se partindo com um trovão. Uma forma vasta e brilhante rompeu a vegetação rasteira, esmagando o cerefólio que ela acabara de ver. Cauda de Castanha soltou um uivo assustado e fugiu para a árvore mais próxima, subindo com as garras pela casca e vindo a pousar na primeira bifurcação; o pelo ficou eriçado, até ela parecer ter o dobro de seu tamanho.

Pata de Folha se espremeu em um buraco no chão. Assistiu com horror congelante o monstro agarrando um freixo meio crescido e o arrancando do chão com menos esforço do que ela teria feito para desenterrar uma raiz de bardana. Ergueu a árvore no ar, transformando-a em um enorme galho retorcido enquanto lhe arrancava os galhos. Em torno de Pata de Folha, começou a chover entulho, batendo no chão como granizo.

– Pata de Folha! – O uivo de Cauda de Castanha cortou-lhe o medo. A amiga havia saltado da árvore, talvez percebendo que ali não era mais seguro. Ela disparou pelo campo aberto e cutucou Pata de Folha. – Corra!

Pata de Folha lançou mais um olhar apavorado para o monstro, ao vê-lo começar a cortar a árvore em pedaços. Ela disparou pela floresta atrás de Cauda de Castanha, tropeçando em amoreiras e através de poças cheias de lama em sua corrida louca para escapar.

Quando o rugido diminuiu e se transformou em leve estrondo, elas pararam, ofegantes.

– Estão tomando cada vez mais a nossa floresta – Cauda de Castanha murmurou. – Em breve não haverá mais lugar para nós.

Pata de Folha tremia, olhando para trás e quase esperando que o monstro irrompesse por entre as árvores em sua perseguição.

– Eu os odeio! – ela disparou. – Eles não têm o direito de vir aqui. O que fizemos para prejudicá-los?

– Os Duas-Pernas são assim mesmo – miou Cauda de Castanha. Ela estava mais calma, o pelo dos ombros voltando a baixar. Depois de um momento, tocou a orelha de Pata de Folha com a ponta da cauda. – Vamos procurar ervas perto da orla do Clã do Rio. Fiquemos o mais longe possível desses monstros horríveis.

Pata de Folha assentiu, de repente com muito medo de falar. Seguiu a guerreira atartarugada pela floresta, a dor apertando ao pensar nos lugares antigamente pacíficos que nunca mais seriam os mesmos, nas árvores onde nunca mais brotariam folhas verdes no renovo, lançando sua sombra na floresta. O Clã das Estrelas devia estar de luto também, ela observou, especialmente se não podiam fazer nada para impedir a destruição.

– O que vamos fazer? – Cauda de Castanha perguntou algum tempo depois. – Não me lembro quando foi a última vez que comi de verdade... Aliás, como todos no clã. Nuvem de Avenca, por exemplo. Ela se culpa porque Laricinho morreu, mas não foi culpa dela.

Pata de Folha pensou na doce Nuvem de Avenca, de luto pela morte do filhote, e no desespero de Pelagem de Poeira, tentando em vão consolá-la. Pensou em Cauda Mosqueada, morta porque a fome a obrigara a comer o coelho estragado. Pele de Geada ficou muito fraca para deixar a toca dos anciãos e começou a tossir. Manto de Cinza esperava a qualquer momento por um surto de tosse verde, que facilmente se transformaria em tosse negra fatal.

– Às vezes acho que os Duas-Pernas não vão parar até todos nós termos morrido – Pata de Folha miou baixinho.

Cauda de Castanha concordou com um murmúrio:

– É como se o Clã das Estrelas tivesse nos abandonado. Pata de Folha, não falaram com você ou com Manto de Cinza? Por que não nos avisaram? Nossos ancestrais guerreiros não se preocupam mais conosco?

Pata de Folha fechou os olhos. Queria desesperadamente contar à amiga que o Clã das Estrelas havia profetizado tudo isso, mas não para os curandeiros ou seus aprendizes. Mas havia prometido manter o segredo dos gatos escolhidos e, se quebrasse sua palavra, deveria contar a Estrela de Fogo ou Manto de Cinza antes de contar a qualquer um dos outros.

E, mais que isso, começara a pensar que, aonde quer que os gatos fossem enviados pelo Clã das Estrelas, eles não voltariam. Já fazia dias que não conseguia chegar a Pata de Esquilo em sua mente. Seu coração doía ao pensar que poderia nunca mais ver a irmã ou Garra de Amora Doce. De nada adiantava dar alguma esperança a Cauda de Castanha e depois a decepcionar.

Ao se aproximarem da fronteira do Clã do Rio, onde o terreno se inclinava até o rio e à ponte dos Duas-Pernas, Pata de Folha começou a se sentir mais calma. O som dos monstros dos Duas-Pernas ainda não chegara a essa parte do território, e tudo estava tão tranquilo que a fazia pensar que a floresta estava como costumava ser.

Farejando o ar, sentiu cheiro de coelho e avistou a criatura pulando entre as moitas de samambaias. Suas patas coçavam para persegui-lo, mas se lembrava da ordem de Estrela de Fogo e da terrível morte de Cauda Mosqueada.

– Irritante, não é? – Cauda de Castanha murmurou, com um abanar zangado da cauda. – Juro que essas criaturas idiotas estão rindo de nós.

Pata de Folha fez que sim, a boca cheia de água ao sentir o cheiro de presa. Não podia deixar de pensar quanto tempo levaria até que todos estivessem tão desesperados que, assim como Cauda Mosqueada, se arriscassem a comer os coelhos.

Logo à frente, Cauda de Castanha fez o agachamento do caçador. Cautelosamente, para não perturbar a concentração da amiga, Pata de Folha avançou e viu o que a gata avistara: um esquilo se movendo lentamente por um descampado. *Sim!*, Pata de Folha pensou. *Presa que dava para comer, para levar de volta ao acampamento para Nuvem de Avenca e Pele de Geada...*

Cauda de Castanha saltou. Embora não fizesse nenhum som, o esquilo fugiu um segundo antes que as patas dianteiras da guerreira atingissem o local onde ele estava. Ela soltou um uivo de frustração e atirou-se atrás dele, que correu para a árvore mais próxima.

– Cauda de Castanha, não! – Pata de Folha gritou ao perceber que a árvore estava do outro lado da fronteira.

Mas, ensurdecida pela fome, Cauda de Castanha estava empenhada em perseguir o esquilo. Ele subiu em uma árvore, e ela se lançou, conseguindo enfiar uma garra em sua cauda. Mas o esquilo se libertou e a gata caiu no chão, cuspindo fúria.

– Volte aqui! – Pata de Folha gritou. – Você está no território do Clã do Rio.

Cauda de Castanha se ergueu sobre as patas, pedaços de grama grudados no pelo, e rosnou:

– Cocô de raposa! Quase o peguei.

Antes que Pata de Folha pudesse chamá-la novamente, um cheiro familiar a envolveu. Uma forma malhada apareceu por trás da árvore, e, quando Cauda de Castanha girou, uma enorme pata a derrubou e a segurou no chão.

– O que significa isso? – Geada de Falcão rosnou. – Gatos do Clã do Trovão invadindo o nosso território?

CAPÍTULO 21

Cauda de Castanha olhou para Geada de Falcão e, contorcendo-se, passou as garras na perna do gato, mas os dias de fome haviam diminuído suas habilidades de luta. O guerreiro não vacilou enquanto a esbofeteava na orelha.

– Você vem comigo falar com Estrela de Leopardo – ele rosnou. – Ela vai decidir o que fazer com você. O Clã do Trovão não tem o direito de ignorar nossas fronteiras.

– Solte-a! – Pata de Folha miou. – Ela não está a mais de dois comprimentos de cauda para dentro da sua fronteira.

Geada de Falcão lançou-lhe um olhar hostil e miou:

– Ah, você de novo.

– Sim, eu de novo – Pata de Folha empertigou-se e encarou o olhar frio de Geada de Falcão, reunindo toda a sua coragem. – Você ficou muito feliz por eu estar presente quando Pata de Junco sofreu o acidente – ela acrescentou, persuasiva: – Você deve um favor ao Clã do Trovão. Deixe Cauda de Castanha ir embora.

Os lábios de Geada de Falcão se curvaram em um sorriso de escárnio. – Os clãs não devem favores uns aos outros. O Código dos Guerreiros diz que devemos respeitar os limites, o que ela claramente não fez – ele disse e, com desdém, deu um tapinha em Cauda de Castanha.

Pata de Folha sentiu o pelo eriçado e os músculos tensos, como se seu corpo estivesse dizendo para ela lutar com Geada de Falcão. Juntas, ela e Cauda de Castanha teriam a chance de vencê-lo... Mas ela se obrigou a ficar calma e não se mover de onde estava na fronteira. Podia imaginar o que Estrela de Fogo diria se descobrisse que ela havia atacado um gato de outro clã no território dele.

Era difícil implorar a um gato tão desagradável, mas ela fez mais um esforço:

– Por favor, não é como se ela estivesse fazendo algum mal.

Os olhos azuis de Geada de Falcão eram lascas de gelo.

– Ela estava roubando presas.

– Não estava! – Pata de Folha arregalou os olhos. – Era um esquilo do Clã do Trovão.

Cauda de Castanha, completamente inerte sob a pata de Geada de Falcão, de repente se ergueu e cravou os dentes na perna do gato, fazendo-o soltar um guincho. Por um momento, eles lutaram no chão, mas, apesar de toda a bravura, a gata não foi páreo para o tamanho e a força de Geada de Falcão. Logo ela estava de novo ofegante sob suas patas.

– OK, leve-me até Estrela de Leopardo – ela disparou. – Mas eu vou lutar com você a cada passo do caminho.

Geada de Falcão parecia entediado:

– Ótimo. Faça isso.

Desesperada, Pata de Folha olhou em volta; por que Estrela de Fogo ou Manto de Cinza não estavam ali? Conseguiriam persuadir Geada de Falcão. Não havia ninguém em seu lado da fronteira, mas ela avistou um brilho de ouro nos juncos do outro lado do rio e, um tique-taque de coração depois, viu Asa de Mariposa correndo pela ponte dos Duas-Pernas. A aprendiz do Clã do Rio subiu a encosta e parou ao lado do irmão.

– O que está acontecendo?

– Veja você mesma – Geada de Falcão apontou para Cauda de Castanha. – Peguei uma invasora. Vou levá-la para Estrela de Leopardo.

– Ela não fez de propósito – Pata de Folha implorou, mais esperançosa, agora que Asa de Mariposa tinha aparecido. – Estava perseguindo um esquilo, do nosso lado, e não percebeu que tinha atravessado a fronteira.

Asa de Mariposa olhou do irmão para Pata de Folha e vice-versa:

– Deixe-a ir – ela miou. – Isso não é importante. Ela não pegou nada. Se você a levar até Estrela de Leopardo, pode começar uma guerra entre nossos clãs.

Geada de Falcão fixou o frio olhar azul na irmã:

– E por que isso é tão ruim? Todos nós sabemos que o Clã do Trovão está em apuros. Essa pode ser nossa chance de entrar e tomar seu território.

Pata de Folha engasgou. Era isso mesmo que Geada de Falcão queria?

Asa de Mariposa devolveu o olhar do irmão:

– Não seja cabeça de rato – ela miou friamente. – Lembre-se do que Estrela de Leopardo deve a Estrela de Fogo. Ele devolveu o clã a ela quando Estrela Tigrada tentou assumir. Ela não vai declarar guerra contra ele, nunca.

– Ela o fará por um bom motivo – Geada de Falcão argumentou. – Não se trata de velhos favores; é sobre o Código dos Guerreiros. As fronteiras entre os clãs têm de servir para alguma coisa! – Sua voz estava ficando estridente de exasperação, e ele respirou fundo antes de rosnar: – E cuidado com a língua, Asa de Mariposa. Lembre-se de que você pode estar falando com o próximo representante do clã.

– *O quê?* – disparou Pata de Folha. – E quanto a Pé de Bruma?

– Ela é uma covarde – Geada de Falcão rosnou. – Não ia conseguir enfrentar o que está acontecendo na floresta, então fugiu.

– Ninguém a viu desde ontem – explicou Asa de Mariposa a Pata de Folha, com os olhos arregalados e ansiosos. – Desde que ela foi patrulhar a fronteira perto de Quatro Árvores. Não sabemos o que aconteceu com ela.

– Mesmo que ela volte, não será mais representante – Geada de Falcão rosnou. – Representantes de clã não podem simplesmente sumir quando querem.

A cabeça de Pata de Folha girava. Ela não podia acreditar. Pé de Bruma não era covarde; além disso, ela presumira que o Clã do Rio não estivesse sendo afetado pelo que estava acontecendo com os outros três clãs, pois seu território era o único que os Duas-Pernas ainda não tinham tocado. Mas agora Pé de Bruma havia desaparecido.

Quantos mais se foram? *Todos* os clãs perderam gatos? Pata de Folha sentiu um frio na barriga; os desaparecimentos não podiam estar relacionados com a profecia do Clã das Estrelas. Mesmo que os primeiros gatos tivessem falhado, o Clã das Estrelas não enviaria mais e mais gatos para um destino sem nome. De alguma forma, os Duas-Pernas e seus monstros deviam ser os responsáveis.

Ela nada disse a Asa de Mariposa e Geada de Falcão, e, para seu alívio, Cauda de Castanha não lhes contou sobre o desaparecimento de Cauda de Nuvem e Coração Brilhante. Quanto menos o Clã do Rio soubesse dos problemas do Clã do Trovão, melhor, sobretudo porque Geada de Falcão estava ansioso por uma briga, já que achava que o Clã do Trovão estava fraco.

Em vez disso, foi Asa de Mariposa quem quebrou o silêncio:

– Sabe de uma coisa? Você é um bobo, Geada de Falcão – ela miou.

O irmão se irritou:

– O que você quer dizer?

– Se você quer derrubar o Clã do Trovão, está indo pelo caminho errado.

– E você sabe qual é o caminho certo, não é? – Geada de Falcão zombou.

– Sei, sim – o tom de Asa de Mariposa era frio. Pata de Folha mal podia acreditar no que ouvia; de repente, era como se não conhecesse aquela gata.

– Vá em frente, então; me esclareça.

Asa de Mariposa virou a cabeça para dar duas lambidas rápidas no ombro e explicou:

– Seja gentil com eles. Faça-os gratos a nós. Isso os manterá quietos enquanto vão ficando cada vez mais fracos. Por que lutar e arriscar ferimentos em nosso clã? Deixe os Duas-Pernas fazerem o trabalho sujo por nós. *Então*, avançamos e tomamos o território deles.

Os olhos de Geada de Falcão se estreitaram, pensativos. Depois, grunhiu:

– Talvez você tenha razão. Tudo bem. – Deu um passo para trás e deixou Cauda de Castanha se levantar. – Vá embora e não volte.

Cauda de Castanha se sacudiu e o olhou fixamente antes de dar os poucos passos que a levaram de volta a seu território. Pata de Folha estudou-a com atenção enquanto ela atravessava a fronteira, mas, fora alguns arranhões superficiais, Geada de Falcão não a machucara.

– Vou contar a Estrela de Fogo o que você disse – ela miou para Asa de Mariposa, esforçando-se para não alterar a voz. – Ele vai resolver isso com Estrela de Leopardo na próxima Assembleia.

Dois pares de olhos, azul-gelo e âmbar, voltaram-se para ela. Geada de Falcão falou:

– Claro, diga a ele. Mesmo que acredite em você, o que ele pode fazer a respeito? Você não acha que Estrela de Leopardo vai me apoiar contra um gato do Clã do Trovão?

Cauda de Castanha cutucou o ombro de Pata de Folha e miou:

– Vamos voltar para o acampamento.

A jovem aprendiz virou-se para seguir, a cauda caída. Havia gostado de Asa de Mariposa e confiara nela, mas agora parecia que a amiga a havia traído. Ainda que a primeira lealdade de Asa de Mariposa fosse para com seu clã, Pata de Folha não a imaginaria capaz de ser tão fria e calculista.

Não havia percorrido mais que alguns comprimentos de raposa quando ouviu Asa de Mariposa chamando seu nome em voz baixa. Ela parou e olhou para trás. A gata estava na fronteira; Geada de Falcão não estava à vista.

– Pata de Folha! – Asa de Mariposa acenava com a cauda.

– Ignore-a – Cauda de Castanha murmurou. – Quem precisa de amigos assim?

– Pata de Folha, por favor... – Asa de Mariposa agora suplicava. – Deixe-me explicar.

Pata de Folha hesitou, depois deu alguns passos relutantes para trás em direção à fronteira. Cauda de Castanha caminhava a seu lado; a jovem aprendiz sentiu sua tensão e estremeceu com o olhar de nojo que ela lançou para a gata do Clã do Rio.

– Tive de dizer isso na frente de Geada de Falcão – Asa de Mariposa, ansiosa, explicou. – Você não vê? De outra forma, ele nunca teria deixado sua amiga ir embora.

Pata de Folha sentiu-se inundada de alívio. Não queria pensar mal de Asa de Mariposa, já que elas compartilhavam o vínculo de todos os curandeiros.

Podia ver seu próprio alívio refletido nos olhos da gata do Clã do Rio quando Asa de Mariposa acrescentou:

– Você acredita em mim, não é? Nós ainda somos amigas?

– Claro que somos – Pata de Folha deu um passo à frente para trocarem toques de nariz. Ela ignorou o grunhido cético que Cauda de Castanha soltou. – Obrigada.

Para além de Asa de Mariposa, no sopé da encosta, ela viu Geada de Falcão sair do abrigo de um arbusto e galopar com facilidade pela ponte dos Duas-Pernas. Estremeceu ao se lembrar da ambição cruel que viu em seus olhos. Certamente ninguém, além de Estrela Tigrada, tinha sido tão ávido por poder.

– Asa de Mariposa – ela murmurou, não suportando mais a incerteza –, quem era seu pai? Era Estrela Tigrada?

O choque brilhou nos olhos cor de âmbar de Asa de Mariposa. Por um momento, ela hesitou, e então respondeu:

– Sim.

CAPÍTULO 22

Isso era loucura, pura loucura. As palavras ecoaram no espírito de Pelo de Tempestade quando ele permitiu que Penhasco e outro guarda da caverna o escoltassem de volta para a caverna atrás da cachoeira. Os outros felinos da floresta o seguiam, escoltados dos dois lados, enquanto Garra e seus companheiros fora da lei fechavam a retaguarda. Uma patrulha os avistou assim que chegaram ao rio; Pelo de Tempestade tinha quase certeza de que agora eram prisioneiros, e não hóspedes, e não sabia o que os gatos da tribo fariam com eles. Lutaram para escapar havia duas noites, então era razoável esperar hostilidade. Garra e seus amigos estavam correndo um risco ainda maior, porque receberam ordens de não voltar até que Dente Afiado estivesse morto.

Os primeiros raios de luar cintilante rastejavam através do lençol de água na entrada da caverna, e logo Dente Afiado estaria à espreita. Nem Pelo de Tempestade tinha certeza se conseguiria fazer a tribo ouvir o plano de Pata de Esquilo. Enquanto procurava coragem dentro de si, o cheiro de

Arroio de Prata flutuou levemente a seu redor. Pelo de Tempestade olhou para trás, imaginando se Cauda de Pluma também sentia. Sua irmã vinha logo atrás, os olhos azuis cheios de preocupação. Mas nenhum deles se encolheu quando os guardas da caverna saíram de trás das rochas, tão bem escondidos como sempre por sua pelagem suja de lama. Pelo de Tempestade sentia-se humilde diante da bravura de seus amigos, de sua lealdade a ele e ao Código dos Guerreiros, mesmo tão longe da floresta. Sabia que fariam o que fosse necessário para ajudar a tribo ou morreriam tentando.

Falante das Rochas havia sido avisado de sua chegada e os esperava no meio da caverna principal. Sob sua camada de lama, Pelo de Tempestade viu que uma fatia de seu pelo havia sido arrancada na luta contra Dente Afiado, e ele tinha uma ferida aberta em uma orelha.

Pelo de Tempestade foi ao seu encontro e colocou a seus pés o pedaço de presa que havia carregado através das montanhas: uma lebre silvestre, o pelo apenas começando a ficar branco por causa da estação sem folhas.

– O que é isso? – A voz de Falante das Rochas era fria, e seus olhos hostis. – Por que você voltou?

– Para ajudá-los a derrotar Dente Afiado – Pelo de Tempestade respondeu.

Seu coração começou a bater ainda mais rápido quando não viu nem boas-vindas nem alívio na expressão do mestre.

– E o que você acha que pode fazer?

Seu olhar varreu a caverna; seguindo-o, Pelo de Tempestade viu a tribo saindo das sombras. Pareciam curiosos, mas prudentes. A amizade que começaram a demonstrar aos gatos da floresta fora destruída pelo choque do ataque de Dente Afiado e pelo fracasso de Pelo de Tempestade em salvá-los, apesar da promessa dos ancestrais guerreiros. Como Falante das Rochas, muitos deles tinham cicatrizes ou mancavam pesadamente devido a ferimentos recentes. Pelo de Tempestade procurou Riacho, mas não conseguiu vê-la.

– Dente Afiado levou Estrela ontem – Falante das Rochas rosnou. – Muitos ficaram feridos quando tentamos expulsá-lo. Um já morreu, e outros dois estão na fronteira da Tribo da Caça Sem Fim. Você não nos ajudou. Você fugiu.

Seu desprezo atingiu Pelo de Tempestade como uma garra. Pior ainda foi o murmúrio de concordância da tribo reunida, como se tivessem se sentido traídos por sua fuga, assim como ele se sentira traído quando o prenderam. Ouviu um silvo hostil de um dos gatos do clã – imaginou que fosse Pata de Corvo – e torceu para que o aprendiz se calasse.

– Não acreditei que fosse o gato prometido – miou com sinceridade. – E não gostei de ficar preso na Caverna de Pedras Pontiagudas. Mas, desde que escapei, estive pensando e voltei por vontade própria. Mesmo que eu não seja o gato mencionado na profecia, farei tudo o que puder para ajudar.

– Nós todos faremos – Garra de Amora Doce acrescentou, chegando a ficar ao lado de Pelo de Tempestade.

O mestre da tribo começou a relaxar. Houve mais murmúrios ao redor, e pelo menos alguns pareciam aprovar.

Então, ele ouviu a voz de Riacho atrás dele:

– Pelo de Tempestade! Sabia que você voltaria.

Pelo de Tempestade se virou e a viu deslizando no meio da multidão. Um arrepio percorreu seu pelo ao fitar seus olhos brilhantes e ouvir as boas-vindas em sua voz.

– Devíamos ouvi-lo – ela insistiu com Falante das Rochas. – A Tribo da Caça Sem Fim o enviou para nos ajudar. Por que outro motivo ele voltaria, depois de ver o que Dente Afiado pode fazer?

Falante das Rochas parecia não ter mais energia para nada, então apenas abaixou a cabeça e disse:

– Muito bem. Mas o que você vai fazer que ainda não tenhamos tentado antes? Dente Afiado matou os melhores lutadores da minha tribo como se fossem filhotes insignificantes.

Pelo de Tempestade agitou as orelhas para chamar Pata de Esquilo. Ela carregava um maço de folhas entre as mandíbulas.

– Mostre a Falante das Rochas o que você tem – ele miou, acrescentando em seu ouvido: – Espero que você não tenha engolido nenhum.

Pata de Esquilo deixou cair as folhas.

– Não tenho cérebro de rato! – murmurou, indignada.

Voltando-se para Falante das Rochas, Pelo de Tempestade cutucou a lebre com uma pata e miou:

– Essa presa é para Dente Afiado. E, dentro dela, vamos colocar isso. – Delicadamente, ele desembrulhou as folhas para revelar um pequeno monte de frutinhas brilhantes.

Um filhote que estava agachado com a mãe deu um passo à frente para cheirá-las com curiosidade; Pata de Esquilo impediu-o com a cauda e o conduziu de volta à mãe.

– Não toque – ela miou. – Uma frutinha dessas causaria a pior dor de barriga que já teve, se você sobrevivesse.

O filhote a fitou com olhos enormes e não disse nada.

Olhando para as frutinhas, o mestre da tribo soltou um leve silvo e deu um passo para trás:

– Sementes da noite?

– Você conhece? – Pelo de Tempestade perguntou. – Em nossos clãs, nós as chamamos de frutinhas mortais.

– Conheço todas as ervas e frutas que crescem nessas montanhas – Falante das Rochas respondeu. Por um momento, um vislumbre de interesse apareceu em seus olhos; então, ele abaixou a cabeça de novo e, quando falou, sua voz era de derrota. – E nenhum desses conhecimentos serviu para proteger minha tribo. Dente Afiado é muito forte. Nem mesmo suas frutinhas mortais vão derrotá-lo.

– Três bastam para matar o guerreiro mais forte – Pata de Esquilo falou ousadamente. – Acho que o que temos aqui seria suficiente para acabar até mesmo com Dente Afiado.

Falante das Rochas pareceu surpreso:

– Tem certeza?

– Mesmo que não acabem com ele – Pelo de Tempestade acrescentou –, vão enfraquecê-lo para que possamos acabar com ele.

Falante das Rochas ainda parecia indeciso. Seus ombros estavam curvados, como se todo o peso das montanhas repousasse sobre eles. Então, Pelo de Tempestade ouviu uma agitação entre os gatos da tribo, murmúrios hostis que se transformaram em uivos furiosos. Garra estava abrindo caminho para ficar diante do mestre; graças às sombras que escureciam a caverna, a maior parte da tribo tinha apenas acabado de perceber que os fora da lei haviam retornado.

Garra ficou paralisado, enquanto os antigos companheiros de tribo lançavam acusações contra ele.

– Você deveria ter matado Dente Afiado!

– Você falhou conosco!

– Falante das Rochas, ele está desobedecendo você ao vir aqui. Você deve matá-lo!

Instintivamente, os gatos do clã se reuniram em torno de Garra, prontos para defendê-lo. O pelo do pescoço de Pata de Corvo eriçou-se e ele desembainhou as garras. Até a meiga Cauda de Pluma balançava a cauda de um lado para o outro. Pelo de Tempestade sentia-se tão orgulhoso de seus guerreiros quanto qualquer líder de clã.

Falante das Rochas ergueu a cauda pedindo silêncio, mas foram vários tique-taques de coração antes que o clamor cessasse. – E então? – o mestre rosnou. – Espero que você tenha um bom motivo para voltar aqui.

– A melhor razão possível – Garra respondeu. – Você pode me matar se quiser, mas isso não o tornará mais forte contra Dente Afiado. Seu inimigo está fora desta caverna, não dentro. O gato prateado chegou, e é hora de acreditar na profecia da Tribo da Caça Sem Fim. Se falharmos, você pode nos matar.

A tribo ficou em silêncio. A hostilidade deles havia mudado para incerteza; Pelo de Tempestade deixou o pelo do pescoço voltar ao normal.

– Não podemos matar a criatura em seu covil – Garra continuou –, já que não sabemos onde mora. Portanto, devemos atraí-la até aqui para morrer.

– Aqui? – Riacho exclamou, uma voz entre muitos gritos de indignação. – Na nossa caverna?

Pelo de Tempestade esticou a cauda e pousou-a em seu ombro. Ela precisava confiar nele, por mais perigoso que seu plano parecesse.

– Sim, aqui – Garra rosnou. – Esse é o lugar que conhecemos, onde temos onde nos esconder e onde toda a tribo pode esperar para emboscar Dente Afiado quando lhe dermos o golpe mortal.

– E como você pretende trazê-lo aqui? – Falante das Rochas perguntou friamente.

– Com sangue.

Garra ergueu uma enorme pata e a abriu com os dentes; gotas escarlates respingaram no chão como chuva. Então ele ergueu a cabeça e soltou um uivo feroz que ecoou pela caverna, mais alto que o ruído da cachoeira lá fora. Ele girou e saiu correndo pela entrada, Rocha e Pássaro em seus calcanhares. Eles deixaram para trás um silêncio vertiginoso e ecoante, além do som da água. Pelo de Tempestade soltou um longo suspiro. A execução do plano havia começado, e o rastro de sangue era o início.

Garra de Amora Doce foi o primeiro a falar:

– Pata de Esquilo e Pelo de Tempestade, vocês recheiam a lebre. Certifiquem-se de não sujar o pelo com suco de frutinhas mortais e, se o fizerem, lavem-no imediatamente.

– Sim, ó curandeiro – Pata de Esquilo abaixou a cabeça com respeito fingido, os olhos verdes faiscando. – Nós sabemos o que fazer!

Pelo de Tempestade escutou, enquanto Garra de Amora Doce e Pelo de Açafrão discutiam o melhor lugar para deixar a lebre. Falante das Rochas deu ordens aos guardas da caverna e mandou os filhotes e as mães para o berçário. Guardas foram colocados na entrada daquele túnel, enquanto mais guardas das cavernas e caçadores de presas se esgueiravam para lugares nas rochas ao redor das paredes das cavernas, de onde poderiam saltar sobre Dente Afiado. Seus pelos manchados de lama se misturavam às paredes, de modo que Pelo de Tempestade mal podia ver onde estavam escondidos.

Enquanto isso, uma sensação de pavor crescia em seu peito. De alguma forma, sentia que algo terrível estava para acontecer. Mas por que, se era isso que a Tribo da Caça Sem Fim queria que ele fizesse? Ele sorveu o ar, mas agora não conseguia sentir o cheiro de Arroio de Prata nem sua presença reconfortante.

– Vai ficar tudo bem. – Cauda de Pluma aproximou-se e apertou seu rosto contra o dele. – Sei que você está com medo, mas o Clã das Estrelas mandou você para cá também, com o sonho de nossa mãe. Temos de fazer isso.

Pata de Corvo, uma sombra cinza-escura pairando no ombro de Cauda de Pluma, acenou com a cabeça, mas não disse nada.

Uma pata gelada agarrou Pelo de Tempestade. Alguma coisa estava errada, ele sabia. Havia algo que não haviam entendido nem planejado. Procurou Garra de Amora Doce, querendo partilhar seus medos, e viu-o arrastar a lebre pelo chão para colocá-la à frente da entrada, algumas caudas dentro da gruta. Pelo de Açafrão observava, medindo a distância entre a isca e a entrada, enquanto Pata de Esquilo, com a cauda, fazia gestos de ajuda.

Pelo de Tempestade caminhou até eles, sentindo os olhos da tribo de todos os cantos da caverna onde os gatos estavam escondidos. Mas, antes que pudesse dizer qualquer coisa, um guincho cortou o ar lá fora. Garra, Rocha e Pássaro correram para dentro da caverna e pararam derrapando.

– Dente Afiado! – Pássaro ofegou.

– Ele está aqui! – Rocha uivou, sua voz chegando a um lamento. – Ele está vindo!

CAPÍTULO 23

Pelo de Tempestade congelou. Era cedo demais!

Os fora da lei sumiram nas paredes da caverna, e os gatos da tribo que ainda não haviam assumido suas posições dispararam pelo túnel até a Caverna de Pedras Pontiagudas. Pelo de Tempestade e seus amigos foram deixados no centro da caverna, olhando ao redor, em pânico.

Aquele momento de hesitação foi longo demais. Um rosnado feroz cortou o barulho da cachoeira. Uma sombra surgiu na entrada, evidenciada pelo luar. Então, Dente Afiado saltou sobre eles.

Assim como a tribo havia descrito, ele parecia um leão saído dos contos dos anciãos, mas sem a juba de fogo em volta da cabeça. Músculos magros ondulavam sob seu pelo curto, e a enorme cabeça dourada estava abaixada, seguindo o rastro do sangue de Garra. Ao entrar na caverna, ele olhou para cima, viu a lebre, mas a afastou com a imensa pata.

– Não! – Pata de Esquilo uivou.

Seu guincho fez a cabeça balançar, as orelhas redondas e de pelos grossos contraindo-se com interesse.

– Para trás! – Garra de Amora Doce rosnou. – Escondam-se todos!!

Ele saltou em direção ao gato-leão, atacando-o com as duas patas dianteiras e rolando para o lado antes que Dente Afiado pudesse se virar. Pelo de Tempestade viu Pata de Esquilo correr do outro lado e pular nas costas de Dente Afiado, afundando as garras na base de sua cauda.

– Pata de Esquilo! – Garra de Amora Doce uivou. – Em nome do Clã das Estrelas, o que você está fazendo?

O gato-leão se contorceu, tentando se livrar de Pata de Esquilo, que pulou e fugiu para as pedras que margeavam a parede da caverna. Furioso, rugindo, Dente Afiado a perseguiu, sem, no entanto, alcançá-la. Mais rápida que ele, a aprendiz ficou longe de suas garras, em um pedaço saliente de rocha, uivando e com o pelo ruivo eriçado.

Pelo de Tempestade fugiu para a parede oposta da caverna, seguindo Cauda de Pluma por uma série de rachaduras na rocha até chegarem a uma pequena saliência escondida sob o teto. Agachado no espaço estreito ao lado da irmã, ele olhou para o chão da caverna.

Os gatos da tribo estavam todos em seus esconderijos, com muito medo de se mover. Garra de Amora Doce também ficou em segurança, em outra saliência logo abaixo de Pata de Esquilo. Ele rosnava para ela, parecendo quase tão furioso quanto o próprio Dente Afiado; Pelo de Tempestade não conseguia ouvir o que ele dizia, mas podia adivinhar.

Por um momento, Pelo de Tempestade não conseguiu ver Pelo de Açafrão; de repente, deparou com a cabeça da gata saindo de uma fenda no meio da parede da caverna, perto da entrada. Só faltava Pata de Corvo. Então, Pelo de Tempestade sentiu o corpo tenso de Cauda de Pluma contra o dele e a ouviu murmurar:

– Ah, não!

Dente Afiado tentava escalar a parede da caverna quase diretamente sob eles. Pelo de Tempestade teve um vislumbre aterrorizante de seus olhos, brilhando negros ao luar, seus lábios crispados revelando presas selvagens e gotejantes. Pata de Corvo estava preso em uma fenda ao nível do chão, muito rasa para abrigá-lo, e tentava desesperadamente colar o corpo contra a rocha e escapar das garras ferozes. Ele soltou um grito de terror.

Pelo de Tempestade sentiu a barriga revirar. Estava dando tudo errado. Dente Afiado havia ignorado a lebre usada como isca e perseguia os gatos. Em alguns tique-taques de coração, capturaria Pata de Corvo, e a missão do Clã das Estrelas estaria arruinada. Como quatro clãs poderiam se tornar um só se o gato do Clã do Vento estivesse morto? Pelo de Tempestade amaldiçoou-se baixinho; não havia nada que pudesse fazer, porque não era ele o gato que os ancestrais guerreiros da tribo tinham prometido. Seu orgulho idiota e impensado o fez entender errado.

A seu lado, ouviu Cauda de Pluma sussurrar:

– Pata de Corvo – ela olhou longamente para Pelo de Tempestade, cheia de amor e tristeza, os olhos azuis brilhando ao luar. – Posso ouvir as vozes claramente agora – ela murmurou. – Sou eu que tenho de agir.

Então, Pelo de Tempestade sentiu os músculos se retesarem. Antes que percebesse o que ela estava fazendo, ele a viu saltar – não para baixo, mas para cima, em direção ao teto da caverna, cravando as garras em uma das pontas estreitas de pedra, com um som estridente que causou arrepios no guerreiro do Clã do Rio, que uivou:

– Não!

A rocha partiu-se sob o peso de Cauda de Pluma. Com um gemido aterrador, ela caiu, direto sobre Dente Afiado. O gato-leão olhou para cima. Seu rosnado gutural tornou-se um grito quando a ponta da rocha cravou-se nele, que caiu se contorcendo. Cauda de Pluma despencou no chão a seu lado.

Pelo de Tempestade arremessou o corpo na parede, escorregando na rocha e sentindo suas garras rasgarem a pedra, até chegar ao lado da irmã. Cauda de Pluma jazia imóvel, olhos fechados. Dente Afiado ainda se contorcia, mas, quando Pelo de Tempestade parou, o gato-leão foi sacudido por um último movimento e morreu.

– Cauda de Pluma? – sussurrou Pelo de Tempestade.

Percebeu Pata de Corvo se esgueirar para fora da rocha para se agachar a seu lado.

– Cauda de Pluma? – o gato do Clã do Vento parecia desesperado. – Responda, você está bem?

A gata não se moveu. Pelo de Tempestade ergueu a cabeça e viu os outros gatos do clã à sua volta, junto aos gatos da tribo, com medo, rastejando para fora dos esconderijos. Ele olhou novamente para a irmã e constatou o leve subir e descer de seu peito.

– Ela vai ficar bem – sua voz falhou. – Tem de ficar bem. Ela... ela tem uma profecia a cumprir.

Pata de Corvo se aproximou rastejando, até seu focinho tocar o pelo de Cauda de Pluma. Ele sorveu seu perfume e começou a lambê-la suavemente. O sangue de um corte em seu ombro manchava o pelo da gata.

– Acorde – sussurrou. – Por favor, acorde.

Não houve resposta. Um perfume dolorosamente familiar envolveu Pelo de Tempestade, e ele olhou para cima:

– Arroio de Prata?

Perto da entrada da caverna, onde o luar ondulava através do lençol de água que caía, pensou ter visto uma gata prateada. Ela era apenas uma lasca de luz fraca, mas a voz soava claramente em sua cabeça, cheia de dor:

– Ah, Cauda de Pluma!

Pata de Corvo suspirou, e Pelo de Tempestade percebeu que a irmã tinha aberto os olhos. Tremendo, ele pronunciou seu nome. Ela moveu a cabeça e piscou.

– Você vai ter de ir para casa sem mim, irmão – ela murmurou. – Salve o clã!

Ela fitou Pata de Corvo, e Pelo de Tempestade reconheceu ali um amor imenso pelo difícil jovem aprendiz, suficiente para varrer para sempre a rivalidade entre seus clãs.

– Você acha que tem nove vidas, não é? – ela sussurrou. – Eu salvei você uma vez... Não me faça ter de salvá-lo novamente.

– Cauda de Pluma... Cauda de Pluma, não! – Pata de Corvo mal conseguia pronunciar as palavras. – Não me deixe.

– Não vou deixar você – ela sussurrou de forma quase inaudível. – Sempre estarei com você, prometo.

Então, seus olhos se fecharam, e ela não falou mais.

Pata de Corvo jogou a cabeça para trás e soltou um gemido. Pelo de Tempestade agachou-se ao lado da irmã com a cabeça baixa, a dor congelando seus membros. A seu redor, ouviu as vozes tristes de seus amigos. Pata de Esquilo aconchegou-se a Garra de Amora Doce, murmurando:

– Não pode estar morta, não pode! – O guerreiro se inclinou e lambeu sua orelha. Ao lado deles, Pelo de Açafrão olhava Cauda de Pluma com tristeza.

Os gatos da tribo começaram a sussurrar. Em algum lugar mais fundo na caverna, um uivo de júbilo irrompeu.

– Dente Afiado está morto! Estamos livres!

Pelo de Tempestade se encolheu. O preço tinha sido muito alto. Virou a cabeça em direção à entrada da caverna, onde o tênue contorno da gata prateada ainda permanecia sob a luz da lua.

A voz de Arroio de Prata veio até ele através do rugido da água:

– Meu querido filho, tente não sofrer muito. Cauda de Pluma vai caçar com o Clã das Estrelas agora. Eu cuidarei dela.

– *Nós* também cuidávamos dela – o gato respondeu amargamente, mas depois percebeu que estava mentindo. Eles falharam. Se tivessem cuidado, ela não estaria deitada lá, morta, o pelo prateado brilhando ao luar.

– Ela veio! – Riacho sussurrou. – A gata prateada veio.

– Não – Pelo de Tempestade rosnou. – Eu a trouxe.

Pata de Corvo virou a cabeça, um terrível vazio nos olhos.

– É minha culpa. – Sua voz era um sussurro rouco. – Se eu tivesse me recusado a voltar para a caverna, ela teria ficado comigo.

– Não... – Pelo de Tempestade murmurou, estendendo uma pata, mas Pata de Corvo baixou a cabeça.

Uma voz gentil o chamou. Riacho e Falante das Rochas haviam se aproximado. Timidamente, ela tocou o nariz no focinho de Pelo de Tempestade e sussurrou:

– Sinto muito, sinto muito.

– A Tribo da Caça Sem Fim disse a verdade – Falante das Rochas miou. – Uma gata prateada salvou a todos nós.

Mas não fui eu, pensou Pelo de Tempestade. *Gostaria que tivesse sido.*

Afastou-se de onde Pata de Corvo jazia ao lado de Cauda de Pluma, o focinho mergulhado em seu pelo, e olhou para o lençol de água que caía. Apenas por um tique-taque de coração, ele pensou ter visto duas gatas prateadas brilhando à meia-luz, lado a lado, zelando pelos abalados sobreviventes dos escolhidos do Clã das Estrelas.

Ele piscou, e elas desapareceram.

CAPÍTULO 24

– Não! Ajude-os! – Um lamento de tristeza e medo partiu de Pata de Folha. Saltou e abriu os olhos, vendo que estava em seu ninho fora da toca de Manto de Cinza. A luz do sol da manhã estava pálida e fria. O estrondo dos monstros em seu pesadelo também havia alcançado o acampamento no mundo real, e seu fedor pairava no ar.

Estremecendo, Pata de Folha enrolou-se mais fundo no musgo, tentando encontrar conforto em seu calor enquanto os últimos resquícios do sonho pairavam como névoa em sua mente. Estava perto do Caminho do Trovão, observando os monstros Duas-Pernas enquanto eles rugiam pela floresta, esmagando gatos sob suas enormes patas negras. O sangue corria como um rio pelo chão da floresta. Folha Manchada estava a seu lado, e Pata de Folha virou-se para ela com um apelo desesperado:

– Salve-os! Por favor! Por que você não os salva? – Os olhos de Folha Manchada pousaram tristemente nos amigos agonizantes de Pata de Folha. – Não há mais nada que o Clã das Estrelas possa fazer para ajudar – murmurou. – Sinto muito.

E então ela sumiu, e Pata de Folha acordou.

Levantou-se cambaleando e caminhou até a toca de Manto de Cinza. A curandeira não estava lá; Pata de Folha viu sua cama vazia no fundo da fenda e se perguntou se teria acontecido alguma emergência e teriam de enfrentar outro desastre. Um gemido chegou à sua garganta, mas ela o reprimiu firmemente. Qualquer que fosse o destino, mesmo que seus ancestrais guerreiros não pudessem socorrê-los, ela continuaria ajudando seu clã enquanto tivesse forças.

Um farfalhar a fez virar-se, e viu Manto de Cinza abrindo caminho pelo túnel de samambaias. A cauda da curandeira estava caída, mas ela tentou se animar ao ver Pata de Folha.

– O que houve? – perguntou Pata de Folha, preparando-se.

– Fui ver Pele de Geada – a curandeira respondeu. – Não fique assim; ela não está morta. Na verdade, está um pouco melhor. Tenho certeza de que não está com tosse verde.

– Que bom – Pata de Folha tentou parecer satisfeita, mas não pôde deixar de acrescentar: – É a fome, e não a tosse verde, que vai ser nosso verdadeiro inimigo nesta estação sem folhas.

Manto de Cinza assentiu:

– Verdade. E se mais gatos desaparecerem, não haverá guerreiros suficientes para providenciar comida para os filhotes e os anciãos, se as presas reaparecerem. – Desanimada, ela soltou um suspiro.

– Posso tentar pegar alguma coisa para Pele de Geada? – ofereceu-se Pata de Folha. – Poderia me juntar a uma patrulha de caça, a menos que você queira mais ervas.

– Não, estamos bem abastecidos agora. É uma boa ideia, Pata de Folha, embora não tenha certeza de que você encontrará muita coisa por aí.

A jovem não discutiu. Atravessou as samambaias até a clareira principal e, por um momento, foi como se tivesse entrado no acampamento como costumava ser. Tempestade de Areia e Bigode de Chuva tinham acabado de aparecer na entrada do túnel de tojos, ambos com presa fresca entre as mandíbulas. Pata de Aranha e Pata de Musaranho estavam deitados ao sol do lado de fora da toca dos aprendizes, enquanto Pelagem de Poeira e Nuvem de Avenca trocavam lambidas na entrada do berçário. Estrela de Fogo e Pelo de Musgo-Renda estavam conversando na base da Pedra Grande.

Então, Pata de Folha percebeu o que realmente estava vendo. Seu pai e Pelo de Musgo-Renda pareciam preocupados. Os dois aprendizes estavam parados, e não brincando alegremente como costumavam fazer. A pilha de presas frescas onde sua mãe e Bigode de Chuva jogavam suas presas era lamentavelmente pequena. Enquanto Pata de Folha passava pelo berçário, ela observou Pelagem de Poeira empurrar um rato em direção a Nuvem de Avenca. A aparência da gata horrorizou Pata de Folha; era pouco mais que um esqueleto, cada osso visível sob seu pelo opaco.

– Você tem de comer – Pelagem de Poeira miou. – Azevinhozinho e Betulinha ainda precisam de você.

O fedor dos monstros pairava sobre a clareira, e seu rugido soava ainda mais alto para Pata de Folha, que teve uma visão deles rompendo a parede de espinhos que cercava o acampamento, o sol brilhando em seus pelos brilhantes enquanto esmagavam o aterrorizado clã. Piscou, afastando as imagens. Não poderia impedir os Duas-Pernas de fazerem o que queriam, mas poderia fazer algo modesto para ajudar seu clã faminto.

Enquanto se dirigia até Estrela de Fogo e Pelo de Musgo-Renda, ela se lembrou do encontro com Geada de Falcão no dia anterior. Até agora não tinha contado a ninguém os planos do felino de apoderar-se do território do Clã do Trovão e pediu a Cauda de Castanha que não falasse nada. Não sabia como colocar mais problemas nos ombros de Estrela de Fogo, que já tinha tantos para carregar. Como dizer a ele que seu maior inimigo, Estrela Tigrada, estava vivo em seu filho Geada de Falcão, em um clã não enfraquecido pela fome ou devastado pelos Duas-Pernas? Sabia que precisava encontrar as palavras, mas precisava de mais tempo para pensar.

Aproximando-se do pai, ouviu-o miar para Pelo de Musgo-Renda:

– Você poderia tentar uma patrulha de caça perto do Lugar dos Duas-Pernas. É o mais longe dos monstros que conseguimos chegar.

O grito angustiado de um gato com dor o interrompeu. Pata de Folha virou-se e viu Listra Cinzenta e Pelo de Rato cambaleando para fora do túnel de tojos. Listra Cinzenta parecia ansioso, e Pelo de Rato mancava, com apenas três pernas, um dos membros dianteiros pendurado e inútil. Seu pelo castanho estava eriçado como se tivesse brigado, embora Pata de Folha não visse nem cheirasse sangue.

Estrela de Fogo deu um salto até ela, e Pata de Folha a seguiu.

– O que aconteceu? – Estrela de Fogo perguntou. – Quem fez isto?

Pelo de Rato estava com muita dor para responder. Seus dentes estavam cerrados, e ela, em agonia, soltou um gemido sem palavras.

– Duas-Pernas – cuspiu Listra Cinzenta, o terror estampado em seus olhos.

– Chegamos muito perto dos monstros, e um Duas--Pernas a agarrou.

Estrela de Fogo olhou com espanto.

– Venha ver Manto de Cinza – Pata de Folha miou antes que o pai pudesse atrasá-los com mais perguntas.

Ela se aproximou da gata ferida a caminho da toca de Manto de Cinza. Os olhos de Pelo de Rato estavam vidrados de dor; e, embora ela lutasse com bravura, o esforço de voltar ao acampamento obviamente a havia esgotado. Pata de Folha tentou ajudar encostando-a em seu ombro.

Atrás deles, Listra Cinzenta caminhava ao lado de Estrela de Fogo.

– Os Duas-Pernas costumam ficar dentro de seus monstros – miou. – Mas hoje eles estavam fervilhando por toda parte, só o Clã das Estrelas sabe por quê.

Um deles uivou para Pelo de Rato, e ela correu direto para as patas de outro.

– Não faz sentido – Estrela de Fogo parecia totalmente confuso. – Os Duas-Pernas sempre nos ignoraram.

– Não mais – Listra Cinzenta miou severamente.

– Pelo menos eu dei uns arranhões nele, para se lembrar de mim – Pelo de Rato murmurou.

Pata de Folha correu na frente para alertar Manto de Cinza, que estava sentada na entrada de sua toca com os olhos erguidos para o céu como se tentasse ler alguma mensagem do Clã das Estrelas no movimento das nuvens.

– É Pelo de Rato... está machucada! – Pata de Folha murmurou.

Manto de Cinza saltou sobre as patas e exclamou:

– Oh, grande Clã das Estrelas! O que mais tem para acontecer? – Apertou os olhos como se mal pudesse se preparar para continuar, mas sua voz estava calma como sempre quando ela miou: – Venha e deite-se aqui. Eu vou dar uma olhada.

Pelo de Rato deitou-se diante da toca, e Manto de Cinza passou o focinho pela perna ferida, farejando com cuidado o ombro.

– Está deslocado – ela miou por fim. – Alegre-se, Pelo de Rato. Posso consertar, mas vai doer. Pata de Folha, traga-me algumas sementes de papoula.

Pata de Folha obedeceu, e Pelo de Rato as lambeu. Enquanto esperavam alguns instantes para que as sementes acalmassem a dor da gata, Pata de Folha ouviu o pai e Listra Cinzenta conversando perto da entrada do túnel.

– Vou ter de proibir os gatos de chegarem perto dos Duas-Pernas – Estrela de Fogo miou. – Em breve não haverá lugar seguro fora do acampamento. Alguns dos gatos já estão com muito medo de sair em patrulha.

– Ainda não acabou – Listra Cinzenta retorquiu teimosamente. – O Clã das Estrelas não deixará que sejamos destruídos.

Estrela de Fogo balançou a cabeça e voltou pelo túnel para a clareira principal. Passado um momento, Listra Cinzenta, com um olhar preocupado para Pelo de Rato, seguiu-o.

– Certo, Pata de Folha – Manto de Cinza miou. A essa altura, a guerreira marrom estava ficando sonolenta, com a cabeça pendendo para a frente sobre as patas. – Vamos fazê-lo. Ponha as patas ali – continuou, apontando para a outra pata dianteira de Pelo de Rato. – Segure-a enquanto coloco a perna dela para trás. Não quero ser arranhada até a morte. E observe cuidadosamente o que eu faço – ela acrescentou. – Você nunca viu isso antes.

Pata de Folha posicionou-se cuidadosamente como a mentora lhe mostrara, enquanto Manto de Cinza pegava entre os dentes com força a perna machucada de Pelo de Rato, apoiando uma pata em seu ombro. Então ela puxou; Pata de Folha ouviu um clique agudo, e Pelo de Rato estremeceu, soltando um uivo furioso.

– Excelente – Manto de Cinza murmurou.

Examinou novamente o ombro de Pelo de Rato enquanto a gata jazia trêmula e sem forças. – Tudo bem – ela miou, cutucando a gata marrom com as patas. – Veja se você pode colocar seu peso sobre ela.

Pelo de Rato tentou e cambaleou, mais de exaustão e efeito das sementes de papoula do que por causa do ferimento, Pata de Folha pensou, mas conseguiu se apoiar nas patas.

– É melhor você dormir um pouco. – Manto de Cinza começou a guiá-la até as samambaias na beira da clareira. – Volto a ver você quando acordar, mas acho que não vai ter mais problemas. – Olhando para Pata de Folha, acrescentou: – Você se saiu bem. Posso cuidar agora se você quiser ir caçar.

Pata de Folha parou enquanto a mentora acomodava Pelo de Rato entre as samambaias.

– Tem certeza de que não precisa de mim?

Manto de Cinza balançou a cabeça:

– Não há mais nada a fazer. Nada que algum de nós possa fazer – ela acrescentou em voz baixa. – O Clã das Estrelas está calado.

Seu desespero espantou Pata de Folha. Em meio a todo o caos causado pelos Duas-Pernas, ela sempre acreditou que a fé de Manto de Cinza permaneceria firme. E o pior de tudo, não havia nada que pudesse dizer para levantar o ânimo de sua mentora – não quando a própria Folha Manchada havia admitido que o Clã das Estrelas era tão impotente quanto os gatos da floresta.

– Não vou caçar – Pata de Folha miou, com firmeza. – Vou descobrir o que aconteceu com os desaparecidos.

Manto de Cinza olhou para ela, intrigada:

– Como assim?

– Você não vê? Se Pelo de Rato não tivesse lutado para se libertar, o Duas-Pernas a teria levado embora. E nunca saberíamos que algo havia acontecido com ela. Deve ter sido isso também que aconteceu com Cauda de Nuvem e Coração Brilhante.

A expressão da curandeira clareou:

– Sim, estou entendendo. Mas, Pata de Folha, e se você não voltar?

Pata de Folha olhou para ela, meio arrependida de ter contado o plano a Manto de Cinza. E se ela se recusasse a deixá-la ir?

– Essa é a primeira pista que temos sobre os desaparecimentos – ela miou. – Devemos tentar descobrir a verdade.

Para seu alívio, após um momento de hesitação, Manto de Cinza concordou:

– Muito bem. Mas tenha cuidado. E arranje alguém para ir junto. – Quando Pata de Folha virou-se para ir embora, ela acrescentou: – Você é uma gata corajosa. Lembre-se de que o clã não pode perder você.

Pata de Folha baixou a cabeça, constrangida com os elogios da mentora, e deslizou por entre as samambaias. De volta à clareira principal, podia sentir que uma mudança havia ocorrido no clã. A notícia do ataque a Pelo de Rato havia se espalhado claramente; o ar tinha cheiro de medo e desespero. Pata de Folha quis saltar para a Pedra Grande e chamar seus companheiros de clã, para fazê-los perceber que não deviam desistir. Enquanto estivessem vivos, ainda havia esperança. Mas quem ouviria uma aprendiz? E que palavras os convenceriam?

Respirando fundo, ela se decidiu. Iria até Estrela de Fogo e contaria a ele tudo o que sabia sobre os gatos que haviam sido escolhidos pelo Clã das Estrelas. Mesmo que não tivesse ideia de onde estavam agora, ou se algum dia retornariam, a notícia poderia pelo menos dar a Estrela de Fogo e ao restante do Clã do Trovão a garantia de que o Clã das Estrelas não estava indiferente ao que estava acontecendo na floresta. Também contaria sobre Geada de Falcão e seus planos de tomar o território do Clã do Trovão. Estava cansada de segredos; seria um alívio desabafar depois de tanto tempo.

Mas primeiro iria procurar os gatos desaparecidos, pois talvez seu pai a punisse por não ter lhe contado antes e a confinasse no acampamento. Rapidamente, dirigiu-se para fora da toca dos guerreiros e gritou:

– Cauda de Castanha!

A amiga espiou por entre os galhos:

– Pata de Folha? O que é?

Lembrou-se daquela manhã não muito distante em que chamara Cauda de Castanha para visitar o Clã do Vento. Então, havia esperança; Cauda de Castanha era brilhante e animada, ávida por ação. Embora agora seu pelo atartarugado parecesse opaco e seus olhos fitassem Pata de Folha sem expressão.

– Quero que você venha comigo – Pata de Folha começou, explicando seu plano de investigar os desaparecimentos.

Para seu alívio, os olhos de Cauda de Castanha começaram a brilhar enquanto ela falava.

– Tudo bem – a guerreira atartarugada miou. – É melhor do que ficar deitada no acampamento o dia todo. Vamos.

Ela abriu caminho entre os galhos da toca, e as duas se dirigiram para o túnel de tojos.

Pata de Folha seguiu os cheiros de Listra Cinzenta e Pelo de Rato de volta para a parte da floresta assolada pelos monstros dos Duas-Pernas. Estivera lá no dia anterior, quando ela e Cauda de Castanha viram o monstro arrancar a árvore, mas estava atônita agora, ao ver quanta destruição mais os Duas-Pernas tinham feito em tão pouco tempo. O chão fora transformado em lama, com monstros agachados aqui e ali, ou rugindo pelo chão com um movimento lento e horrível, como se estivessem se aproximando de uma presa.

Havia ninhos dos Duas-Pernas lá também, feitos grosseiramente de madeira em vez da pedra vermelha dura usada no Lugar dos Duas-Pernas. As gatas se agacharam no abrigo de um deles, espiando os Duas-Pernas que andavam por ali. Pata de Folha sentia Cauda de Castanha estremecer, o cheiro do medo exalando em ondas; também estava apavorada, mas agora não tinha mais como voltar atrás, não agora que estava tão perto de descobrir o que havia acontecido com Cauda de Nuvem e Coração Brilhante.

– O que é *isso*? – ela murmurou para Cauda de Castanha.

Ela apontou com a cauda para o que parecia ser uma toca dos Duas-Pernas em miniatura, feita de madeira e aberta em uma das extremidades, situada sob uma das poucas árvores sobreviventes. Era muito pequena para um Duas-Pernas entrar.

Cauda de Castanha encolheu os ombros.

– Não sei. Alguma coisa dos Duas-Pernas.

– Vou ver o que é.

Olhando cautelosamente de um lado para o outro, caso um Duas-Pernas tentasse agarrá-la, Pata de Folha rastejou pelo campo aberto. Atrás dela ouviu Cauda de Castanha miar:

– Cuidado!

Ao se aproximar, Pata de Folha sentiu o cheiro de comida vindo da toca. Embora não fosse o cheiro de presa fresca que lhe era tão familiar, ficou com a boca cheia de água. Precisava de todo seu autocontrole para não correr e começar a comer. Sabia que, o que quer que fosse, devia ter sido colocado ali pelos Duas-Pernas, o que significava perigo.

Fora da pequena toca, Pata de Folha piscou quando outro cheiro a alcançou. Cheiro de gato, familiar, mas muito fraco e rançoso, e a princípio ela não conseguia saber de que gato era. Certamente não era do Clã do Trovão. Então, ela se lembrou, e suas patas formigaram de excitação. Pé de Bruma! O representante do Clã do Rio também esteve aqui.

Cautelosamente, Pata de Folha espreitou para dentro da toca. Estava vazia, exceto por uma coisa branca e oca que continha a comida. Pé de Bruma já não estava lá, e não havia nada que contasse a Pata de Folha para onde ela fora.

O cheiro de comida era ainda mais forte lá dentro. Lentamente, uma pata de cada vez, Pata de Folha rastejou para dentro da pequena toca. A coisa branca continha pequenas bolinhas marrons como cocô de coelho, cheirando estranhamente a comida e a Duas-Pernas ao mesmo tempo. Pata de Folha se perguntou se isso era a comida de gatinho de gente de que Estrela de Fogo havia falado. Gatinhos de gente comeram isso e não se machucaram, não é? Ela pegou uma bocada, estremecendo enquanto a comida deslizava em sua barriga vazia, e se perguntou se haveria alguma maneira de levar um pouco de volta para Pele de Geada.

– Pata de Folha! Saia daí!

Um coro ensurdecedor de vozes pareceu de repente uivar nos ouvidos da jovem aprendiz. Reconhecia a de Cauda de Castanha, mas não outras, e a de Folha Manchada era a mais ruidosa.

Ela se engasgou com a boca cheia de bolotas. Girando, vislumbrou Cauda de Castanha, que a olhava horrorizada. Então, a extremidade aberta da toca se fechou, e Pata de Folha ficou na escuridão.

EPÍLOGO

Pata de Esquilo estava presa num pequeno espaço escuro que balançava violentamente de um lado para o outro. Sua cabeça girou, e ela engoliu a bile que subiu em seu estômago. Suas patas raspavam freneticamente em algo liso e sólido. Ela soltou um uivo apavorado:

– *Pata de Folha!* – Então, seus olhos se abriram, e ela estava se debatendo em um buraco raso no chão.

– Qual é o problema? Uivando assim, você vai assustar todas as presas.

Pelo de Açafrão estava de pé perto dela; havia deixado cair um gordo rato-silvestre recém-capturado para poder falar. Os cinco gatos do clã haviam deixado as montanhas na noite passada e estavam viajando por uma charneca aberta. O sol nascente, mostrando-lhes implacavelmente o caminho a seguir, acabava de clarear o horizonte.

Pata de Esquilo ergueu-se do ninho e sacudiu os restos de grama da pelagem.

– Nada. Foi só um sonho. – Ela deu algumas lambidas no pelo do peito para tentar esconder quanto estava abalada. Sua irmã corria um perigo terrível; sabia que o sonho a levara até onde Pata de Folha estava e lhe mostrara o terror que ela sentia, mas Pata de Esquilo adivinhou que o espírito prático de Pelo de Açafrão não entenderia seus medos.

Pelo de Açafrão parecia ligeiramente interessada:

– Foi um sinal do Clã das Estrelas?

– Não – Pata de Esquilo sabia que poderia contar alguns detalhes de seu sonho, sem dizer a Pelo de Açafrão que ele a ligava a Pata de Folha. – Eu... eu senti como se estivesse presa em algum lugar escuro. Não sabia onde estava nem podia escapar.

Desajeitada, Pelo de Açafrão deu um passo à frente e encostou o focinho na lateral do corpo da aprendiz.

– Acho que todos nós estamos tendo pesadelos – ela miou. – Desde que Cauda de Pluma...

Pata de Esquilo assentiu. Como todos eles, custava-lhe acreditar que nunca mais veria Cauda de Pluma. Os gatos da tribo os ajudaram a enterrá-la ao lado da poça onde a cachoeira caía sem parar, e os borrifos tornavam o solo macio o suficiente para cavar.

– Ela tem um lugar de honra aqui – havia miado Falante das Rochas. – Vamos manter sua memória viva enquanto nossa tribo sobreviver.

Foi um pequeno consolo para os gatos do clã. Pata de Corvo, em particular, ficou arrasado pela dor, passando todo o dia seguinte agachado junto ao túmulo. Pelo de Tempestade manteve vigília com ele, atormentado pela culpa por não ter feito nada para salvar a gata, nem mesmo imaginado que ela pudesse ser a escolhida. Seu pelo prateado estava manchado de preto e úmido quando emergiram da cachoeira, por isso os gatos da tribo não lhe deram atenção. Por fim, Garra de Amora Doce ordenara que os dois entrassem na gruta para descansar.

– Partimos de madrugada – o guerreiro do Clã do Trovão lhes dissera. – Vocês vão precisar de toda a força que tiverem. Nossos clãs precisam de nós.

A viagem recomeçara. Os gatos da tribo os escoltaram parte do caminho através das montanhas, e logo chegaram a um terreno mais ameno, com grama verde plana e cercas vivas, que fornecia presas. Mas eles não sentiram nenhuma esperança ou alívio de que logo estariam em casa. O coração deles ficou com Cauda de Pluma, na terra das rochas e da água.

Pata de Esquilo logo se recuperou do pesadelo o suficiente para ajudar na caçada, para que pudessem seguir em frente e aproveitar ao máximo os dias cada vez mais curtos. Embora ninguém quisesse comer, eles se forçaram a engolir as presas frescas. Uma ou duas vezes Pelo de Tempestade se pegou olhando em volta para perguntar alguma coisa a Cauda de Pluma, antes de se lembrar que nunca mais falaria com ela.

Durante todo aquele dia e no dia seguinte eles continuaram viajando, até suas patas ficarem rachadas e sangrando. Era como se os horrores que tinham visto os tivessem entorpecido para a dor cotidiana. O sol se punha atrás deles novamente quando chegaram ao topo de uma elevação.

Suas sombras fluíram à frente, apontando para uma colina com uma crista irregular. Parecia arder no fogo escarlate dos raios do sol poente.

– Olhem! – A voz de Pelo de Açafrão era um grasnido exausto.

Por alguns tique-taques de coração, ninguém falou. Então, os olhos verdes de Pata de Esquilo brilharam com um fogo que parecia ter se apagado para sempre com a morte de Cauda de Pluma.

– As Pedras Altas! – ela exclamou. – Estamos quase em casa.